本书为济南市市校融合发展战略工程项目《济南中日经济人文交流平台建设项目》（JNSX2021026 ）的阶段性成果。

诗歌

及

诗歌教学研究

张文宾◎著

光明日报出版社

图书在版编目（CIP）数据

诗歌及诗歌教学研究 / 张文宾著 . -- 北京：光明
日报出版社，2025.5. -- ISBN 978 - 7 - 5194 - 8729 - 4

Ⅰ. I106. 2-42

中国国家版本馆 CIP 数据核字第 2025AN7550 号

诗歌及诗歌教学研究
SHIGE JI SHIGE JIAOXUE YANJIU

著　　者：张文宾

责任编辑：李壬杰　　　　　　　　责任校对：李　倩　乔宇佳
封面设计：中联华文　　　　　　　责任印制：曹　净

出版发行：光明日报出版社
地　　址：北京市西城区永安路 106 号，100050
电　　话：010-63169890（咨询），010-63131930（邮购）
传　　真：010-63131930
网　　址：http：// book. gmw. cn
E - mail：gmrbcbs@ gmw. cn
法律顾问：北京市兰台律师事务所龚柳方律师

印　　刷：三河市华东印刷有限公司
装　　订：三河市华东印刷有限公司
本书如有破损、缺页、装订错误，请与本社联系调换，电话：010-63131930

开　　本：170mm×240mm
字　　数：206 千字　　　　　　　　印　　张：16
版　　次：2025 年 5 月第 1 版　　　印　　次：2025 年 5 月第 1 次印刷
书　　号：ISBN 978 - 7 - 5194 - 8729 - 4
定　　价：78. 00 元

前　言

　　诗歌，作为中华文化的瑰宝，其精练的语言、深邃的意境和丰富的情感，承载着历史的记忆与文化的传承，它以独特的韵律美、意境美和语言美，成为涵养审美情趣、丰富精神世界的重要载体。

　　唐宋诗歌，作为中国文学史上的重要篇章，其辉煌的艺术成就和深远的历史影响，一直为后人所称颂。唐宋两代，诗歌创作达到前所未有的高度，不仅题材广泛、风格多样，而且思想深邃、艺术精湛，这一时期被誉为"诗歌的黄金时代"。

　　唐诗以五言绝句为主，气势磅礴、雄浑豪放，展现了唐代社会的繁荣和开放。唐诗及其内容，既涵盖了山水田园、爱情离别、人生哲理等抒情诗，也有史传典故、神话传说等史诗和典故诗。诗人们以生动的笔触描绘了当时的社会风貌和人民生活，反映了唐代的思想文化和时代特点。其中，盛唐时期的王维和孟浩然善于描绘山水田园之美，表现人与自然和谐相处的宁静平和心境；而王翰、王昌龄、高适等边塞诗人，则通过描绘祖国山河的壮美与抒发保家卫国的豪迈情怀，展现了唐代诗人的壮志豪情和爱国情怀。

　　宋诗的发展是与中国社会历史的变迁紧密相连的。从北宋初年的承平气象，到南宋末年的动荡不安，宋诗以其敏锐的观察力和深刻的思考力，记录了时代的变迁，反映了人民的心声。宋诗不仅继承了唐诗的雄浑与婉约，更在此基础上，融入了哲理的深邃、情感的细腻和生活的真实，形成了"以学问为诗""以议论为诗"的独特风格，展现了宋代文人士大夫的学识修养和人文关怀。

唐宋诗歌的研究，不仅有助于我们深入了解当时的社会历史和文化背景，更能够让我们领略诗歌艺术的魅力和力量。通过欣赏和研究唐宋诗歌，我们可以感受到诗人们深邃的思想和丰富的情感，体悟他们精湛的艺术技巧和独特的艺术风格。同时，唐宋诗歌也是我们传承和弘扬中华优秀传统文化的重要载体，在教育中占据举足轻重的地位。

诗歌教学在基础教育阶段，尤其是小学语文教学中，被赋予了新的使命。我们需要对诗歌教学进行深入研究和探讨，激发学生对诗歌的兴趣和热爱，引导他们在欣赏诗歌的过程中提升审美情趣和人文素养，积极传承和弘扬诗歌的优秀传统，让诗歌在新时代焕发新的光彩和活力。

中国是诗歌的国度。诗，可以兴、可以观、可以群、可以怨。诗歌影响着我们的生活，我们的生活需要诗歌。

笔者水平所限，书中不妥及错谬之处，恳望大家批评指正！

目　录
CONTENTS

第一部分 01

唐代诗歌研究

第一章

隋代文学与初唐诗歌

581 年，隋文帝杨坚建立隋朝。隋初统治者采取了一些与民休息的政策，生产力迅速发展，出现了短暂的"天下无事，区宇之内晏如也"（《隋书·高祖本纪》）的景象，这为后来的唐朝发展奠定了基础。同时，隋朝开始实行科举制，"炀帝始建进士科"（《通典》卷一四选举二），对隋乃至后世政治、经济、文化发展产生了不容低估的影响。隋代文人由两部分组成：一是以北朝诗风为代表的北齐、北周旧臣，如卢思道、薛道衡、杨素等；二是以南朝诗风为代表的梁、陈入隋的文人，如虞世基、王胄、庾自直等。卢思道有边塞生活经历，代表作《从军行》描写塞外风光，抒发军旅情思，风格苍凉，为初唐边塞诗之先声。薛道衡擅长描写人物深细心理和复杂情感，是"歌行可入初唐者"（胡应麟《诗薮·内编卷三》）。杨素为隋朝开国元勋，对边塞风霜行役的军旅生活体验尤深，其诗中表现得十分真切，他的代表作《出塞》中有："云横虎落阵，气抱龙城虹"二句，可谓"词气宏拔，风韵秀上"（《隋书·杨素传》）。

隋炀帝杨广即位以后，身边聚集了一批南朝文士，隋代文学就明显地向重文采的南朝诗风方向发展了。虞世基是南朝文士中较有名望的一位，曾写过《出塞二首》等较好的作品，所作应制诗《四时白纻歌》《奉和望海诗》等，着意于词采的华美和对仗的工整，纯粹是为作诗而作诗。当时炀帝身边的许多文士，如王胄、庾自直、诸葛颖等，作诗亦复如此，甚为雕琢堆砌而了无生气，故鲜有可观之作留存。终隋一朝，南、北文学的合流仅限于诗风的相互影响，呈现出明显的过渡性质。

公元618年唐朝建立。唐代是我国封建社会的鼎盛时期，也是古典文学全面繁荣的时期。唐代社会的思想比较自由，社会环境较为宽松，加上国内多民族文化的相互融合，中外文化的频繁交流使得这个时代的文化逐渐呈现丰富多彩、生气勃勃的面貌。唐代文学拥有空前庞大的作者群，诗歌创作更是"上自天子，下逮庶人，百司庶府，三教九流，靡所不备"（胡应麟《诗薮·外编卷三》），诗歌成为魏晋以来文人文学的核心文体，经过长期的发展与变化，积累了丰富的经验，包孕了多种多样的可能性，由初唐至盛唐因多方面的有利条件而达到艺术的高峰。

唐诗发展，大致分为初唐、盛唐、中唐和晚唐四个时期，"有唐三百年诗，众体备矣，……略而言之，则有初唐、盛唐、中唐、晚唐之不同"（高棅《唐诗品汇总叙》）。初唐诗坛，主流仍是齐梁诗风。唐太宗李世民反对"释实求华"（《帝京篇序》），提倡"词理切直"（《贞观政要·论文史》），太宗及其身边的文人、文士对齐梁文风持批判态度，采取了"各去所短，合其两长"的文学创作主张，为唐诗在艺术上的发展和新变创造了条件。他们广招天下文士，编纂类书，赋诗酬唱。宫廷文人中最具代表性的，有虞世南、上官仪、杜审言、宋之问、沈佺期等。他们的创作多为歌功颂德、宫苑游宴的内容，难以深入抒发情思。但在诗歌体制的建设上，他们还是做出了贡献。他们宫廷题材之外的创作，有些写得情致动人。因此宫廷成为唐初文学活动的中心。初唐诗坛真正超脱流俗的诗人是王绩和王梵志。王绩的《野望》——"东皋薄暮望，徙倚欲何依。树树皆秋色，山山唯落晖。牧人驱犊返，猎马带禽归。相顾无相识，长歌怀采薇"——已经是标准的五律，风格上接近阮籍、陶潜，去绮靡，出新意。王梵志则受民间歌谣影响明显，其诗内容上直言时事，指斥时病；形式上不落俗套，跳出歌功颂德窠臼，开唐代五言通俗诗派的先河。

第一节　初唐"四杰"与陈子昂

在初唐诗坛上真正展现出新的风貌、使唐诗产生明显变化的诗人，是活动于高宗、武后时期的"初唐四杰"：王勃、杨炯、卢照邻、骆宾王。四人虽然创作个性不同，所长有别，但他们都属于士人中有文才、有抱负，却又名高位卑、志大运塞的诗人，心中充满了博取功名的激情和理想，郁积着不甘居人之下的雄杰之气。

"四杰"的创作活动集中在唐高宗至武后时期，他们一致批判六朝文风，怀着变革诗风的自觉意识，拓展诗歌内容，提倡刚健骨气，尝试创新风格，有十分明确的审美追求。他们把诗歌题材，从宫廷移向市井，从台阁移向边塞，从歌功转向言志，从颂德转向抒怀。形式上，他们改造歌行体，大量创作五言律诗。杨炯在《王勃集序》中说"思革其弊，用光志业"，强调作诗要有刚健骨气，针对争构纤微的上官体流弊进行诗风改革。

"四杰"作诗，重视抒发个体情怀，作不平之鸣，诗中出现了宏大的气势和慷慨悲凉的感人力量。王勃（650—676），字子安，古绛州龙门（今山西河津）人，著有《王子安集》。他在《游冀州韩家园序》中说，"高情壮思，有抑扬天地之心；雄笔奇才，有鼓怒风云之气"，这种壮思和气概，在"四杰"创作的诗歌中得到充分的体现。如王勃的《送杜少府之任蜀州》："城阙辅三秦，风烟望五津。与君离别意，同是宦游人。海内存知己，天涯若比邻。无为在歧路，儿女共沾巾。"诗歌前两句壮阔精整、气势雄伟，接下来开合顿挫、文情跌宕，整首诗气脉贯通、意境旷达，写出了诗人高远的志向、豁达的情怀和开阔的胸襟。王勃诗中有"高情壮思"，也有"伤情悲思"，他在《易阳早发》中写道："饬装侵晓月，奔策候残星。危阁寻丹障，回梁属翠屏。云间迷树影，雾里失峰形。复此凉飙至，空山飞夜萤。"诗人借助"残星""危阁""云""凉飙""空山"等意象传递"伤情悲思"，体现出其诗歌慷慨悲凉的另一面。其著名的"海内存知己，天涯若比邻"的经典诗句更是写出了唐人的胸怀和唐朝的气魄。类似的诗歌还有《咏风》《别薛华》等。

> 萧萧凉风生，加我林壑清。驱烟寻涧户，卷雾出山楹。
> 去来固无迹，动息如有情。日落山水静，为君起松声。
>
> 《咏风》
>
> 送送多穷路，遑遑独问津。悲凉千里道，凄断百年身。
> 心事同漂泊，生涯共苦辛。无论去与住，俱是梦中人。
>
> 《别薛华》

杨炯（650—693?），字令明，华州华阴（今属陕西）人，有《杨盈川集》。杨炯主张写文章要"壮而不虚，刚而能润，雕而不碎，按而弥坚"（杨炯《王勃集序》），这样的文学思想，是唐代诗文革新理论的先声。其诗中的景物描写不乏精雕细刻，但又力避细碎零散，如"雪暗凋旗画，风多杂鼓声"（《从军行》）、"明堂占气色，华盖辨星文"（《出塞》）、"幡旗如鸟翼，甲胄似鱼鳞"（《战城南》）、"乔林百丈偃，飞水千寻瀑"（《广溪峡》）等，可以看出诗人写景有点有面、有开有合，避免了"为景而景"。作者写景的目的是抒情，将"景语"与"情语"结合，抒发了雄壮刚健之情。而"宁为百夫长，胜作一书生"（《从军行》）、"丈夫皆有志，会见立功勋"（《出塞》）、"寸心明白日，千里暗黄尘"（《战城南》）、"天下有英雄，襄阳有龙伏"（《广溪峡》）则又直抒己见、胸臆直露。

卢照邻（634—686?），字昇之，幽州范阳（今河北涿州）人，著有《幽忧子集》。卢照邻曾说，"先朝好史，予方学于孔墨；今上好法，予晚受乎老庄"（《释疾文》），体现出个人喜好及其诗风特点。他在《行路难》中写道："君不见，长安城北渭桥边，枯木横槎卧古田。昔日含红复含紫，常时留雾亦留烟。春景春风花似雪，香车玉舆恒阗咽。若个游人不竞攀，若个倡家不来折！倡家宝袜蛟龙帔，公子银鞍千万骑。黄莺一一向花娇，青鸟双双将子戏。千尺长条百尺枝，月桂星榆相蔽亏。珊瑚叶上鸳鸯鸟，凤凰巢里雏鹓儿。巢倾枝折凤归去，条枯叶落任风吹。一朝憔悴无人问，万古摧残君讵知？"诗歌跨越古今，思索历史人生，气势起伏，视野宽阔，跌宕流畅，神采兼备，开启了新的诗风。而其《长安古意》，"长安大道连狭斜，青牛白马七香车。玉辇纵横过主第，金鞭络绎向侯家……寂寂寥寥扬子居，年年岁岁一床书。独有南山桂花发，飞来飞去袭人裾"则通过对古都长安的描写，感慨世事之变迁，伤一己之湮滞，从中既能看出其"学孔墨""受老庄"的个体诗学风貌，也体现出了"四杰"共同倡导的文学主张。

骆宾王（619—684?），字观光，婺州义乌（今浙江义乌）人，著有《骆宾王文集》。其《帝京篇》从当年帝京长安的壮观与豪华写起，首叙形势之恢宏、宫阙之壮伟，次述王侯、贵戚、游侠之奢侈无度，但很快就进入议论抒情，评说古今，抒发感慨：

> 古来荣利若浮云，人生倚伏信难分。
> 始见田窦相移夺，俄闻卫霍有功勋。
> 未厌金陵气，先开石椁文。

朱门无复张公子，灞亭谁畏李将军。

相顾百龄皆有待，居然万化咸应改。

桂枝芳气已销亡，柏梁高宴今何在。

春去春来苦自驰，争名争利徒尔为。

诗人将浓烈的感情贯注于对历史人生的思索之中，使情感深化，诗体升华，凸显思想力量，形成壮大气势。在诗中，诗人也抒发了对自己沉沦下僚的不满与愤激。骆宾王这种鸣不平、抒幽愤的诗比较多，并且富有艺术性，体现出诗人高超的艺术驾驭能力：

谁知怀玉者，含响未吟晨。（《镂鸡子》）

还望青门外，空见白云浮。（《送郭少府探得忧字》）

离心何以赠，自有玉壶冰。（《送别》）

艰虞行已远，时迹自相惊。（《远使海曲春夜多怀》）

非将吴会远，飘荡帝乡情。（《赋得春云处处生》）

将飞怜弱羽，欲济乏轻舠。（《蓬莱镇》）

行役忽离忧，复此怆分流。（《至分水戍》）

阵去金河冷，书归玉塞寒。（《秋晨同淄川毛司马秋九咏·秋雁》）

"四杰"所写的五言律诗，尤其是王勃和杨炯的五律，透露出一种自负的雄杰之气和慷慨情怀，这主要反映在他们羁旅送别之作和边塞诗中。这类诗歌，作者往往于伤别之外，寄寓一种昂扬的抱负和气概，使诗的格调变得壮大。而"四杰"中的卢、骆、王等人往往用七言歌行来铺写抒情，这种以五、七言为主夹杂少量三言的体式，本身就有一种流动感，情之所至，笔亦随之，篇幅或长或短，句式参差错落，工丽整练中显出流宕和起伏，这是一种更适合表现他们所追求的刚健骨气的抒情载体。但"四杰"诗风亦属"当时体"，并没有完全摆脱当时流行的宫廷诗风的影响。他们的一些作品，讲究对偶声律，追求词采的工丽和韵调的流转，不免有雕琢繁缛之病。

唐高宗、武后时期，以主文辞为特点的进士科的勃兴，为一般士人中有文才者的升迁创造了条件。与"四杰"同时或稍后的一批初唐著名诗人，如杜审言、李峤、宋之问、沈佺期等都是由进士科及第而先后受到朝廷重用的士人作家。他们入朝做官时写的那些分题赋咏和寓直酬唱之类的"台阁体"诗，虽在内容上与以前的宫廷诗人的作品无太大差别，但在诗律和诗艺的研练方面却有很大进展，为唐代近体诗的定型做出了贡献。

陈子昂（659—700），字伯玉，梓州射洪（今四川射洪市）人。他是初唐杰出的文学家，对唐诗发展做出重大贡献，其文学理论和创作推动了唐代诗文革新。他出生于庶族地主家庭，"少学纵横术，游楚复游燕"（《赠严仓曹乞推命录》），任侠使气，轻财好施。青年时期，他折节读书，永淳元年（682），赴洛阳应试，中进士，释褐将仕郎。由于上谏疏直陈政事，他受到赏识，官至右拾遗。他曾慷慨从军，到过东北边陲，也曾跃马大漠以南，后因言事降职，愤而还乡。回乡后，他被诬陷入狱，于久视元年（700）去世，年仅42岁。

陈子昂诗歌创作表现出明显的复古倾向，主张继承和发扬《诗经》的"兴寄"传统和建安正始的"汉魏风骨"，要求创作内容充实、风格刚健，即"骨气端翔，音情顿挫，光英朗练"（《与东方左史虬修竹篇序》），其诗比兴寄托，言志风雅，呈现出与当时诗风完全不同的精神风貌。其《感遇》诗共38首，非一时一地之作，感情复杂，内容丰富，其中有边塞诗，如，"朔风吹海树，萧条边已秋。亭上谁家子，哀哀明月楼""苍苍丁零塞，今古缅荒途。亭堠何摧兀，暴骨无全躯"等

5 首，诗人借此抒发为国戍边御敌的志向；也有借古讽今之作，如"昔日章华宴，荆王乐荒淫。霓旌翠羽盖，射兕云梦林"、"荒哉穆天子，好与白云期。宫女多怨旷，层城闭蛾眉"等。在这些诗作中，诗人或揭露统治阶级奢侈腐化，或指斥掌权者滥杀无辜，或揭露世俗小人的尔虞我诈，笔锋直露，观点鲜明。《感遇》诗中还有一部分是诗人感叹身世之作，如"兰若生春夏，芊蔚何青青。幽独空林色，朱蕤冒紫茎"，诗人借芳草美人抒发壮志未酬的悲伤之情，"芊蔚青青"却"独守空林"，怀才不遇之情状跃然纸上。

陈子昂的代表诗作除了《感遇》诗三十八首，还有《蓟丘览古赠卢居士藏用七首》和《登幽州台歌》。诗人随军北征，希望能够杀敌报国、边陲立功，但理想落空、希望破灭，诗人惆怅不已，登蓟北楼，吟咏古人古事，抒发悲愤情怀。他在《蓟丘览古赠卢居士藏用七首》序中写道："丁酉岁，吾北征。出自蓟门，历观燕之旧都，其城池霸异，迹已芜没矣。乃慨然仰叹。"在这七首诗中，诗人写出了"尚想广成子，遗迹白云隈"的希望，"乐生何感激，仗义下齐城"的决心，"逢时独为贵，历代非无才"的自信；同时也写出了"应龙已不见，牧马空黄埃"的无奈，"丘陵尽乔木，昭王安在哉"的悲伤，"王道已沦昧，战国竞贪兵"的慨叹。从"奈何燕太子，尚使田生疑。伏剑诚已矣，感我涕沾衣"等诗句，可以看出诗人内心的矛盾和怅惘。

在写《蓟丘览古赠卢居士藏用七首》的同时，陈子昂还写下了千古传唱的《登幽州台歌》：

前不见古人，后不见来者。念天地之悠悠，独怆然而涕下。

短短 22 字，诗人的诗思"观古今于须臾""挫万物于笔端""笼天地于形内"，穿越时空，纵横万里，缅怀往昔，感慨当下，愁肠百结，潜然泪下。在天地无穷而人生有限的悲歌中，在时光永恒而人生短暂的慨叹中，回荡着目空一切的孤傲之气，充盈着洞穿古今的倔强之情，情感跌宕，感人肺腑。整首诗透露出英雄无用武之地、抚剑四顾茫然而慷慨悲歌的豪侠气概，蕴含着"得风气之先的伟大孤独感"①。陈子昂通过自己的诗歌创作践行了他的诗歌理论主张，影响了有唐一代，他的诗美理想，对唐诗的变革具有关键性的意义，成为盛唐诗歌行将到来的序曲。

第二节　张若虚、刘希夷等诗歌分析

刘希夷（651？—680？），字延之，汉族，汝州（今河南汝州）人；高宗上元二年（675）进士，其诗以歌行见长，辞意柔婉，用词华丽。他的军旅诗有《从军行》《将军行》等篇目。在这些诗歌中，诗人描绘了"秋天风飒飒""黄尘塞路起"的边地风情，"军门压黄河""将军辟辕门"的军情，"戎马几万匹""群胡马行疾"的敌情，也写出了"兵气冲白日""飞箭如雨集"的战斗场景及"丈夫清万里，谁能扫一室"的抱负志气，从其军旅诗中可以看出初唐的军容和国威。刘希夷的思妇闺情诗充满了闺思柔情，他在《春女行》中写道："春女颜如玉，怨歌阳春曲。巫山春树红，沅湘春草绿。自怜妖艳姿，妆成独见时。愁心伴杨柳，春尽乱如丝。""怨歌""自怜""独见""愁心""乱如丝"等词汇透露着思妇的闺怨愁思之情，还有他《捣衣篇》中"莫言衣上有斑斑，只为思君泪相续"也传达出类似情意。

刘希夷的代表作是《代悲白头翁》：

---

① 张毅. 唐宋诗词审美［M］. 天津：南开大学出版社，2013：24.

洛阳城东桃李花，飞来飞去落谁家？

洛阳女儿惜颜色，坐见落花长叹息。

今年花落颜色改，明年花开复谁在？

已见松柏摧为薪，更闻桑田变成海。

古人无复洛城东，今人还对落花风。

年年岁岁花相似，岁岁年年人不同。

寄言全盛红颜子，应怜半死白头翁。

此翁白头真可怜，伊昔红颜美少年。

公子王孙芳树下，清歌妙舞落花前。

光禄池台文锦绣，将军楼阁画神仙。

一朝卧病无相识，三春行乐在谁边？

宛转蛾眉能几时？须臾鹤发乱如丝。

但看古来歌舞地，唯有黄昏鸟雀悲。

诗歌从"桃李飞花"景物写起，引出"花落惜颜"的叹息，慨叹人生短促，红颜易老，正所谓"年年岁岁花相似，岁岁年年人不同"，诗歌由"物"到"人"再到"理"，水到渠成，顺理成章，不露痕迹，体现出诗人高超的艺术驾驭能力。诗歌的后半部分，诗人将笔触聚焦于主人公"白头翁"身上，通过"应怜半死白头翁"与"伊昔红颜美少年"的今昔对比，及"公子王孙芳树下""将军楼阁画神仙"的往事回忆和"一朝卧病无相识""须臾鹤发乱如丝"的悲惨现状，引发"宛转蛾眉能几时""唯有黄昏鸟雀悲"的"代悲"之叹，感慨富贵无常、世事沧桑。

张若虚（670？—730？），字号不详，扬州（今江苏扬州）人，儒客大家，曾任兖州兵曹；唐中宗神龙年间与贺知章等以吴越文士扬名京都，与贺知章、张旭、包融并称"吴中四士"。

　　他的诗仅存两首，但仅凭《春江花月夜》一诗，就足以彪炳史册，奠定其在诗歌史上的大家地位，清人王闿运誉之"孤篇横绝，竟为大家"①，近代闻一多称其为"诗中的诗，顶峰上的顶峰"。

春江潮水连海平，海上明月共潮生。
滟滟随波千万里，何处春江无月明！
江流宛转绕芳甸，月照花林皆似霰；
空里流霜不觉飞，汀上白沙看不见。
江天一色无纤尘，皎皎空中孤月轮。
江畔何人初见月？江月何年初照人？
人生代代无穷已，江月年年只相似。
不知江月待何人，但见长江送流水。
白云一片去悠悠，青枫浦上不胜愁。
谁家今夜扁舟子？何处相思明月楼？
可怜楼上月徘徊，应照离人妆镜台。
玉户帘中卷不去，捣衣砧上拂还来。
此时相望不相闻，愿逐月华流照君。
鸿雁长飞光不度，鱼龙潜跃水成文。
昨夜闲潭梦落花，可怜春半不还家。
江水流春去欲尽，江潭落月复西斜。
斜月沉沉藏海雾，碣石潇湘无限路。
不知乘月几人归，落月摇情满江树。

《春江花月夜》

---

① 周柳燕. 王闿运辑［M］. 北京：民主与建设出版社，2016：330.

这是一首长篇歌行，诗人以乐府旧题写全新的内容，以春、江、花、月、夜为背景，以月为主体，展开想象和联想，写景状物，驰神骋思，成千古名篇。诗篇开头"春江"与"潮水"相连，"明月"与浪潮共生，大气磅礴中包含着诗情画意。接下来，诗人进行了一系列经典的环境描写：滟波万里、江绕芳甸、月照花林、空中流霜、汀上沙白、江天一色、空中孤月。它们同诗歌的题目一样巧妙，一样艺术，"将春、江、花、月、夜五字炼成一片奇光"（钟惺、谭元春《唐诗归》），这些景物既是独立个体，每一处景物都是一幅美丽的图画，同时，它们又相映成趣，共同组成了一幅美轮美奂的"春江花月夜"图。诗人凭借超凡脱俗的"诗艺"将"诗景""诗情"推向极致，为读者营造了美妙绝伦的"诗境"。

然后，诗人由"景"及"理"，提出"江畔何人初见月？江月何年初照人？"的问题，这正如屈原之"问天"、李白之"问月"，诗人在问天、问月的同时，也在问人、问己，这一"问"收到了"言有尽而意无穷"的艺术效果。而后诗人由时空的无限，想到了生命的有限，表现出一种深沉寥廓的"强烈宇宙意识"（闻一多《唐诗杂论》），诗歌中的意象也由前面的自然意象、世俗意象，转向哲学意象、超越意象，诗人面对无穷宇宙，深切地感受无限与有限、真实与虚幻、意识与觉醒。个体的短暂绵延了群体的繁荣，"代代无穷已"的人类能与"年年望相似"的明月长久共存。这里有哀而不伤的人生咏叹，也有宏大浩瀚的宇宙意识的觉醒，诗人的小我上升至人类的大我，不去想一己衰荣，只在无际的时空变幻中叩问曾经与往后的"何人"，有困惑但不卑不亢，虽惘然却傲骨仍存。全诗以"不知乘月几人归，落月摇情满江树"结束，让人回味无穷，为读者创造了有温度的人文与美学想象空间。

张若虚和刘希夷在诗歌意境上取得了明显的进步，他们将真切的生命体验融入美的兴象中，诗情与画意结合，浓烈的情思氛围，空明纯美的诗境，表明唐诗意境的创造已进入炉火纯青的阶段，为盛唐诗歌的到来做了艺术上的充分准备。

第二章

盛唐诗歌

　　唐开元、天宝年间，经济繁荣，国力强盛，为唐诗发展提供了坚实的经济基础，营造了和谐的社会氛围。在初唐诗歌革新基础上，盛唐诗人"既闲新声，复晓古体。文质半取，风骚两挟"（殷璠《河岳英灵集·集论》），他们"变汉魏之古体为唐体，而能复其高雅；变六朝之绮丽为浑成，而能复其挺秀"（吴乔《围炉诗话·卷一》），让唐诗呈现出了文质彬彬的完美境界。此时的诗坛风格多样、流派众多、众体兼备，可谓百花齐放、群星闪烁。

第一节　王维与孟浩然的山水田园诗

　　王维（701—761），字摩诘，太原祁县（今山西祁县）人。王维多才多艺，诗、书、画、乐兼擅，是盛唐山水田园诗的代表作家。他生于武后长安元年（701），15 岁开始游学，居长安数年，并于开元九年（721）擢进士第，为太乐丞，后由宰相张九龄举荐，官拜右拾遗。开元二十五年（737），他又一度赴河西节度使幕，为监察御史兼节度判官；天宝元年（742）转左补阙；天宝三年（744），开始经营蓝田县的辋川别业，闲暇之时，游览其中。安史之乱爆发，他被署以伪职，乱

平，降为太子中允，终仕尚书右丞，故世称"王右丞"；上元二年
（761）卒于辋川别业，年六十一。

王维早年受儒家用时济世思想影响，锐意进取，对功名亦充满热情
和向往。他在《不遇咏》中说："济人然后拂衣去，肯作徒尔一男儿。"
诗人不愿意一辈子庸庸碌碌，毫无成就，认为这样枉做一个男子汉大丈
夫。此时的王维在写给张九龄的《献始兴公》中说，"所不卖公器，动
为苍生谋。贱子跪自陈：可为帐下不"，希望被推荐重用。此时他的诗
歌中也充满了渴望建功立业的思想，他在《从军行》中写道："尽系名
王颈，归来报天子。"字里行间洋溢着昂扬进取的情思和气势。类似的
诗作还有：

> 回看射雕处，千里暮云平。（《观猎》）
> 相逢意气为君饮，系马高楼垂柳边。（《少年行》）
> 暮云空碛时驱马，秋日平原好射雕。（《出塞作》）
> 征蓬出汉塞，归雁入胡天。（《使至塞上》）
> 慷慨倚长剑，高歌一送君。（《送张判官赴河西》）

王维在仕途受挫，理想落空后，奉佛修禅的思想日益滋长。开元二
十九年（741）春，诗人自岭南北归途中在《谒璿上人》中写道："少
年不足言，识道年已长……颓然居一室，覆载纷万象。"年长识道、颓
然焚香的形象与早期形成鲜明对比。安史之乱后，王维名节遇污，又怀
赦宥之恩，内心充满矛盾，政治上心灰意冷，又不满残酷现实，不愿同
流合污，也无力斗争反抗，只能无可奈何地"一生几许伤心事，不向
空门何处销"（《叹白发》）。

王维诗歌内容丰富，但最出色的是山水田园诗。他抒写隐逸情怀的
山水田园诗，兴象玲珑，出语明秀，诗境静逸，创造出"诗中有画，

画中有诗"的幽美境界，奠定了其在唐诗史上大师地位。

其山水诗，有描写山川河流的，气势宏大，境界开阔。如《汉江临泛》："楚塞三湘接，荆门九派通。江流天地外，山色有无中。郡邑浮前浦，波澜动远空。襄阳好风日，留醉与山翁。"流经楚塞又折入三湘的汉江，西起荆门，东通九江。远望江水流天外，近看山色缥缈中。诗人笔下之景水天相接，山色空蒙，有动静成磅礴之势，有咫尺携万里之妙，这样的山水怎能不令人陶醉？以至诗人愿在此地陪伴山翁醑饮。还有《终南山》："太乙近天都，连山接海隅。白云回望合，青霭入看无。分野中峰变，阴晴众壑殊。欲投人处宿，隔水问樵夫。"诗人借助终南山白云、青霭、阴晴的变化，写终南山绵延起伏山岩沟壑的万千气象，有动有静，有远有近，人在其中，若主若客，远可近天接海，近可问樵投宿，美矣妙矣。王维山水诗中还有营造幽静空灵意境，表现孤高落寞情怀的，如"空山不见人，但闻人语响"（《鹿柴》）、"湖上一回首，山青卷白云"（《欹湖》）、"深林人不知，明月来相照"（《竹里馆》）、"涧户寂无人，纷纷开且落"（《辛夷坞》）等。

其田园诗，有的富有隐士特色，体现出诗人醉心田园之情。如"即此羡闲逸，怅然吟式微"（《渭川田家》）、"随意春芳歇，王孙自可留"（《山居秋暝》）、"披衣倒屣且相见，相欢语笑衡门前"（《辋川别业》）。这些诗中表达了诗人对田园的倾羡、留恋和满足。王维田园诗中更多的是描写田园风光的自然美好和田园人情的真挚淳朴。"雨中草色绿堪染，水上桃花红欲然"（《辋川别业》）、"白水明田外，碧峰出山后"（《新晴野望》）等写出了田园风光的秀美；"竹喧归浣女，莲动下渔舟"（《山居秋暝》）、"田夫荷锄至，相见语依依"（《渭川田家》）写出了田园居民之间的温馨和谐。

另外，王维还有边塞诗、忧愤诗、赠别诗等，这些诗作也独具特色，佳作颇多。如《使至塞上》中的"大漠孤烟直，长河落日圆"，作者采用了直线（孤烟直）加曲线（落日圆）的粗线条勾勒方式，写出塞外广袤无垠的雄奇壮丽，可谓简单至极，又神奇至极，在文学史上创造了后人艳羡又难以企及的创作高度。类似的"十里一走马，五里一扬鞭"（《陇西行》），诗人惜墨如金，诗句却诗情洋溢，同上相比，也有异曲同工之妙。其忧愤、赠别诗中写得情真意切、感人肺腑者亦比比皆是。"关西老将不胜愁，驻马听之双泪流"（《陇头吟》）、"愿君多采撷，此物最相思"（《相思》）、"独在异乡为异客，每逢佳节倍思亲"（《九月九日忆山东兄弟》）、"劝君更尽一杯酒，西出阳关无故人"（《送元二使安西》）等。

与王维齐名且同样以写自然山水见长的诗人是孟浩然。他的生、卒年均早于王维，但成名却在王维之后。

孟浩然（689—740），名浩，字浩然，襄州襄阳（今湖北襄阳）人，世称孟襄阳。孟浩然一生以漫游隐逸为主，是盛唐诗人中终身不仕的一位。40岁以前，他隐居汉水之南，开元十六年（728），曾先后两次进京求仕：一次应试失败，一次荐举未果。开元二十五年（737）入张九龄幕府，与李白、王维、王昌龄等有过交往。

孟浩然与盛唐其他诗人一样，也怀有济时用世的强烈愿望，其《望洞庭湖赠张丞相》云："八月湖水平，涵虚混太清。气蒸云梦泽，波撼岳阳城。欲济无舟楫，端居耻圣明。坐观垂钓者，徒有羡鱼情。"诗人希望通过张丞相援引出仕，做出一番轰轰烈烈的事业，不愿意闲居无事，"坐观垂钓"。诗中洋溢着不甘寂寞的豪逸之气，境界宏阔、气势壮大，尤其是"气蒸云梦泽，波撼岳阳城"一联，是非同凡响的盛唐之音，但诗人数次求仕遇挫，便逐渐转向漫游和归隐，寄情山水和田园。

孟浩然的田园诗以隐士的目光，描绘了乡村的秀美，讴歌了田园的淳朴。如《过故人庄》："故人具鸡黍，邀我至田家。绿树村边合，青山郭外斜。开轩面场圃，把酒话桑麻。待到重阳日，还来就菊花。"绿树环绕村落，青山城外横卧，还有茅屋、窗户、谷场、菜园，一幅山远户静、菜绿花黄的迷人田园风光图铺展在读者眼前，镶嵌在读者心中。还有淳朴热情的老友准备好了肥美的"鸡黍"，一起"把酒话桑麻""带兴就菊花"，性情率真，氛围和乐，诗味醇美。诗歌将自然之纯与人文之美融为一体，写出了乡村田园的诗情画意。

　　孟浩然的山水诗，常在吟咏山光水色之时撷取其中的自然景物，融入情感，表现幽远的意境，形成其清幽淡雅的风格。如《宿建德江》："移舟泊烟渚，日暮客愁新。野旷天低树，江清月近人。"诗人将"旅思""客愁"融入日暮时分烟雾迷蒙的环境中，借助景物的渲染，让情感生发蔓延，在不动声色中感染打动读者。诗歌后两句更是清幽至极、纯情至极，可谓"从静悟得之，故语淡而味终不薄"（沈德潜《唐诗别裁·卷一》）。其山水诗的艺术特色在下面两首诗中也有充分体现：

　　　　山暝听猿愁，沧江急夜流。风鸣两岸叶，月照一孤舟。
　　　　建德非吾土，维扬忆旧游。还将两行泪，遥寄海西头。
　　　　　　　　　　　　　　　　　　　　　《宿桐庐江寄广陵旧游》
　　　　挂席几千里，名山都未逢。泊舟浔阳郭，始见香炉峰。
　　　　尝读远公传，永怀尘外踪。东林精舍近，日暮空闻钟。
　　　　　　　　　　　　　　　　　　　　　　　《晚泊浔阳望庐山》

　　孟浩然开创了盛唐山水田园诗派，对当时和后世都有很大影响，可谓"清诗句句尽堪传"（杜甫《解闷》）。他的山水田园诗，贴近生活，常即兴而发，不假雕饰，呈现出"清水出芙蓉"之美。如《春晓》："春眠不觉晓，处处闻啼鸟。夜来风雨声，花落知多少。"王士源在《孟浩然集序》中说他的诗"文不按古，匠心独妙"。其山水田园诗在意境创造、自然美的表现、艺术手法和风格的创新方面做出了贡献，当然也存在题材狭窄、"韵高而才短"（苏轼《后山诗话》）的缺陷。

王维和孟浩然都是盛唐诗坛著名诗人，有着非常广泛的影响。崔兴宗称王维为"当代诗匠"（《酬王维》诗序），王士源说孟浩然的五言诗"天下称其尽美矣"（《孟浩然集序》）。当时，以王维、孟浩然为中心，还有裴迪、储光羲、张子容、常建等一批诗风与他们相近的诗人，他们创作了大量山水田园诗。盛唐山水田园诗的大量出现与当时隐逸之风的盛行有直接关系。盛唐诗人，多有隐居经历；即便身在仕途，内心对归隐山林的闲适和泛舟江湖的逍遥也充满了向往，诗人心中往往有挥之不去的隐逸情结。孟浩然在《寻香山湛上人》中写道："平生慕真隐，累日探奇异。野老朝入田，山僧暮归寺。……愿言投此山，身世两相弃。"从中可以看出当时"隐逸"的流行与普遍。同时，当时"归隐"也是入仕的"终南捷径"，有些人通过归隐以期达到自己入仕目的。再者归隐也是一种傲世独立的表现，是诗人人品高洁的外在显现和内心追逐返归自然的精神慰藉。更何况，大自然的确能够净化心灵、息烦静虑，使人产生忘情于山水的高逸情怀。

作为山水田园诗人，王维和孟浩然都以虚灵的胸襟去体悟山水田园，向外现其美，向内现其真，这是二者的相似之处，但他们之间也有差异。孟浩然的诗中不时流露出深感寂寞的孤独，而王维的归隐尤其是晚年，确已达到了"气和容众，心静如空"（《裴右丞写真赞》）的"忘我"境界。孟浩然在《秋登兰山寄张五》中写道："北山白云里，隐者自怡悦。相望试登高，心随雁飞灭。愁因薄暮起，兴是清秋发。时见归村人，沙行渡头歇。天边树若荠，江畔洲如月。何当载酒来，共醉重阳节。"诗中有面对"北山白云"美丽风景的"怡悦"，也有面对"树若荠""洲如月"时载酒共饮的陶醉，但同时诗中也洋溢着"心随雁飞""愁因暮起""清秋生悲"的愁情悲意。其《李氏园林卧疾》：

"我爱陶家趣，园林无俗情。春雷百卉坼，寒食四邻清。伏枕嗟公干，归山羡子平。年年白社客，空滞洛阳城。"诗歌开头虽然提到了别致不俗的园林，但接下来的春风吹落花、寒食人冷清，及"嗟公干""羡子平""滞洛城"的描述中流露出了孤寂落寞之情。另外，诗人在不同的诗作中通过"沙上闲禽""群木成翳""村西日斜""夕槐烟起""茅斋风凉""庭槐影疏""闲居枕清""旅馆羁愁""斜日怜娥""弦娇指清""云淡河汉""雨滴梧桐""剪花惊岁""菊采池闲""余露湿衣""落花空香""松月生凉""秋入诗意""荷枯雨滴"等景物的描写或明或暗、或点或面地抒发了孤寂之情，表达了落寞之意。王维则不同，其山水田园诗中更多的是自然和谐、恬淡宁静。其《渭川田家》："斜阳照墟落，穷巷牛羊归。野老念牧童，倚杖候荆扉。雉雊麦苗秀，蚕眠桑叶稀。田夫荷锄至，相见语依依。即此羡闲逸，怅然吟式微。"诗中不仅描写了夕阳照村落、田野麦苗秀的美丽风光和老翁待牧童、田夫荷锄归的和谐宁静，还表达了诗人不由自主地发出赞叹和产生的羡慕之情。诗人在《桃源行》中亦如此，不仅写出了桃源自然环境和社会环境之美，也表达了"尘心未尽思乡县"的感情。诗人在反映自己曾经生活过的场所辋川别业的同名诗《辋川别业》中说"披衣倒屣且相见，相欢语笑衡门前"，写出了诗人与当地居民其乐融融的相处景象。

渔舟逐水爱山春，两岸桃花夹古津。

坐看红树不知远，行尽青溪不见人。

山口潜行始隈隩，山开旷望旋平陆。

遥看一处攒云树，近入千家散花竹。

樵客初传汉姓名，居人未改秦衣服。

居人共住武陵源，还从物外起田园。

月明松下房栊静，日出云中鸡犬喧。

惊闻俗客争来集，竞引还家问都邑。

平明闾巷扫花开，薄暮渔樵乘水入。

初因避地去人间，及至成仙遂不还。

峡里谁知有人事，世中遥望空云山。

不疑灵境难闻见，尘心未尽思乡县。

出洞无论隔山水，辞家终拟长游衍。

自谓经过旧不遗，要知峰壑今未变。

当时只记入弘深，青溪几度到云林。

春来遍是桃花水，不辨仙源何处寻。

《桃源行》

不到东山向一年，归来才及种春田。

雨中草色绿堪染，水上桃花红欲然。

优娄比丘经论学，伛偻丈人乡里贤。

披衣倒屣且相见，相欢语笑衡门前。

《辋川别业》

从上面诗作可以看出诗人王维对山水田园的倾情、倾心，这种情感是通篇洋溢着的"面"的呈现。不仅如此，诗人还在其他诗歌作品中对这种情感进行了"点"的展示，如"天远山净""日暮河长""杉松带雨""苍翠成岚""兰生我篱""行到水穷""坐看云起""春虫飞户""暮雀隐枝""藤系古松""屋上鸠鸣""村边花白""独与云期""种田生玉""灶化丹砂""谷静泉响""山深日斜""愿奉无为""心学自然"等。诗人或借景抒情，或情含景中，或情景相生，将自己对山水田园的喜爱之情潜入诗中，形成了其独具特色的山水田园之美，奠定了他在中国山水田园诗发展史上他人难以超越的地位。

第二节　高适与岑参的边塞诗

边塞诗是唐诗的重要组成部分，盛唐时代边塞诗更是蔚为壮观，这些诗歌或表达请缨杀敌、报国立功的豪情，或描写边塞艰难困苦的生活和奇异风光，或抒发缭绕不尽的乡思边愁，或揭露军中矛盾，或反映边地异族风土人情，内容丰富，风格壮丽，洋溢着昂扬奋发的时代精神，具有很高的审美和艺术价值，成为盛唐诗坛的一大流派，高适与岑参便是其中杰出代表。

高适（704？—765），字达夫，郡望渤海蓚（今河北景县）人。高适早年旅居岭南，"喜言王霸大略，务功名，尚节义"（《旧唐书·高适传》），开元中入长安求仕，开元十八年（730）至开元二十一年（733）间，北上蓟门，漫游燕赵，希望能从军立功边塞。天宝三年（744）秋，与李白、杜甫游梁园。天宝八年（749），应张九皋举荐，试举中第，授封丘尉，因不忍"鞭挞黎庶"，于天宝十年（751）愤而辞官；次年入河西节度使哥舒翰幕府，掌书记。安史乱起后，高适官淮南节度使，自此官运亨通，历任蜀州、彭州刺史，剑南节度使等职。代宗即位后，他入朝为刑部侍郎，转左散骑常侍，进封渤海县侯，是"有唐以来，诗人之达者"（《旧唐书·高适传》）。

高适诗歌内容深刻，题材丰富，其中成就最高的是边塞诗，在反映现实的力度和深度方面超过同时代的许多诗人，其边塞诗常常应时而生，充满了追求功名的高昂意气，与直面现实的悲慨相结合，形成一种慷慨悲壮的美。其代表作是《燕歌行》：

汉家烟尘在东北，汉将辞家破残贼。

男儿本自重横行，天子非常赐颜色。

摐金伐鼓下榆关，旌旆逶迤碣石间。

校尉羽书飞瀚海，单于猎火照狼山。

山川萧条极边土，胡骑凭陵杂风雨。

战士军前半死生，美人帐下犹歌舞。

大漠穷秋塞草腓，孤城落日斗兵稀。

身当恩遇恒轻敌，力尽关山未解围。

铁衣远戍辛勤久，玉箸应啼别离后。

少妇城南欲断肠，征人蓟北空回首。

边庭飘飖那可度，绝域苍茫无所有。

杀气三时作阵云，寒声一夜传刁斗。

相看白刃血纷纷，死节从来岂顾勋！

君不见沙场征战苦，至今犹忆李将军。

这首诗感情复杂，矛盾交错，主要体现在以下几个方面：第一，杀敌报国与久戍不归的矛盾，诗歌肯定赞美了戍边兵士"摐金伐鼓下榆关"的英勇顽强，但也流露出来"铁衣远戍辛勤久"的倦苦；第二，将领和士兵苦乐不均的矛盾，尤其是"战士军前半死生，美人帐下犹歌舞"两句一针见血，直陈时弊，尖锐地讽刺了戍边将领的骄奢腐败；第三，戍守边疆与别离相思的矛盾，一方面是边疆"单于猎火照狼山"的紧急军情和"杀气三时作阵云"的激烈战斗，另一方面又是战争造成"玉箸应啼别离后"的相思和"少妇城南欲断肠"的悲痛。诗歌没有逃避矛盾，亦不讳言征战的艰辛，但不失奋发激昂的高亢基调，苦难与崇高并存，纵横顿宕，慷慨悲壮，质气沉雄，骨力浑厚，为边塞诗中的不朽名篇。

高适的边塞诗，多是根据诗人亲临边塞的实际生活体验写成的，诗中洋溢着高昂的爱国热情，充满了慷慨奋发的时代精神，抒发了诗人报国立功的志向。形式上除七言歌行外，还有五言古诗，将个人的边塞见闻、思考和功名志向揉为一体，苍凉悲慨中带着理智冷静，如《送李侍御赴安西》诗云："功名万里外，心事一杯中。虏障燕支北，秦城太白东。离魂莫惆怅，看取宝刀雄！"壮志满怀，雄心勃发，写得极粗犷豪放。在《塞下曲》中，他描绘了从戎征战时"万鼓雷殷地，千旗火生风"的壮观场面后，直言道：

> 万里不惜死，一朝得成功。画图麒麟阁，入朝明光宫。
> 大笑向文士，一经何足穷。古人昧此道，往往成老翁。

这种渴望立功边塞的诗充满了慷慨豪情，雄浑壮大，骨气端翔。不过，高适也反对穷兵黩武，如"兵革徒自勤，山河孰云固"（《自淇涉黄河途中作十三首》）；同情边塞士卒，如"边兵若刍狗，战骨成埃尘"（《答侯少府》）；希望息战兴农，如"边庭绝刁斗，战地成渔樵"（《睢阳酬别畅大判官》），对祸国殃民的安史之乱进行了愤怒的谴责：

> 一夕瀍洛空，生灵悲曝腮。衣冠投草莽，予欲驰江淮。
> 登顿宛叶下，栖遑襄邓隈。城池何萧条，邑屋更崩摧。
> 纵横荆棘丛，但见瓦砾堆。行人无血色，战骨多青苔。
> 遂除彭门守，因得朝玉阶。激昂仰鹓鹭，献替欣盐梅。
> 驱传及远蕃，忧思郁难排。罢人纷争讼，赋税如山崖。
> 所思在畿甸，曾是鲁宓侪。自从拜郎官，列宿焕天街。

> 《酬裴员外以诗代书》

殷璠在《河岳英灵集》里称赞高适"诗多胸臆语，兼有气骨"。其送别诗以"丈夫不作儿女别"为基调，豪放雄壮，正如严羽所言，"高、岑之诗悲壮，读之令人感慨"（《沧浪诗话·诗评》），如《别董大》："千里黄云白日曛，北风吹雁雪纷纷。莫愁前路无知己，天下谁人不识君。"这种"天下谁人不识君"的沉雄悲壮风格，感人至深，在盛唐诗坛璀璨生辉，广为流传，以至于"朝野通赏其文"（殷璠《河岳英灵集·卷上》）。

以边塞诗著称的盛唐诗人中，与高适一样有入幕经历且诗风相近的是岑参。杜甫在《寄彭州高三十五使君适虢州岑二十七长史参三十韵》中说，"高岑殊缓步，沉鲍得同行"，高、岑并称始于此。

岑参（715？—770），祖籍南阳，出生于江陵（今湖北江陵）。他的曾祖父、伯祖父和堂伯父都曾做过宰相，父亲做过两任州刺史，但这都已经是过去。他幼年丧父，家道中落，全靠自己刻苦学习，于天宝三年（744）登进士第，授右内率兵曹参军。天宝八年（749），他弃官从戎，出塞龟兹（今新疆库车），入安西节度使高仙芝幕府。天宝十三年（754），他再度出塞，赴庭州（今新疆吉木萨尔县），入北庭都护府封常清幕中任职；宝应元年（762）以殿中御史充关西节度判官，大历元年（766）任剑南西川节度使幕府殿中侍御史。《唐才子传·卷三》称其："往来鞍马烽尘间十余载。极征行离别之情。城障寨堡，无不经行。"这样的经历为其边塞诗创作打下了坚实基础。后来他又担任起居舍人、虢州长史等职；永泰元年（765）出为嘉州刺史，故有岑嘉州之称。

岑参与高适一样，热衷于进取功名，有强烈的入世精神。岑参在《送郭乂杂言》中说，"功名须及早，岁月莫虚掷"，在《银山碛西馆》中又说，"丈夫三十未富贵，安能终日守笔砚"。慷慨从军、边塞立功是其主要思想动机，再加上数次边塞经历，让岑诗呈现出奇异绚丽的艺术特色。描绘西域边疆雄奇壮丽风光是其边塞诗的内容之一，诗人在其诗中描绘了边塞皑皑白雪，如"北风卷地白草折，胡天八月即飞雪"（《白雪歌送武判官归京》）、"天山雪云常不开，千峰万岭雪崔嵬"（《天山雪歌送萧治归京》）；茫茫戈壁，如"平沙莽莽黄入天""一川碎石大如斗，随风满地石乱走"（《走马川行奉送出师西征》）；炎炎火山，如"赤焰烧虏云，炎氛蒸塞空。不知阴阳炭，何独然此中"（《经火山》）；还有猎猎狂风，如"银山碛口风似箭""飒飒胡沙迸人面"（《银山碛西馆》）、"轮台九月风夜吼""风头如刀面如割"（《走马川行奉送出师西征》）；等等。诗人将诗思笔力聚焦边塞，向读者呈现出一幅幅描绘边塞奇异风光的"特写图"。

歌颂大唐军威，颂扬爱国精神，抒发建功立业抱负，是岑参边塞诗的另一重要内容，如《轮台歌奉送封大夫出师西征》：

> 轮台城头夜吹角，轮台城北旄头落。羽书昨夜过渠黎，单于已在金山西。戍楼西望烟尘黑，汉兵屯在轮台北。上将拥旄西出征，平明吹笛大军行。四边伐鼓雪海涌，三军大呼阴山动。

号角吹响，将士出征，鼓声如雷，军威振山，体现出诗人积极进取精神和克服困难的勇气。再如《走马川行奉送出师西征》：

> 君不见走马川行雪海边，平沙莽莽黄入天。
> 轮台九月风夜吼，一川碎石大如斗，随风满地石乱走。
> 匈奴草黄马正肥，金山西见烟尘飞，汉家大将西出师。
> 将军金甲夜不脱，半夜军行戈相拨，风头如刀面如割。
> 马毛带雪汗气蒸，五花连钱旋作冰，幕中草檄砚水凝。
> 虏骑闻之应胆慑，料知短兵不敢接，车师西门伫献捷。

　　尽管边塞风夜吼、石乱走，气候恶劣，但诗人却乐观开朗，充满了昂扬进取精神，将西北荒漠的奇异风光与风土人情，用慷慨豪迈的语调和奇特的艺术手法，生动地表现出来，别具一种奇伟壮丽之美。

　　岑参边塞诗中反映乡思边愁主题的诗篇亦写得深挚真切，诗人在《逢入京使》中写道："马上相逢无纸笔，凭君传语报平安。""马上相逢"的意外与仓促，"传语报平安"的牵挂与思念，渗透在诗人叙述中。再如《送崔子还京》："匹马西从天外归，扬鞭只共鸟争飞。送君九月交河北，雪里题诗泪满衣。"诗歌以故人归京，反衬诗人久滞难归，思乡念亲之情跃然纸上。类似的诗篇还有《题苜蓿峰寄家人》："苜蓿峰边逢立春，胡芦河上泪沾巾。闺中只是空相忆，不见沙场愁杀人。"

　　在以写边塞题材著称的盛唐诗人中，岑参是留存作品最多的，他前后两次出塞创作的边塞诗多达 70 余首。尤其是后一次出塞，他写出了同类题材中最优秀的作品，其艺术成就在某些方面已超过了高适，无愧高、岑并称的荣誉。

第三节　浪漫主义诗人李白

　　李白是盛唐文化孕育出来的天才诗人，也是我国古代文学史上伟大的浪漫主义诗人，其豪放洒脱的气度和自由创造的浪漫情怀，体现着昂扬奋发的时代精神，是宏大蓬勃的盛唐气象的鲜明写照。李白的乐府歌行和绝句中洋溢着盛唐诗歌的"精气神"，诗作充满澎湃激情和神奇想象，气势浩瀚，变幻莫测，美不胜收，他的诗歌是浪漫主义精神与浪漫主义艺术巧妙融合的产物。

一、李白的生平经历

李白（701—762），字太白，号青莲居士，祖籍陇西成纪（今甘肃秦安），李白在《上安州裴长史书》中说自己"少长江汉，五岁诵六甲，十岁观百家""常横经籍书，制作不倦"，在《赠张相镐》中说自己"十五观奇书，作赋凌相如"，可见李白自幼聪慧且受过很好的教育。李白学习内容宽泛，不拘于儒学一家，同时他还"十五游神仙，仙游未曾歇"（《感兴》其五），漫游名山大川，"读万卷书，行万里路"的经历对其豪放不羁的性格、纵横使气的思想和飘逸洒脱的诗风产生积极影响。

开元十八年（730）前后，李白初入长安，隐居终南山，结交权贵，遍访文友，历经十余年，名动京师。天宝元年（742），李白应诏再入长安写下了《南陵别儿童入京》："白酒新熟山中归，黄鸡啄黍秋正肥。呼童烹鸡酌白酒，儿女嬉笑牵人衣。高歌取醉欲自慰，起舞落日争光辉。游说万乘苦不早，著鞭跨马涉远道。会稽愚妇轻买臣，余亦辞家西入秦。仰天大笑出门去，我辈岂是蓬蒿人。"诗歌后两句"仰天大笑出门去，我辈岂是蓬蒿人"写出了李白及他所代表的那个时代的自信与自负，是盛唐气象的写照。

天宝元年（742）至天宝三年（744）是李白寓居长安时期。入京后，李白受到激赏，被贺知章称为"谪仙"，唐玄宗命他待诏翰林，他在《驾去温泉后赠杨山人》中写道："一朝君王垂拂拭，剖心输丹雪胸臆。忽蒙白日回景光，直上青云生羽翼。幸陪鸾辇出鸿都，身骑飞龙天马驹。王公大人借颜色，金璋紫绶来相趋。"诗人入京后希望"遭逢圣明主，敢进兴亡言"（《书情赠蔡舍人雄》），渴望"平步青云"，一展宏图，但他很快发现事实与自己的愿望相违背，便上疏自请放还。

李白离开长安后，开始了11年左右的漫游，他在洛阳与杜甫相遇，二人登台怀古，把酒论文，成为文坛佳话。天宝十年（751），李白游历幽燕，目睹了安禄山的骄横跋扈和图谋不轨，李白忧心忡忡："十月到幽州，戈鋋若罗星。君王弃北海，扫地借长鲸。呼吸走百川，燕然可摧倾。心知不得语，却欲栖蓬瀛。弯弧惧天狼，挟矢不敢张。揽涕黄金台，呼天哭昭王。"（《经离乱后天恩流夜郎忆旧游书怀赠江夏韦太守良宰》）755 年安史之乱爆发，李白隐居庐山；至德元年（756）应永王璘之聘入幕，在《永王东巡歌》中写道："永王正月东出师，天子遥分龙虎旗……南风一扫胡尘静，西入长安到日边。"表达了誓清胡尘、恢复两京的愿望。上元二年（761）秋，诗人拟赴淮南李光弼幕府，因病而返，次年病卒。

二、李白的诗歌内容

李白生性豪放，思想驳杂，正如其个人所言，"近者逸人李白，自峨眉而来，尔其天为容，道为貌，不屈己，不干人。巢、由以来，一人而已"（《代寿山答孟少府移文书》）。诗人集儒道于一身，合仙侠于一体，从而决定了其诗歌内容的丰富、形式的多样，也决定了其文风的恣肆、诗风的豪放。

李白有着顽强而执着的追求功业之心，因此讴歌理想、抒发抱负是其诗歌的重要内容。诗人胸怀绝世理想，渴望一展宏图，"将欲倚剑天外，挂弓扶桑。浮四海，横八荒，出宇宙之寥廓，登云天之渺茫"（《代寿山答孟少府移文书》），希望像大鹏一样"吾右翼掩乎西极，左翼蔽乎东荒""背嶪太山之崔嵬，翼举长云之纵横""喷气则六合生云，洒毛则千里飞雪"（《大鹏赋》）。可见李白不仅是一位"落笔生绮绣"的诗人，也是"操刀振风雷"的勇者，他希望能够凭借能力，施展才华，报国安民，济世定邦，实现"使寰区大定，海县清一"（《代寿山答孟少府移文书》）的抱负，等"事君之道成，荣亲之义毕，然后与陶朱、留侯，浮五湖，戏沧洲"（《代寿山答孟少府移文书》）。李白的这种安社稷、济苍生的爱国思想在其诗中得到充分展现，他在《送族弟绾从军安西》中写道："汉家兵马乘北风，鼓行而西破犬戎。尔随汉将出门去，剪虏若草收奇功。"诗人主张"君子要有所思行"，应该随军出征，破敌驱戎，除虏立功。诗人有很多诗篇都关涉该题：

> 六博争雄好彩来，金盘一掷万人开。
> 丈夫赌命报天子，当斩胡头衣锦回。
>
> 《送外甥郑灌从军》其一
>
> 五月天山雪，无花只有寒。笛中闻折柳，春色未曾看。
> 晓战随金鼓，宵眠抱玉鞍。愿将腰下剑，直为斩楼兰。
>
> 《塞下曲》其一
>
> 秦赵兴天兵，茫茫九州乱。感遇明主恩，颇高祖逖言。
> 过江誓流水，志在清中原。拔剑击前柱，悲歌难重论。
>
> 《南奔书怀》

李白这些诗歌既有昂扬奋发的时代精神，又有李白个人豪迈自信的个性特征，诗人驰骋古今，把理想与激情、历史与现实结合在一起，"清雄奔放，名章俊语，络绎间起，光明洞澈，句句动人"（《上安州裴长史书》）。

张扬个性、畅情抒怀也是李白诗歌的重要内容。李白是继屈原之后我国文学史上又一位伟大的浪漫主义作家，他豪放不羁的个性、飘逸奔放的文思、超凡脱俗的艺术，引领时代风骚，"兴酣笔落摇五岳，诗成笑傲凌沧州"（《江上吟》）。尤其是写酒诗，可谓"毫墨时洒落，探玄有奇作"（《赠参寥子》）；诗人畅饮时"烹羊宰牛且为乐，会须一饮三百杯"（《将近酒》），无所顾忌，痛快淋漓；独酌则"花间一壶酒，独酌无相亲"（《月下独酌》），此时的诗人形影相吊，诗酒相慰，不掩饰孤独，不粉饰寂寞，可谓"乐也快哉，愁也快哉"；有时"昔日绣衣何足荣，今宵贳酒与君倾"（《送韩侍御之广德》），抛功弃荣，推盏倾杯；有时"且就洞庭赊月色，将船买酒白云边"（《陪族叔刑部侍郎晔及中书贾舍人至游洞庭》其二），赊月买酒，天地同醉。其他诗作有此特点者亦比比皆是，如得意时"仰天大笑出门去，我辈岂是蓬蒿人"（《南陵别儿童入京》），失意时"停杯投箸不能食，拔剑四顾心茫然"（《行路难》其一）；旷达时"挥剑决浮云，诸侯尽西来"（《古风》其三），孤独时"分手各千里，去去何时还"（《古风》其二十）。李白通过这些诗向读者展示了一个倜傥不群、才俊思颖的"诗仙"形象，类似的诗歌还有：

众鸟高飞尽，孤云独去闲。相看两不厌，只有敬亭山。

《独坐敬亭山》

床前明月光，疑是地上霜。举头望明月，低头思故乡。

《静夜思》

天下伤心处，劳劳送客亭。春风知别苦，不遣柳条青。

《劳劳亭》

日照香炉生紫烟，遥看瀑布挂前川。
飞流直下三千尺，疑是银河落九天。

《望庐山瀑布》

天门中断楚江开，碧水东流至此回。
两岸青山相对出，孤帆一片日边来。

《望天门山》

朝辞白帝彩云间，千里江陵一日还。
两岸猿声啼不住，轻舟已过万重山。

《早发白帝城》

33

故人西辞黄鹤楼，烟花三月下扬州。

孤帆远影碧空尽，唯见长江天际流。

《黄鹤楼送孟浩然之广陵》

问余何意栖碧山，笑而不答心自闲。

桃花流水窅然去，别有天地非人间。

《山中问答》

峨眉山月半轮秋，影入平羌江水流。

夜发清溪向三峡，思君不见下渝州。

《峨眉山月歌》

阴精此沦惑，去去不足观。忧来其如何？凄怆摧心肝。

《古朗月行》

醉后失天地，兀然就孤枕。不知有吾身，此乐最为甚。

《月下独酌》其三

李白在这类诗歌中将奇思遐想与超脱个性相结合，想象奇特新异，意象丰富多变，仅就"月亮"这一意象，李白诗中便出现了"月挂溪松""愁心寄月""洞庭赊月""举杯邀月""停杯问月""明月徘徊"等富有创意的意象画面，可谓"不拘常调""拔俗无类"（范传正《李公新墓碑》）。在此基础上，诗人情感随诗歌意象自然流露，不掩饰、不做作，形成诗歌浑然天成的艺术境界。

揭露黑暗现实，抨击朝政时弊是李白诗歌的另一重要内容。李白晚年生活在唐朝由盛而衰的年代，看到了唐朝隐藏在繁荣、强大背后的黑暗和腐败，目睹了安史之乱爆发前后的危机与悲惨。李白在《战城南》中写道："万里长征战，三军尽衰老。匈奴以杀戮为耕作，古来唯见白骨黄沙田。秦家筑城避胡处，汉家还有烽火然。烽火燃不息，征战无已时。"对当朝穷兵黩武、征战杀戮进行了揭露和斥责。不仅如此，诗人对宦官擅权、不可一世的嚣张狂妄进行了针砭讥讽："大车扬飞尘，亭午暗阡陌。中贵多黄金，连云开甲宅。路逢斗鸡者，冠盖何辉赫。鼻息干虹霓，行人皆怵惕。世无洗耳翁，谁知尧与跖！"（《古风》其二十四）诗人还在诗歌中揭露了奸佞擅权当道、排除异己的恶劣行径："阊阖九门不可通，以额扣关阍者怒。白日不照我精诚，杞国无事忧天倾。猰貐磨牙竞人肉，驺虞不折生草茎。手接飞猱搏雕虎，侧足焦原未言苦。智者可卷愚者豪，世人见我轻鸿毛。力排南山三壮士，齐相杀之费二桃。"（《梁甫吟》）。类似诗作还有：

> 君失臣兮龙为鱼，权归臣兮鼠变虎。
> 或云：尧幽囚，舜野死。
> 九疑联绵皆相似，重瞳孤坟竟何是？
> 帝子泣兮绿云间，随风波兮去无还。
> 恸哭兮远望，见苍梧之深山。
> 苍梧山崩湘水绝，竹上之泪乃可灭。

《远别离》

> 战国何纷纷，兵戈乱浮云。赵倚两虎斗，晋为六卿分。
> 奸臣欲窃位，树党自相群。果然田成子，一旦杀齐君。

《古风》其五十三

> 殷后乱天纪，楚怀亦已昏。夷羊满中野，菉葹盈高门。
> 比干谏而死，屈平窜湘源。虎口何婉娈，女媭空婵媛。
> 彭咸久沦没，此意与谁论。

《古风》其五十一

诗人将想象、象征、夸张等多种艺术手法有机结合，或移情于物，或借物抒怀，扩充了诗歌内涵，增强了诗歌艺术感染力，使其诗歌具有

"笔落惊风雨，诗成泣鬼神"（杜甫《寄李十二白二十韵》）的艺术魅力。

三、李白的诗歌艺术

李白是一位艺术个性非常鲜明的诗人，具有独一无二的艺术风格，其诗歌作品呈现出如下艺术特性。

（一）主观性

李白诗歌创作驰情骋思、逞才使气，带有强烈的主观色彩，诗人侧重从个体感受角度去抒发内心情怀、展示独特气概。其诗作的主观性特点体现在以下几个方面。

首先，把酒抒怀，率性而为。"斗酒诗百篇"的李白将"诗"与"酒"、"酒"与"情"巧妙融合，"诗仙"李白在其饮酒诗中俨然成为一位个性鲜明的"酒仙"，其诗中有置酒宿南山的率性，有进酒贱珠玉的超脱，有对酒笑春风的自由，有举酒邀明月的浪漫，有酌酒畅心怀的奔放，也有醉酒乐忘机的飘逸等，这一切都使其诗歌呈现出强烈的主观性，带有鲜明的"李白特色"，其写酒诗有：

> 三杯吐然诺，五岳倒为轻。（《侠客行》）
> 且乐生前一杯酒，何须身后千载名。（《行路难·有耳莫洗颖川水》）
> 青天有月来几时，我今停杯一问之。（《把酒问月》）
> 我醉君复乐，陶然共忘机。（《下终南山过斛斯山人宿置酒》）
> 咸阳市中叹黄犬，何如月下倾金罍。（《襄阳歌》）
> 人生飘忽百年内，且须酣畅万古情。（《答王十二寒夜独酌有怀》）

黄金白璧买歌笑，一醉累月轻王侯。（《忆旧游寄谯郡元参
军》）

人生达命岂暇愁，且饮美酒登高楼。（《梁园吟》）

持盐把酒但饮之，莫学夷齐事高洁。（《梁园吟》）

劝君莫拒杯，春风笑人来。（《对酒》）

归来使酒气，未肯拜萧曹。（《白马篇》）

其次，直抒抱负，挥剑杀敌。李白希望有朝一日能够实现自己报国
之志，便"仰天大笑出门去"（《南陵别儿童入京》），"直挂云帆济沧
海"（《行路难》其一），"为君一击，鹏抟九天"（《独漉篇》），诗人
内心的抱负一旦得到施展的机会，便会喷涌而出，一泻千里，势不可
当。李白还有一颗叱咤疆场、杀敌除奴之心，希望自己能够自致青云
志，散金争西飞，驱关斩单于，挥剑取楼兰，发愤驱匈奴。

再次，任侠使气，爱憎分明。李白诗歌中还呈现出执剑扶风、侠骨
风流的剑侠之气，诗人既喜欢孟夫子（孟浩然）风流天下的倜傥无束，
渴望挂帆秋江，摆脱世俗罗网，能够豪气扶风，意气相倾；同时诗人也
对敌人恨之入骨，"将炙啖朱亥，持觞劝侯嬴"，"纵死侠骨香，不惭世
上英"（《侠客行》），"醉来脱宝剑，旅憩高堂眠"（《冬夜醉宿龙门觉
起言志》）。

最后，直抒胸臆，敢爱敢恨。李白诗歌中的情感是直接的、爆发式
的，有"狂风吹我心，西挂咸阳树"（《金乡送韦八之西京》）的思念；
有"蜀道之难，难于上青天！"（《蜀道难》）的呼喊；有"自妾为君
妻，君东妾在西"（《去妇词》）的离怨；有"当君怀归日，是妾断肠
时"（《春思》）的悲叹；有"以色事他人，能得几时好"（《妾薄
命》）的诚劝。诗人表达情感毫不掩饰，喜怒哀乐痛快淋漓。

（二）想象性

李白的诗歌富有想象力，其诗歌意象丰富奇特，取喻新颖多样，擅长夸饰张扬。李白诗中不仅意象多样，且多是融入诗人想象和幻想色彩的意象，如"飞天镜""万壑松""孤月流""冰峥嵘""清河汉""倒银河"等，奇特的想象，随情思流动而变化，离奇恍惚，纵横变幻，让诗作熠熠生辉，不仅增强了诗歌的表现力，也丰富了诗歌的思想内涵。同时诗人的诗思自由奔放、无拘无束，在其诗中可"上青天""蹑太清""揽六龙""切玉剑""倒九州""横斗牛"，可谓天马行空，驰骋跳跃，亦真亦幻，虚实相生，诗中既有"山随平野尽，江入大荒流"（《渡荆门送别》）的阔达，也有"霓裳曳广带，飘拂升天行"（《古风》其十九）的浩渺，尽想象之力，极想象之妙。另外一些看似寻常的景物，经过诗人的艺术性处理后便摇曳生姿，富有"李白式"的诗意，如"三千丈"的白发，"三千尺"的瀑布，"可摘星辰"的山寺，"可揽明月"的城楼，"若鲸飞"的楼船，"与云齐"的风帆，等等。丰富的想象力凸显了李白诗歌的浪漫主义色彩，形成了诗人飘逸奔放的诗风，让其诗歌产生了"摇五岳""凌沧洲"的艺术效果。

（三）奔放性

奔放性是李白诗歌的突出特点。诗人积极用世时信心百倍、意满志坚，他在《梁甫吟》中写道："我欲攀龙见明主，雷公砰訇震天鼓。"诗人满怀治国大略，渴望为国家担忧，迫切想见到英君明主，故其诗歌气势奔放、感情炽热。当得到觐见机会，应召进京，诗人便"仰天大笑出门去"（《南陵别儿童入京》），绝不自甘平庸，也毫不掩饰其内心喜悦之情。诗人相信凭借自己满腹经纶，定能指挥若定，驱敌报国："试借君王玉马鞭，指挥戎虏坐琼筵。南风一扫胡尘静，西入长安到日边。"（《永王东巡歌》其十一）坚定的信心、笃定的意志洋溢诗中。当家国处于危难之时，诗人写道："陛下应运起，龙飞入咸阳。赤眉立盆子，白水兴汉光。叱咤四海动，洪涛为簸扬。举足蹋紫微，天关自开张。"（《上云乐》）此时诗人眼中的大唐王朝应运而起，君王克复西京，大驾还都，励精图治，砥砺前行，以至于天下振动，寰宇洗清，边关无事，贸易开通。诗中之事波澜壮阔、跌宕恢宏，诗中之势志顶江山、气贯长虹，诗中之情信笃意切、忠贞执着。即使诗人离开权力中心，无法实现自己的政治理想，其诗歌中的情感仍然是奔放不羁的，诗人在《将进酒》中写道："人生得意须尽欢，莫使金樽空对月。天生我材必有用，千金散尽还复来。烹羊宰牛且为乐，会须一饮三百杯。"此时诗人思想便在道家独善其身的方向尽情奔放，烹羊宰牛，金樽对月，一饮百杯，尽情欢娱。哪怕归隐山林，云游八方，诗人也愿做"楚狂人，凤歌笑孔丘。手持绿玉杖，朝别黄鹤楼。五岳寻仙不辞远，一生好入名山游"（《庐山谣寄卢侍御虚舟》）。此时的李白骑鹿访名山，自闲栖碧川，呼童酌白酒，起舞落日辉，拂剑舞秋月，霞楼吹玉笙，静谈秋水篇，可谓兴酣尽由性，落笔抒真情。

李白凭借其明朗、自信、壮大、奔放的才情，洒脱不拘，奔放不羁，这是盛唐精神高度升华的产物。他始终向往并追逐着心中的理想，始终保持着自负自信、豁达昂扬的精神状态，诗人把盛唐士人的入世进取精神带进了一个理想化的境界。李白把自己的个性气质融入诗歌的创作中，形成了行云流水般的抒情方式，有一种奔腾回旋的动感。诗人以主观情感和意象为轴心飞腾想象，虚实相间，大开大合，打破诗歌创作的固有格式，空无依傍，笔法多变，达到任情随性而变幻莫测、摇曳多姿的神奇境界，正如明人胡应麟所说，"字字神境，篇篇神物"（《诗薮·内编卷六》）。李白是时代的骄子，"绣口一吐，就是半个盛唐"（余光中《寻李白》），在文学史上树立了一座浪漫主义诗歌高峰，可谓"声名从此大，汩没一朝伸。文采承殊渥，流传必绝伦"（杜甫《寄李十二白二十韵》)。

第四节　其他诗人诗作

一、王昌龄

王昌龄（698—757），字少伯，京兆长安（今陕西西安市）人，一说太原（今山西）人；唐玄宗开元十五年（727）中进士，补秘书郎，开元十九年（731），以博学宏词登科，后迁江宁丞。王昌龄擅长创作七言绝句，诗坛称之为"七绝圣手"，他在盛唐时代就有很大影响力，诗人岑参说："少伯天才流丽，音唱疏远。"吴乔在《围炉诗话·卷二》中指出："王昌龄七绝，如八股之王济之也。起承转合之法，自此而定，是为唐体，后人无不宗之。"不仅如此，其五言古体诗亦产生了广泛影响，诗人在短小的篇幅中寄寓广阔内容和深远意境，"或幽秀，或豪迈，或惨恻，或旷达，或刚正，或飘逸，不可物色"（吴乔《围炉诗话》）。

王昌龄诗歌题材宽泛，内容涉及边塞军旅、闺情宫怨、分离送别等，诗人虽然留存后世的诗篇不多，但不同题材皆有佳作传世，其边塞军旅诗中有家喻户晓的《出塞》："秦时明月汉时关，万里长征人未还。但使龙城飞将在，不教胡马度阴山。"诗人慨叹边战不断，担忧国无良将，诗歌以通俗平易的语言传达出雄浑豁达之主旨，将写景、叙事、抒情与议论融为一体，一气呵成，意深旨远；诗人以雄劲的笔触叹古伤今，对边塞战争生活进行了高度的艺术概括，意境雄浑，耐人寻味。在其另外一首边塞军旅诗《从军行》中，诗人亦将边塞风光同军旅情思相融合，借景抒情，托物言志，不仅传达出了时代的呼声，也向当朝和后世传递了"不破楼兰终不还"的杀敌报国信念。其送别诗中的《芙蓉楼送辛渐》——"寒雨连江夜入吴，平明送客楚山孤。洛阳亲友如相问，一片冰心在玉壶"——是历次被选入中小学课本的诗篇。诗歌前两句将情、景、事和盘托出，情借景生，景与事融，事中带情，离情别绪随着夜晚冰冷的江雨漫延，雨停天晓客却走，一别牵出满腔愁。诗歌后两句既是家喻户晓的名句，也是童叟传唱的雅句，"冰心玉壶"形象地写出了诗人高洁之情、磊落之怀，和其傲岸的形象、耿直的品性相互辉映，含蓄蕴藉，韵味无穷，可谓"情蕴其中，意藏其里"。其闺怨诗有《闺怨》："闺中少妇不知愁，春日凝妆上翠楼。忽见陌头杨柳色，悔教夫婿觅封侯。"诗歌小中寓大，通过少妇"悔教夫婿觅封侯"一事，引出了盛唐强盛繁荣、昂扬奋发的时代背景和人们从军远征、立功边塞以博得功名、觅取封侯的社会背景；诗歌巧妙地写出了闺妇"忘愁—触愁—知愁—悔愁"的心理变化，借助人物"身上妆、眼前景"写其"心中事、意中情"，由表及里，先扬后抑，起承转合，妙趣横生。

王昌龄诗歌语言平易简练，但内涵丰富深刻。诗人常常赋予日常用语丰富的情感寄托和思想内涵，他在《西江寄越弟》中写道："尧时恩泽如春雨，梦里相逢同入关。""梦里入关"看似通俗平易，但其中有对明君赏识的期盼，有得到恩泽的欣欢，有仕进奋发的信念，也有尚未如愿的伤感。诗人在另一首送别诗，"春江愁送君，蕙草生氤氲。醉后不能语，乡山雨纷纷"（《送别》）中，通过一个"愁"字，不仅写出了主人之愁和客人之愁，同时也写出了江水带愁、春日染愁，景物在烘托渲染的同时，也成为诗歌中含情带意的一个角色。同其他诗人一样，王昌龄诗歌也多景物描写，但诗人却通过精练的语言赋予寻常景物非同寻常之情，如，月影在寒水，江中秋云起，苔藓入闲房，白鹤双飞见等，诗人通过"寒、秋、闲、见"等字赋予"明月、白云、房子、白鹤"等客观景物以主观感情，让"景语"变成"情语"，丰富了诗歌意蕴，体现出其诗歌情景相生、意境相融的特点。诗人在其边塞诗中将长云、雪山、边关、古城、铁衣、金甲、羌笛、胡笳等景物同边关情结、边塞情愫相融合，形成其边塞诗独特的风格，意境深蔚、境界雄浑，题蕴厚腴，意旨明晰。诗人还擅长通过创造意境来传情达意，在《送魏二》一诗中，诗人通过江楼醉别、江风雨凉、遥忆潇湘、愁清梦长等一系列意境来传达内心别前的绵绵情意、别时的淡淡伤感、别后的丝丝想念，与其边塞诗形成鲜明的对比，正如近代学者闻一多所言，王昌龄为盛唐诗坛"个性最为显著"的诗人之一。

二、王之涣

王之涣（688—742），字季陵，晋阳（今山西太原）人；少有豪侠之气，常纵酒击剑，慷慨悲歌，后折节读书，文名日显；曾任衡水主簿，被诬去官，便漫游各地，结交文友，与高适、王昌龄等诗歌唱和，其诗歌"皭兮极关山明月之思，萧兮得易水寒风之声"（靳能《王之涣墓志铭》）。王之涣晚年任文安县尉，卒于任上。

王之涣为盛唐著名诗人，其诗语言质朴，但意境深远，其传世佳作《登鹳雀楼》："白日依山尽，黄河入海流。欲穷千里目，更上一层楼。"前两句将华夏山河无限壮美景色措诸笔端，气势磅礴，境界开阔；后两句通俗中出新意，平易中蕴哲理，洋溢着积极进取的昂扬奋发精神。全诗泼墨山水，捻笔成理，音调流畅，气势昂扬，遂成千古绝唱。另一首诗《凉州词》——"黄河远上白云间，一片孤城万仞山。羌笛何须怨杨柳，春风不度玉门关"——与其具有异曲同工之妙。"此诗言恩泽不及于边塞，所谓君门远于万里也"（杨慎《升庵诗话》），全诗意态沉雄，意境恢宏，苍凉悱恻，畅情流怨，清代王世桢认为它是唐代边塞题材七言绝句诗中的"压卷"之作。遗憾的是，王之涣的诗歌散失严重，传世之作仅6首，辑入《全唐诗》中。

第三章

中晚唐诗歌

　　唐朝自天宝中期社会开始衰落。唐玄宗后期，荒于朝政，沉溺声色，挥霍无度。开元二十四年（736），张九龄罢相，李林甫专权，到天宝十一年（752）达 16 年之久。天宝十三年（754）之后，杨国忠又独揽大权。此时的唐朝，奸佞当道，擅权争斗，贪奢腐败，朝政混乱，在社会繁荣背后，隐藏着尖锐的矛盾和冲突。唐代社会在经历开元盛世的繁荣之后，正在走向动荡和危机。

　　诗歌发展至中唐，也由浪漫转向现实，盛唐那种浓烈的理想色彩消减，社会的矛盾动荡、人间的艰辛疾苦增多，诗人将笔触转向对社会的关注，诗歌内容趋向现实生活。盛唐诗人追求诗歌境界的浑融与整合，中唐诗人则有意识地锤字炼句，力求诗歌细化深化。中唐诗人在盛唐璀璨绚烂的艺术高峰面前，进行了拓展新的诗歌艺术领域的巨大努力。从盛唐到中唐，是一个巨大的转折，杜甫就是承接这个变化的伟大诗人。

第一节　现实主义诗人杜甫

　　天宝十四年（755），安史之乱爆发，战火所经之处，州县残破，万户空虚，半个中国满目疮痍。这场巨大的灾难，给社会带来重创，给唐诗带来转变。天宝年间，一部分失意士人就已经在诗中反映社会的不公、世事的悲凉和人生的艰辛。

杜甫是中国古代文学史上最伟大的现实主义诗人，和伟大的浪漫主义诗人李白并驾齐驱，双峰并峙。杜甫诗歌反映了唐朝由盛到衰的重大社会转变、时代面貌和民生疾苦，其广度和深度前所未有，因此被誉为"诗史"。在诗歌艺术上，杜甫集前人之大成，"汉魏之浑朴古雅，六朝之藻丽秾纤、淡远韶秀，甫诗无一不备"（叶燮《原诗·内篇上》）；同时，杜甫在当朝亦诗领风骚，名动一时，"斯文崔魏徒，以我似班扬"（《壮游》）；此外，杜甫对后世产生了深远影响，可谓光耀千秋，泽被万代，因此被尊为"诗圣"。

一、杜甫的生平经历

杜甫（712—770），字子美，京兆杜陵（今陕西西安市）人，生于巩县（今巩义市），是晋朝名将杜预之后，祖父杜审言为初唐著名诗人。

712—745 年是杜甫的读书壮游期，诗人自幼聪明好学，"七龄思即壮，开口咏凤凰。九龄书大字，有作成一囊"（《壮游》）；十四五岁"出游翰墨场"，饱读诗书，为其以后诗歌创作打下坚实基础。自开元十九年（731），杜甫开始了他历时十年的壮游生活，他饱览秀丽山川景色，凭吊古迹，足迹遍布各地。天宝三年（744），杜甫结识了李白、高适，三人同游，"气酣登吹台，怀古视平芜"（《遣怀》），情投意合，诗酒言志。与高适分别后，杜甫又和李白同游齐赵，"李侯有佳句，往往似阴铿。余亦东蒙客，怜君如弟兄。醉眠秋共被，携手日同行"（《与李十二白同寻范十隐居》），两位诗坛巨擘相遇相交，诗酒唱和，情同手足，成为文学史上的千古佳话。

天宝五年（746），杜甫来到长安，次年应试。李林甫为了显示自己治理有方，"野无遗贤"，让应试者全部落第。杜甫受挫，不得不到处投诗干谒，"朝扣富儿门，暮随肥马尘"（《奉赠韦左丞丈二十二韵》）。天宝十年（751），杜甫得到玄宗赏识，奉命待制集贤院，但直到天宝十四年（755），诗人困守长安十年，仍为卑微的八品官职。在此期间，诗人目睹了朝政的腐败——"杨花雪落覆白蘋，青鸟飞去衔红巾。炙手可热势绝伦，慎莫近前丞相嗔"（《丽人行》）；体会了民生的疾苦——"爷娘妻子走相送，尘埃不见咸阳桥。牵衣顿足拦道哭，哭声直上干云霄"（《兵车行》）。一边是炙手可热、不可一世的统治者，一边是妻离子散、家破人亡的受害者，残酷的社会现实，让诗人陷入水深火热的动荡之中，走上了忧国忧民的创作之路。

天宝十四年（755）十一月，安史之乱爆发，杜甫带着妻儿躲避战乱，颠沛流离，历尽艰辛，"一旬半雷雨，泥泞相牵攀。既无御雨备，径滑衣又寒"（《彭衙行》）。后来杜甫不幸陷入贼手，被押回长安，目睹了国破家亡、民生涂炭的惨象："解瓦飞十里，缧帷纷曾空。疚心惜木主，一一灰悲风。"（《往在》）著名的《春望》和《哀江头》便写于此时。

　　　　国破山河在，城春草木深。感时花溅泪，恨别鸟惊心。
　　　　烽火连三月，家书抵万金。白头搔更短，浑欲不胜簪。

《春望》

　　　　少陵野老吞声哭，春日潜行曲江曲。
　　　　江头宫殿锁千门，细柳新蒲为谁绿？

《哀江头》

虽然又是草绿木长的春天，可诗人面对的却是破碎的山河、荒芜的家园，眼前满目疮痍，心中千疮百孔，白发稀疏的诗人呜咽溅泪，潜行曲江，哀伤江头。

至德二年（757），杜甫冒死逃脱，投奔凤翔，"麻鞋见天子，衣袖露两肘"（《述怀》），授官左拾遗；至德三年（758），因事被贬为华州司功参军。上元元年（760），杜甫在成都西郊浣花溪畔盖草堂，生活相对安定；宝应元年（762），还朝途中遇到叛兵，不得不在绵州、梓州一带辗转漂泊；广德二年（764）春，回到成都；永泰元年（765），离蜀南下；大历三年（768），乘舟辗转于江陵、衡阳之间。大历五年（770），诗人病卒于通往岳阳的小船上。

二、杜甫诗歌的思想内容

杜甫诗歌思想内容博大精深，广泛而深刻地反映了唐朝安史之乱前后的社会矛盾和社会生活，将历史真实与艺术真实高度结合，其诗歌获称反映唐朝由盛而衰的诗史。

揭露统治剥削，反映民生苦难，是其诗歌的重要内容。天宝末年，唐玄宗穷兵黩武，战事不断："边庭流血成海水，武皇开边意未已"（《兵车行》）；统治阶级穷奢极欲、挥霍无度："中堂舞神仙，烟雾蒙玉质。暖客貂鼠裘，悲管逐清瑟。劝客驼蹄羹，霜橙压香橘"（《自京赴奉先县咏怀五百字》）。沉重的剥削让百姓苦不堪言："万方哀嗷嗷，十载供军食。庶官务割剥，不暇忧反侧"（《送韦讽上阆州录事参军》）；苛刻的兵役徭役让百姓流离失所："我里百余家，世乱各东西。存者无消息，死者为尘泥"（《无家别》）。杜甫通过对比手法，揭露了阶级差异和社会矛盾，批判了剥削压迫和骄奢贪腐，反映了民生疾苦和社会离乱，留下了一系列经典的诗歌作品。

江边踏青罢，回首见旌旗。风起春城暮，高楼鼓角悲。

《绝句》

翻手作云覆手雨，纷纷轻薄何须数。

君不见管鲍贫时交，此道今人弃如土。

《贫交行》

戍鼓断人行，边秋一雁声。露从今夜白，月是故乡明。

有弟皆分散，无家问死生。寄书长不达，况乃未休兵。

《月夜忆舍弟》

白马东北来，空鞍贯双箭。可怜马上郎，意气今谁见。

近时主将戮，中夜商於战。丧乱死多门，呜呼泪如霰。

《白马》

去秋涪江木落时，臂枪走马谁家儿。

到今不知白骨处，部曲有去皆无归。

遂州城中汉节在，遂州城外巴人稀。

战场冤魂每夜哭，空令野营猛士悲。

《去秋行》

戚戚去故里，悠悠赴交河。公家有程期，亡命婴祸罗。

君已富土境，开边一何多。弃绝父母恩，吞声行负戈。

《前出塞九首》其一

暮投石壕村，有吏夜捉人。老翁逾墙走，老妇出门看。吏呼一何怒！妇啼一何苦！听妇前致词：三男邺城戍。一男附书至，二男新战死。存者且偷生，死者长已矣！室中更无人，惟有乳下孙。有孙母未去，出入无完裙。老妪力虽衰，请从吏夜归。急应河阳役，犹得备晨炊。夜久语声绝，如闻泣幽咽。天明登前途，独与老翁别。

《石壕吏》

兔丝附蓬麻，引蔓故不长。嫁女与征夫，不如弃路旁。结发为妻子，席不暖君床。暮婚晨告别，无乃太匆忙。君行虽不远，守边

赴河阳。妾身未分明，何以拜姑嫜。父母养我时，日夜令我藏。生
女有所归，鸡狗亦得将。君今往死地，沉痛迫中肠。誓欲随君去，
形势反苍黄。勿为新婚念，努力事戎行。妇人在军中，兵气恐不
扬。自嗟贫家女，久致罗襦裳。罗襦不复施，对君洗红妆。仰视百
鸟飞，大小必双翔。人事多错迕，与君永相望。

《新婚别》

关心国事，忧念时局，是杜甫诗歌的另一重要内容。诗人在诗歌中
将自己的经历、感受同国事时事相结合，忧心动荡时局："乾坤含疮
痍，忧虞何时毕"（《北征》）；谴责骄横作乱："主将位益崇，气骄凌
上都"（《后出塞五首》）；愤恨入侵敌人："东胡反未已，臣甫愤所
切"（《北征》）；同情百姓苦难："世乱遭飘荡，生还偶然遂"（《羌
村》）；悲痛民不聊生："山雪河冰野萧瑟，青是烽烟白人骨"（《悲青
坂》）；渴望壮士救国："安得壮士提天纲，再平水土犀奔茫"（《石犀
行》）；盼望收复失地："剑外忽传收蓟北，初闻涕泪满衣裳"（《闻官
军收河南河北》）。杜甫这类诗歌是其眼中所见社会现实的描绘与反
映，也是其心中所思所感的倾诉与呐喊，此类诗还有：

孤雁不饮啄，飞鸣声念群。谁怜一片影，相失万重云？
望尽似犹见，哀多如更闻。野鸦无意绪，鸣噪自纷纷。

《孤雁》

乔木村墟古，疏篱野蔓悬。清琴将暇日，白首望霜天。
登俎黄甘重，支床锦石圆。远游虽寂寞，难见此山川。

《季秋江村》

吹笛秋山风月清，谁家巧作断肠声。
风飘律吕相和切，月傍关山几处明。

胡骑中宵堪北走，武陵一曲想南征。

故园杨柳今摇落，何得愁中曲尽生。

《吹笛》

令节成吾老，他时见汝心。浮生看物变，为恨与年深。

长葛书难得，江州涕不禁。团圆思弟妹，行坐白头吟。

《又示两儿》

描绘山水，咏物抒怀，也是杜甫诗歌的内容之一。在这类诗中，诗人没有拘泥于山水景物和闲情逸致，而是将忧国忧民和身世飘零的情感融入诗中，个性鲜明，独具特色。诗人或漂泊异地，堵物思乡："丛菊两开他日泪，孤舟一系故园心"（《秋兴》其一）；或身处乱世，心念社稷："夔府孤城落日斜，每依北斗望京华"（《秋兴》其二）。杜甫将家国江山、故土家园、兴衰浮沉、荣辱坎坷融于诗中，开拓了诗歌题材，升华了诗歌意境。其咏怀诗亦如此，借助人事景物抒发内心感慨，充溢着世事苍凉之感，如，"可怜处处巢居室，何异飘飘托此身"（《燕子来舟中作》）、"犹闻辞后主，不复卧南阳"（《武侯庙》）、"宋公旧池馆，零落守阳阿"（《过宋员外之问旧庄》）。

杜甫诗歌在"沉郁顿挫"的风格之外，也有一些缘情体物、秀美精工的山水景物诗，如"好雨知时节，当春乃发生。随风潜入夜，润物细无声"（《春夜喜雨》），"黄四娘家花满蹊，千朵万朵压枝低。留连戏蝶时时舞，自在娇莺恰恰啼"（《江畔独步寻花》其六）。诗人情感暂时跳离纷乱的时世，寄情于"细雨微风""戏蝶娇莺"，读之让人耳目一新，启迪心灵、净化情操。诗人在这类诗歌中将身边所见之物纳入笔端，注入情感，言短情长，清新自然，可谓花草树木皆有灵，"蜜蜂蝴蝶生情性"（《风雨看舟前落花戏为新句》），于一贯风格之外另辟一径，别有一番风味，如"只道梅花发，那知柳亦新。枝枝总到地，叶叶自开春"(《柳边》)、"云掩初弦月，香传小树花。邻人有美酒，稚子夜能赊"(《遣意二首》)、"清江一曲抱村流，长夏江村事事幽。自去自来堂上燕，相亲相近水中鸥"(《江村》)、"暮春三月巫峡长，皛皛行云浮日光。雷声忽送千峰雨，花气浑如百和香"(《即事》)。在这些景新情美的诗篇中，我们看到了杜甫"可亲可爱"的另一面，"托物寄言，亦具全副之精神"①。

> 岑寂双甘树，婆娑一院香。交柯低几杖，垂实碍衣裳。
> 满岁如松碧，同时待菊黄。几回沾叶露，乘月坐胡床。
>
> 《树间》
>
> 只道梅花发，那知柳亦新。枝枝总到地，叶叶自开春。
> 紫燕时翻翼，黄鹂不露身。汉南应老尽，霸上远愁人。
>
> 《柳边》
>
> 万里瞿唐月，春来六上弦。时时开暗室，故故满青天。
> 爽合风襟静，高当泪脸悬。南飞有乌鹊，夜久落江边。
>
> 《月》
>
> 啭枝黄鸟近，泛渚白鸥轻。一径野花落，孤村春水生。
> 衰年催酿黍，细雨更移橙。渐喜交游绝，幽居不用名。
>
> 《遣意二首》其一
>
> 檐影微微落，津流脉脉斜。野船明细火，宿雁聚圆沙。
> 云掩初弦月，香传小树花。邻人有美酒，稚子夜能赊。
>
> 《遣意二首》其二
>
> 清江一曲抱村流，长夏江村事事幽。
> 自来自去梁上燕，相亲相近水中鸥。

———————————

① 卢世㴁. 紫房余论［M］∥仇兆鳌. 杜诗详注. 北京：中华书局，1984.

老妻画纸为棋局，稚子敲针作钓钩。

多病所须惟药物，微躯此外更何求。

《江村》

隔户杨柳弱袅袅，恰似十五女儿腰。

谓谁朝来不作意，狂风挽断最长条。

《绝句漫兴九首》其一

　　另外杜诗中还有一定数量的以言志、题画、赠别、相思为主题的诗歌。其言志诗在继承前人托物言志传统基础上，进行创新发展，写物绘神，水乳交融，物性人情，和谐自然。诗人借物自喻，言志抒怀，如"胡马大宛名，锋棱瘦骨成。竹批双耳峻，风入四蹄轻。所向无空阔，真堪托死生。骁腾有如此，万里可横行"（《房兵曹胡马》）。诗中"筋骨如刀锋""四蹄像生风"的骏马正是诗人的精神写照：不以道路的空阔辽远为难，驰骋沙场，奔腾快捷，横行万里，堪托死生。从诗中可以看出"盖其致远壮心，未甘伏枥；嫉恶刚肠，尤思排击"（黄彻《䂬溪诗话·卷二》）的报国精神。杜甫的题画诗别具一格，诗人具有很高的绘画欣赏水平，其题画诗题画写人兼顾，物画互衬、人画互映，形肖神摄，如："先帝御马玉花骢，画工如山貌不同……斯须九重真龙出，一洗万古凡马空"（《丹青引赠曹将军霸》），"素练风霜起，苍鹰画作殊。㧑身思狡兔，侧目似愁胡"（《画鹰》）。杜甫的赠别诗常常借赠别之题抒发感时叹世之情，在表达个体之间思念的同时渗透了浓浓的家国情怀，将"个体"置于宏大的"时代"背景中："有客骑骢马，江边问草堂……时应念衰疾，书疏及沧浪"（《魏十四侍御就弊庐相别》），"赋诗拾翠殿，佐酒望云亭……怅忆山阳会，悲歌在一听"（《赠翰林张四学士》）。杜甫在忠君爱国的同时，也有思妻爱子、怀朋念友的一面。战乱年代，诗人对与自己风雨同舟的妻子和儿女充满了牵挂和内疚："何日干戈尽，飘飘愧老妻。行色递隐见，人烟时有无。仆夫穿竹语，稚子入云呼"（《自阆州领妻子却赴蜀山行三首》），"痴女饥咬我，啼畏虎狼闻。怀中掩其口，反侧声愈嗔。小儿强解事，故索苦李餐"（《彭衙行》）。同样，诗人在自己的诗歌中也表达了对朋友的怀念关切，对王维、孟浩然、李白、高适、岑参等诗人的赞誉推崇。如："浮云终日行，游子久不至。三夜频梦君，情亲见君意。告归常局促，苦道来不易。江湖多风波，舟楫恐失坠。出门搔白首，若负平生志。冠盖满京华，斯人独憔悴。孰云网恢恢，将老身反累。千秋万岁名，寂寞身后事。"（《梦李白》其二）虽然诗人漂泊不定，历经坎坷，但心中仍然时时牵挂着自己的同道友朋，可谓"忧端齐终南，澒洞不可掇"（《自京赴奉先县咏怀五百字》）。

三、杜甫诗歌的艺术特点

（一）沉郁顿挫

杜甫是诗人中的集大成者，其诗歌风格多样，但最突出的风格特点是"沉郁顿挫"，主要体现在以下几个方面。

首先，与杜甫的理想追求有关。杜甫深受儒学思想影响，年轻时积极进取："富贵必从勤苦得，男儿须读五车书"（《柏学士茅屋》）；要求自己有所作为："丈夫四方志，安可辞固穷"（《前出塞九首》其九）；希望能够建功立业："煌煌太宗业，树立甚宏达"（《北征》）。但诗人生逢唐朝由盛而衰的时代，强大、繁盛的唐王朝在战乱的摧残下日益衰落，昔日的盛况不再，像杜甫一样的爱国诗人不忍心目睹社会现状："生逢尧舜君，不忍便永诀"（《自京赴奉先县咏怀五百字》）；不甘心沉沦下去："致君尧舜上，再使风俗淳"（《奉赠韦左丞丈二十二韵》）；即使弃笔从戎也在所不惜："男儿生世间，及壮当封侯。战伐有功业，焉能守旧丘"（《后出塞五首》其一）；立志报国："丈夫誓许国，愤惋复何有"（《前出塞九首》其三）；不计个人生死："济时敢爱死？寂寞壮心惊"（《岁暮》）；希望能驰骋疆场："翻身向天仰射云，一笑正坠双飞翼"（《哀江头》）。可残酷的现实让诗人历经坎坷："明眸皓齿今何在？血污游魂归不得"（《哀江头》）；壮志难酬："志士幽人莫怨嗟：古来材大难为用"（《古柏行》）。这种理想与现实的矛盾与冲突，是诗人诗歌形成"沉郁顿挫"风格的原因之一。同时，杜甫也是一位关心社稷民生的诗人："穷年忧黎元，叹息肠内热"（《自京赴奉先县咏怀五百字》）；一生为国家、为人民奔波忙碌："三顾频烦天下计，两朝开济老臣心。出师未捷身先死，长使英雄泪满襟"（《蜀相》）。但在战乱中，诗人屡屡碰壁："人事多错迕，与君永相望"（《新婚别》）；敌人入侵，国土沦陷："数州消息断，愁坐正书空"（《对雪》）；山河破碎，江山易颜："荣枯咫尺异，惆怅难再述"（《自京赴奉先县咏怀五百字》）；背井离乡，物是人非："跨马出郊时极目，不堪人事日萧条"（《野望》）。诗人如同孤雁，四处飘零："谁怜一片影，相失万重云？"（《孤雁》）；这位心系家国人民的老人面对战乱中残酷的现实悲痛不已："少陵野老吞声哭，春日潜行曲江曲"（《哀江头》）。但即使如此，杜甫仍然"落日心犹壮，秋风病欲苏"（《江汉》），其人、其事、其诗可谓"沉郁顿挫"。

其次，杜甫是伟大的现实主义诗人，写实是其诗歌的主要特点，正如他在诗中所说，"偶逢佳士亦写真"（《丹青引赠曹将军霸》）。杜甫诗歌注重描述事情的真相、本质，述写时代事实，抒发本真性情，痛述家国衰落，顿挫心中哀伤。"车辚辚，马萧萧，行人弓箭各在腰。爷娘妻子走相送，尘埃不见咸阳桥。牵衣顿足拦道哭，哭声直上干云霄。"（《兵车行》）战马嘶鸣、战车呼啸、妻离子散、哭声震天，诗人用手中的笔记录了曾经"齐纨鲁缟车班班，男耕女桑不相失"（《忆昔》）

的盛唐经历战乱后的严酷与悲惨，现实让人惊叹，今昔对比让人窒息。"吏呼一何怒！妇啼一何苦！听妇前致词：三男邺城戍。一男附书至，二男新战死。"（《石壕吏》）横征暴敛的酷吏，伤心欲绝的老妇，战死沙场的男儿，诗中呈现出的一幅幅画面是时代的缩影，也是历史的写实，让人触目惊心，悲愤交加。再如："人生不相见，动如参与商……明日隔山岳，世事两茫茫"（《赠卫八处士》）、"五更鼓角声悲壮，三峡星河影动摇。野哭千家闻战伐，夷歌数处起渔樵"（《阁夜》）、"关中昔丧乱，兄弟遭杀戮。官高何足论，不得收骨肉"（《佳人》）、"一片花飞减却春，风飘万点正愁人"（《曲江两首》）。这种对战争、掠夺、离别、死亡的描写，让诗歌内容深沉郁抑，情感跌宕顿挫。

最后，与诗人的经历与见闻有关。诗人杜甫经历坎坷，早年追求仕进失败，不得不"残杯与冷炙，到处潜悲辛"（《奉赠韦左丞丈二十二韵》），安史之乱爆发后，诗人辗转奔波："支离东北风尘际，漂泊西南天地间"（《咏怀古迹五首》其一）；亲人离散："海内风尘诸弟隔，天涯涕泪一身遥"（《野望》）；困苦不堪："厚禄故人书断绝，恒饥稚子色凄凉"（《狂夫》）；甚至天人永隔："老妻寄异县，十口隔风雪。谁能久不顾，庶往共饥渴。入门闻号啕，幼子饥已卒"（《自京赴奉先县咏怀五百字》）；永成愧疚："所愧为人父，无食致夭折"（《自京赴奉先县咏怀五百字》）。残酷的现实摧残着诗人的身心："此身飘泊苦西东，右臂偏枯半耳聋。寂寂系舟双下泪，悠悠伏枕左书空"（《清明二首》其二）。诗人思念家乡："东来万里客，乱定几年归"（《归雁》）；想念亲人："思家步月清宵立，忆弟看云白日眠"（《恨别》）；惦念朋友："君今在罗网，何以有羽翼"（《梦李白二首》其一）；渴望收复失地："云白山青万余里，愁看直北是长安"（《小寒食舟中作》）；等等。上述种种境况困扰着诗人，这样的经历让诗人"孰云网恢恢，将老身反累"（《梦李白两首》其二）、"戎马关山北，凭轩涕泗流"（《登岳阳楼》）。同时，诗人所见所闻也对其诗歌创作产生了很大影响，安史之乱爆发前，诗人目睹了统治阶级的腐败奢侈："黄门飞鞚不动尘，御厨络绎送八珍"（《丽人行》）；看到了隐藏在繁荣背后的尖锐社会矛盾："劝客驼蹄羹，霜橙压香橘。朱门酒肉臭，路有冻死骨"（《自京赴奉先县咏怀五百字》）。安史之乱爆发，诗人目睹了战乱年代沉重的兵役："万国尽征戍，烽火被冈峦"（《垂老别》）；战争造成的生死离别："此去必不归，还闻劝加餐"（《垂老别》）；还有战场上的流血与牺牲："积尸草木腥，流血川原丹"（《垂老别》）；战后家国的千疮百孔："寂寞天宝后，园庐但蒿藜"（《无家别》）、"白水暮东流，青山犹哭声"（《新安吏》）、"存者无消息，死者为尘泥"（《无家别》）。这样的见闻经历让其诗歌呈现出"沉郁顿挫"的风格特征。

（二）萧散自然

杜甫除了沉郁顿挫的诗风，还有多种风格，胡震亨说杜甫的诗"精粗巨细，巧拙新陈，险易浅深，浓淡肥瘦，靡不毕具"（《唐音癸签·卷六》）。王荆公云："至于甫，则悲欢、穷泰、发敛、抑扬、疾徐、纵横，无施不可。"（《竹庄诗话·卷五》）这都说明杜甫诗风的多样。在杜诗的多样风格中，萧散自然，是其另一重要特色，主要体现在以下几个方面。

首先，杜甫一些反映个体情趣的诗呈现出萧散自然的诗风特点。杜甫在《百忧集行》中写道："忆年十五心尚孩，健如黄犊走复来。庭前八月梨枣熟，一日上树能千回。"孩提时代，体健身壮，活泼大胆，上树打枣，爬树摘梨，自然率真。渴望为国建功立业时，诗人又满腔爱国热情，不惜"千金买马鞍，百金装刀头"（《后出塞五首》其一）。诗人和志同道合的朋友在一起时"剧谈怜野逸，嗜酒见天真。醉舞梁园夜，行歌泗水春"（《寄李十二白二十韵》），诗中呈现出的是野逸、天真、洒脱、自然的风格特点。还有一些送别、酬唱诗也呈现出类似特点："远送从此别，青山空复情。几时杯重把，昨夜月同行"（《奉济驿重送严公四韵》）、"老去悲秋强自宽，兴来今日尽君欢。羞将短发还吹帽，笑倩旁人为正冠"（《九日蓝田会饮》）。

其次，杜甫的一些写景状物诗，境界明秀，用笔细腻，情趣闲适，呈现出萧散自然的诗风特点。杜甫在《江畔独步寻花七绝句》中写道："桃花一簇开无主，可爱深红爱浅红""留连戏蝶时时舞，自在娇莺恰恰啼"。盛开的桃花、飞舞的蝴蝶、啼叫的鸟莺，无论是诗人描绘的景物还是诗句呈现出的诗风都是清新自然的。杜甫的这类诗歌往往取材自然，将身边景物信手拈来，点化入诗，如："细雨鱼儿出，微风燕子斜"（《水槛遣心二首》其一）、"泥融飞燕子，沙暖睡鸳鸯"（《绝句》）、"自去自来堂上燕，相亲相近水中鸥"（《江村》）。这样的情景大都是人们常见的，但经过诗人的艺术处理后巧夺天工，常常出于自然又超越自然，诗人赋予了自然景物以超自然的艺术魅力。另外，诗人还运用叠字、对偶、衬托、对比等艺术手法，赋予自然景物以萧散的艺术格调，读之耐人寻味，如："穿花蛱蝶深深见，点水蜻蜓款款飞"（《曲江两首》其二）、"湛湛长江去，冥冥细雨来"（《梅雨》）、"窗含西岭千秋雪，门泊东吴万里船"（《绝句》）、"叶润林塘密，衣干枕席清"（《水槛遣心二首》其二）、"江碧鸟逾白，山青花欲燃"（《绝句两首》其二）、"笋根雉子无人见，沙上凫雏傍母眠"（《绝句漫兴九首》其七）、"林花著雨胭脂湿，水荇牵风翠带长"（《曲江对雨》）。这些诗把萧散自然的景物和情怀写得从容、别致，意味别具。

最后，杜甫的一些评论性诗歌也呈现出萧散自然的风格特点。这类诗歌是诗人对他人诗、文、赋、画、剑等的评价和议论，涉及广泛，涉笔成诗，其中不乏流传至今的经典评论，如杜甫在《寄李十二白二十韵》中对李白诗歌的评价是："昔年有狂客，号尔谪仙人。笔落惊风雨，诗成泣鬼神。"杜甫主张"转益多师是汝师"（《戏为六绝句》）。善于向他人学习，但又不拘泥于学习，"不薄今人爱古人，清词丽句必为邻"（《戏为六绝句》）。其对他人的评论亦如此，常常肯定中包含着赞赏，夸赞中包含着诚恳，运笔洒脱，成诗自然，如"文采承殊渥，流传必绝伦"（《寄李十二白二十韵》），正如诗人所言，李白诗歌在当前的流传超凡绝伦。另外诗人还有文论："庾信文章老更成，凌云健笔意纵横"（《戏为六绝句》）；赋论："庾信平生最萧瑟，暮年诗赋动江关"（《咏怀古迹五首》其一）；画论："凌烟功臣少颜色，将军下笔开生面"（《丹青引赠曹将军霸》）；剑论："来如雷霆收震怒，罢如江海凝清光"（《观公孙大娘弟子舞剑器行》）。在这些诗中，诗人抚事慷慨，浏漓萧散，别具一格。

四、杜诗的地位与影响

元稹在《唐故工部员外郎杜君墓系铭并序》中说："至于子美，盖所谓上薄风骚，下该沈宋，言夺苏李，气吞曹刘，掩颜谢之孤高，杂徐庾之流丽，尽得古今之体势，而兼人人之所独专矣。"杜甫可谓兼各家所长、集众家之美，成一家之盛；同时，他也融古今体势，承一派文脉，成一代气象，留一世诗名。宋人秦观也有类似的看法："于是杜子美者，穷高妙之格，极豪逸之气，包冲淡之趣，兼峻洁之姿，备藻丽之态，而诸家之作，所不及焉。然不集众家之长，杜氏亦不能独至于斯也。"（《论韩愈》）他认为杜甫诗歌各种风格兼备。如果我们从更广阔的视野分析，杜甫的集大成，首先是他身上集中了中国文化传统里的一些最重要的品质，即仁民爱物、忧国忧民的情怀。在他的诗里，我们可以感受到他与屈原相似的深沉忧思。屈原与杜甫当然有许多不同，但两人在诗中表现的忧国忧时却同样至诚。在杜甫的诗里，我们可以感受到仁政思想的传统精神；可以感受到司马迁的实录精神，面对史实，正视历史。这些虽然不是诗歌自身传统，但它却决定了杜诗的基本品质，说明这些品质的渊源。

就诗歌传统自身言，杜诗的叙事与议论，显然受到《诗经·小雅》的影响。而其悲歌慷慨的格调，显然又与《离骚》相近。它的缘事而发，则来自乐府传统。它浓烈的抒怀、细腻的感情，与建安诗歌有关。在诗的表现方法、表现形式上，他吸收的就更为广泛而多样。叙述夹议论，有"小雅"的因素，有赋的铺排技巧，有乐府的影响，也有史笔的痕迹。他的五言古诗广泛接受魏晋南北朝诗人的影响，如王粲、曹植、阮籍、谢灵运、陶渊明等。五七言律诗则可以说吸收了这两种体式发展过程中的一切经验，五律则主要学杜审言。而最重要的，是他充分吸收盛唐诗人创造意象、创造意境的经验，把它融入叙事的技巧里，叙事而又有着意境美。由此可见，杜甫对前人诗歌的借鉴与吸取。他主张转益多师，正是这一点，使他成为集大成者。

杜甫是一位承前启后的诗人。杜甫诗歌由于众体兼备，又自铸伟辞，引领一代风骚，成为后来者追逐、学习的榜样。中唐以后，白居易、元稹继承了杜甫缘事而发、关注民生疾苦的诗歌创作传统；韩愈、孟郊、李贺则受到杜甫的奇崛、散文化和炼字的影响，炼字在晚唐更发展成苦吟一派；李商隐的七律得益于杜甫七律的组织严密而跳跃性强的技法。他们都学杜甫的一枝一节，而开拓出新的诗派。宋以后，杜甫的地位更高，他在诗史上的影响，历千年而不衰。

杜甫对后世的影响不仅在其作品，还在其人品。杜甫一生心系家国安危，同情民生疾苦，其"先天下之忧而忧"的高尚情操，为历代士人所推崇，与其非同凡响的文学成就相得益彰，对后世产生了深远的影响。北宋爱国将领李纲在《重校正杜子美集序》中说杜诗"平时读之，未见其工，迨亲更兵火丧乱之后，诵其诗如出乎其时，犁然有当于人心，然后知其语之妙也"。南宋爱国将领文天祥有《集杜诗》二百首，序中说：“凡我意所欲言者，子美先为代言之。”这种影响直至现代亦历久而不衰。①

第二节　大历诗风与韩孟诗派

一、大历诗风

大历年间是盛唐诗风向中唐诗风演变的过渡期。大历至贞元年间活跃于诗坛上的一批诗人，面对社会动荡、时代变迁，经历了盛世转向战乱，目睹了繁荣转向凋敝，残酷的现实让他们的诗不再有李白那种自信与洒脱，也没有杜甫的深沉与博大，大量的作品表现出一种孤独寂寞的冷落和追求清雅高逸的情调。诗歌创作由雄浑转向淡远，由磅礴转向细致，虽有风味而气骨顿衰，呈现出大历时期特有的诗歌风貌。《四库全书总目·钱仲文集提要》说：“大历以还，诗格初变。开、宝浑厚之气渐远渐漓，风调相高，稍趋浮响。升降之关，十子实为之职志。”这里的“十子”即卢纶、钱起、韩翃、司空曙、吉中孚、苗发、崔峒、耿湋、夏侯审、李端，十人“皆能诗齐名，号‘大历十才子’”（《新唐书·文艺传下·卢纶》），“十才子”的诗歌多为唱和应制诗，艺术方面有一定修养，但大都缺乏鲜明的艺术特色，有形式主义倾向。其中的钱起、卢纶尚有一定成就。

钱起（722—780？），诗歌以“体格清新，理致清淡”（《中兴间气集》）为特色。他在《省试湘灵鼓瑟》中写道：“曲终人不见，江上数峰青。”诗句中曲终人散的惆怅通过形影相吊的青峰得以渲染与彰显，

让其情感遇"青"着色，随"峰"赋形，变得可视可感、可触可探，从而让这种情感悠远高逸，富有感染力和影响力。在诗人给我们留下的400多首诗歌中，那些格调清新、理致淡远的诗句闪烁着艺术的辉光，点缀着中唐诗坛的苍穹。如，"水月通禅寂，鱼龙听梵声"（《送僧归日本》）、"繁星入疏树，惊鹊倦秋风"（《偶成》）、"尘心洗尽兴难尽，一树蝉声片影斜"（《与赵莒茶宴》）、"寸心言不尽，前路日将斜"（《逢侠者》）、"山中人不见，云去夕阳过"（《蓝上茅茨期王维补阙》）、"笑指丛林上，闲云自卷舒"（《晚出青门望终南别业》）、"旧国别佳人，他乡思芳草"（《南中春意》）、"步石随云起，题诗向水流"（《九日登玉山》）等。

卢纶（739—799），官至检校户部郎中，著有《卢户部诗集》。其诗以五七言近体为主，多唱和赠答之作，文胜于质，缺少新意。但其边塞诗却风格迥异，气势不凡，如其《塞下曲》："月黑雁飞高，单于夜遁逃。欲将轻骑逐，大雪满弓刀。"诗歌没有直接写激烈的战斗场面，但通过月黑风急的环境描写和雪夜追敌的战事叙述，给读者留下了广阔的想象空间，整首诗的风格、气概、情调扬"大历诗风"之长，避"大历诗风"之短。另外两首《塞下曲》"林暗草惊风"和"鹫翎金仆姑"，同样采用"留白"艺术手法，有异曲同工之妙，历来为人传诵。诗人还有一些反映战后人民生活困苦和社会凋敝、经济萧条的诗篇，如《村南逢病叟》《晚次鄂州》《逢病军人》《春江夕望》等，真实生动，感慨深长，有别于其众多的酬唱赠答诗，有一定的影响力。

二、韩孟诗派

唐诗在唐德宗至唐穆宗时期又渐趋兴盛，唐宪宗元和年间达到高潮。这个时期，名家辈出，流派分立，诗人们另辟蹊径，追求新技法，探寻新理论，创作新诗歌，展示了中唐诗歌的蓬勃景象。而韩孟诗派就是进行这种新变的一个诗人群体，以韩愈、孟郊为代表，成员包括李贺、卢仝、贾岛、姚合等诗人，他们大都仕途坎坷、性格耿介，其诗歌创作或逞才，或苦吟，主张不平则鸣，追求笔补造化，崇尚雄奇怪异，追求奇崛硬险。

（一）韩孟诗派及其主要成员

韩孟诗派及其诗风的形成有一个过程。贞元八年（792），孟郊赴长安应进士举，韩愈作《长安交游者一首赠孟郊》及《孟生诗》相赠，二人开始有交往，由此为日后诗派的形成创造了条件。此后，贞元十二年至十六年间（796—800），韩愈先后入汴州董晋幕和徐州张建封幕，孟郊、张籍、李翱前来游从，此时孟郊已基本形成了自己的独特诗风，从而给步入诗坛未久的韩愈以明显影响。元和元年到六年间（806—811），韩愈先任国子博士于长安，与孟郊、张籍等相聚，后分司东都洛阳，孟郊、卢仝、李贺、贾岛陆续到来，张籍、李翱、皇甫湜也不时来过往，于是诗派全体成员得以相聚。此时韩愈的诗歌风格已完全形成，他独创的新体式和达到的成就已得到同派诗人的公认和仿效，孟郊则转而接受韩愈的影响。通过这两次聚会，诗派成员酬唱切磋，相互奖掖，形成了审美意识的共同趋向和艺术上的共同追求，韩孟诗派形成。

韩愈（768—824），字退之，河南河阳人，谥号"文"，又有"韩昌黎""韩文公"之称。韩愈三岁父母去世，由兄嫂抚养。他七岁读书，十三能文。在艰苦环境中成长起来的韩愈苦读成才，胸怀大志，"前古之兴亡，未尝不经于心；当世之得失，未尝不留于意也"（《与凤翔邢尚书书》），立下用时济世的志向。

贞元八年（792），韩愈进士及第，十七年（801）授国子监四门博士。他在这一时期的诗文多言志述怀，抒发怀才不遇的悲愤，反映社会现实。诗人在《答孟郊》中写道："规模背时利，文字觑天巧。人皆馀酒肉，子独不得饱。才春思已乱，始秋悲又搅。"虽有巧夺天工的诗篇文章，却不得天时地利，以致穷困潦倒，不能维持温饱。诗人在《汴州乱二首》中揭示了"健儿争夸杀留后，连屋累栋烧成灰。诸侯咫尺不能救，孤士何者自兴哀"的社会矛盾，在《归彭城》中描绘了"前年关中旱，闾井多死饥。去岁东郡水，生民为流尸"的民生惨状，在《醉留东野》中抒发了"自惭青蒿倚长松"的感慨，表达了"我愿身为云，东野变为龙。四方上下逐东野，虽有离别无由逢"的愿望。类似的诗作还有《龊龊》《山石》等。

　　贞元十九年（803），韩愈迁监察御史；元和元年（806），被任命为权知国子学博士，此后屡有迁调，先后任使馆修撰、考功郎中、中书舍人等职，因忤逆权贵，仕途起伏不得志。诗人在《八月十五夜赠张功曹》中描述了仕途的挫折与坎坷："十生九死到官所，幽居默默如藏逃"；在《赴江陵途中寄赠王二十补阙》中写了遭受贬谪的辛酸，经历"孤臣昔放逐，血泣追愆尤。汗漫不省识，恍如乘桴浮"的坎坷；在《谒衡岳庙遂宿岳寺题门楼》中写道："窜逐蛮荒幸不死，衣食才足甘长终。侯王将相望久绝，神纵欲福难为功。"诗人被放逐蛮荒能侥幸不死，衣食足甘，愿在此至死而终，做王侯将相的欲望早已断绝，可见诗人屡经宦海跌宕后内心的失落与思想的变化。

　　元和十二年（817），韩愈随裴度平淮西吴元济，为行军司马，以功迁刑部侍郎。元和十四年（819），他奋不顾身，上书《论佛骨表》，以谏阻宪宗迎佛骨一事，被贬为潮州刺史，写下了著名的《左迁至蓝关示侄孙湘》："一封朝奏九重天，夕贬潮阳路八千。欲为圣明除弊事，肯将衰朽惜残年！云横秦岭家何在？雪拥蓝关马不前。知汝远来应有意，好收吾骨瘴江边。"一心想替皇上兴利除弊的韩愈，哪肯因衰老就吝惜残余的生命，诗人身上体现了积极用世的儒家道统思想和忠心唐室的责任使命。穆宗朝，韩愈历任国子祭酒、兵部侍郎、吏部侍郎、京兆尹兼御史大夫等职。长庆四年（824），韩愈病卒。韩愈一生可谓"文起八代之衰，而道济天下之溺；忠犯人主之怒，而勇夺三军之帅"（苏轼《潮州韩文公庙碑》）。

孟郊（751—814），字东野，湖州武康（今浙江德清）人。少贫，为人正直耿介，不苟同流俗。孟郊曾周游湖北、湖南、广西等地，屡试不第，直至贞元十二年（796），46 岁方考中进士，曾做过溧阳尉、协律郎等职。孟郊一生，生活贫困，仕途潦倒，其诗有屡试不第的怨愤，有功业未成、岁月蹉跎的悲哀，有对世路不公的揭露，有对人情淡薄的批判，也有激愤的抗争和耿介直行的自勉。

孟郊不同于一般诗人，他视吟诗如同生命，甚至苦吟成癖，"夜学晓未休，苦吟神鬼愁。如何不自闲，心与身为雠"（《夜感自遣》），中唐诗人苦吟之风自孟郊始倡。其在《寒地百姓吟》中写道：

> 无火炙地眠，半夜皆立号。冷箭何处来，棘针风骚骚。
> 霜吹破四壁，苦痛不可逃。高堂捶钟饮，到晓闻烹炮。
> 寒者愿为蛾，烧死彼华膏。华膏隔仙罗，虚绕千万遭。
> 到头落地死，踏地为游遨。游遨者是谁？君子为郁陶！

该诗反映了劳动人民的疾苦，真实而不低沉，呈现出奇崛矫健、荒寒峻峭的诗歌风格。其写离别的诗歌，如著名的《游子吟》——"慈母手中线，游子身上衣。临行密密缝，意恐迟迟归。谁言寸草心，报得三春晖"——情感真挚深沉，如出胸臆，可谓"诗从肺腑出，出辄愁肺腑"（苏轼《读孟郊诗》）。类似的诗歌还有《长安羁旅行》《古怨别》《织妇辞》等。

李贺（790—816），字长吉，福昌昌谷（今河南宜阳）人，少年时代即"以长短之制名动京华"（王定保《唐摭言》）。18 岁那年，因一篇《雁门太守行》，受到韩愈赏识，邀与相见。他有理想、有抱负，但这理想抱负很快便被无情的现实所粉碎，使他的精神始终处于极度抑郁、苦闷之中，由此生出沉重的失落感和屈辱感，呈现出种种早衰的症状和心态："壮年抱羁恨，梦泣生白头"（《崇义里滞雨》）、"日夕著书罢，惊霜落素丝"（《咏怀二首》其二）、"长安有男儿，二十心已朽"（《赠陈商》）、"我当二十不得意，一心愁谢如枯兰"（《开愁歌》）。人生的短暂倏忽，引起李贺的无比惊惧，而怀才不遇的苦痛，又时时冲击着他多病的身心。李贺开始对人生、命运、生死等最基本也是最重要的问题进行思考。他写鬼怪，写死亡，写游仙，写梦幻，用奇特的造语、怪异的想象和幽奇冷艳的诗境来抒发、表达自己的苦闷。

在短短 27 年的人生中，李贺将其卓荦的才华和全部精力投入诗歌创作中，骑驴觅诗，苦吟成性，呕心沥血，废寝忘食。李贺多以乐府体裁驰骋想象，自铸奇语，表现其苦闷情怀。他对冷艳凄迷的意象有着特殊的偏爱，并大量使用"泣""啼"等字词使其感情化，由此构成极具悲愤色彩的意象群。诸如"冷红泣露娇啼色"（《南山田中行》）、"露压烟啼千万枝"（《昌谷北园新笋四首》之二）之类的诗句，在其诗歌中俯拾皆是。诗人为了强化诗歌意象的感染力，还以独特的思维方式和精选的动词、形容词来创造视觉、听觉与味觉互通的艺术效果。在他笔下，风带"酸"，雨带"香"，箫声可以"吹日色"，月光可以"刮露寒"，形容夏日之景色有"老景沉重无惊飞"（《河南府试十二月乐词》），表现将军之豪勇有"独携大胆出秦门"（《吕将军歌》），等等。诗人通过这些不同感官相互沟通转换所构成的通感意象，将诗人的艺术直觉和敏锐感触倍加鲜明地展现出来。

李贺重视内心世界的挖掘，重视主观化的幻想，让其诗人气质更加突出，其诗也成为真正的诗人之诗，并对晚唐诗风产生了直接的影响。当然其缺陷也是显而易见的，诗歌内容过于狭窄，情绪过于低沉，一意追求怪异，难免走向神秘晦涩和阴森恐怖。

（二）韩孟诗派的诗歌主张

1. 不平则鸣

韩愈在《送孟东野序》中指出："大凡物不得其平则鸣。"韩愈认为，各种事物处在不平静、不平等的时候就会发出声音，人也是如此，往往到了不得不说的时候就会发出声音。唱歌以寄托情思，哭泣以表达怀恋，凡是遇到不平的时候就会从口中发出声音。

作为韩孟诗派文学主张的"不平"，主要指社会的不公平及人内心的不平衡，强调的是文学作品所反映的外在社会的不合理和所抒发的人物内心的不平情感。它既是对创作社会背景的反映，也是对一种特定创作心理即"不平"心态的表达。韩孟诗派的诗人为此而"鸣"，有"怀才不遇"的不平与怨慨："京邑有旧庐，不容久食宿。台阁多官员，无地寄一足。我虽官在朝，气势日局缩。屡为丞相言，虽恳不见录。"（韩愈《送诸葛觉往随州读书》）身在京师，却无立足之地；虽在朝堂，却孤立无助。心中不平鸣而为之。有对社会不公的揭露，李贺在《感讽六首》中将朝廷的奢靡——"人间春荡荡，帐暖香扬扬。飞光染幽红，夸娇来洞房"与边疆的严酷——"杂杂胡马尘，森森边士戟。天教胡马战，晓云皆血色"进行对比，凸显了社会的不公。韩愈也有类似的描写："寒泉百尺空看影，正是行人渴死时"（《题张十一旅舍三咏·井》）。有对不良世风的批判："佛法入中国，尔来六百年。齐民逃赋役，高士著幽禅。官吏不之制，纷纷听其然。耕桑日失隶，朝署时遗贤。灵师皇甫姓，胤胄本蝉联。"（韩愈《送灵师》）有对世故人情的指斥："人情忌殊异，世路多权诈。蹉跎颜遂低，摧折气愈下。冶长信非罪，侯生或遭骂。怀书出皇都，衔泪渡清灞。"（韩愈《县斋有怀》）有对儒道礼义的呼吁："儒门虽大启，奸首不敢闯。义泉虽至近，盗索不敢沁。"（孟郊《同宿联句》）也有对时势趋势的叹忧："一日复一日，一朝复一朝。只见有不如，不见有所超。"（韩愈《与张十八同效阮步兵一日复一夕》）韩孟诗派诗人大都饱经困苦磨难，其生"不平"之鸣常惊心动魄，传之久远。同时该派诗人重视诗歌的抒情功能。韩愈其诗抒写"感激怨怼奇怪之辞"（《上宰相书》），以"舒忧娱悲"（《上兵部李侍郎书》），使诗歌避免了成为道学工具、政治附庸的命运，才得以保持其"舒忧娱悲""感激怨怼"的美学品性。"感激怨怼"就是"不平"，"舒忧娱悲"就是将此"不平"不加限制、痛痛快快地抒发出去，所谓"郁于中而泄于外"（《送孟东野序》），指的便是这种情况。由此看来，韩愈提倡"不平则鸣"，就是提倡审美上的情绪宣泄，尤其是"感激怨怼"情绪的宣泄，可以说是抓住了文学的抒情特质。

2. 笔补造化

李贺在《高轩过》中盛赞韩愈"笔补造化天无功"，即以诗文弥补造化的不足。"笔补造化"，既要有创造性的诗思，又要对物象进行主观创意性裁夺。孟郊认为"天地入胸臆，吁嗟生风雷。文章得其微，物象由我裁"（《赠郑夫子鲂》），虽"形拘在风尘"，但可以"心放出天地"，用一己之心去牢笼乾坤、绳律"万有"（《奉报翰林张舍人见遗之诗》），"苟非圣贤心，孰与造化该"（《赠郑夫子鲂》）。

韩愈在《杂诗》中写道："独携无言子，共升昆仑颠。长风飘襟裾，遂起飞高圆。下视禹九州，一尘集豪端。遨嬉未云几，下已亿万年。"诗人驰神骋思，升昆仑之巅，俯视九州之貌；随长风起飞，飘舞天地之间；遨游嬉戏瞬间，已过亿万年。这既是诗人跳出并摆脱"自然造化"中"空间"和"时间"的束缚与限制，又是对"造化"的补充与丰富。再如李贺的《金铜仙人辞汉歌》："空将汉月出宫门，忆君清泪如铅水。衰兰送客咸阳道，天若有情天亦老。携盘独出月荒凉，渭城已远波声小。"诗中"抱月出宫、清泪如铅、天老月荒"等诗思与想象是对现实的突破，也是对现实的丰富。

韩孟诗派"笔补造化"的另一种体现就是将现实与仙境、梦境等超现实语境相结合。如李贺的《帝子歌》："洞庭明月一千里，凉风雁啼天在水。九节菖蒲石上死，湘神弹琴迎帝子。山头老桂吹古香，雌龙怨吟寒水光。沙浦走鱼白石郎，闲取真珠掷龙堂。"诗人将神话、历史与现实融合在一起，让诗歌具有超现实的内涵与魅力。再如："梦入家门上沙渚，天河落处长洲路。愿君光明如太阳，放妾骑鱼撇波去。"（李贺《宫娃歌》）梦中情景，愿望得到满足，理想得以实现，它是现实的诗意补充与延伸。韩愈则描绘了与酒有关的超现实语境："断送一生惟有酒，寻思百计不如闲。莫忧世事兼身事，须著人间比梦间"（《游城南十六首·遣兴》），"此日足可惜，此酒不足尝。舍酒去相语，共分一日光"（《此日足可惜赠张籍》），等等。酒后得闲、酒后畅谈、酒后忘忧、酒后成悟，皆是诗人借酒浇心中之块垒，借酒言现实之难言。韩愈说"若使乘醉骋雄怪，造化何以当镌劓"（《酬司门卢四兄云夫院长望秋作》），这已经不是要"笔补造化"了，而是在向造化宣战。司空图评韩诗云："韩吏部歌诗累百首，其驱驾气势，若掀雷抉电，奔腾于天地之间，物状奇变，不得不鼓舞而徇其呼吸也。"（《题柳柳州集后序》）

3. 崇尚雄奇怪异之美

一方面，是诗歌意象的雄奇怪异。韩孟诗派诗人的诗歌中出现了诸如百怪、黄鹄、骐骥、鹏鸩、翾翾、蚌蛤、鲸鲲、枭卢、虾蟆、豢豹、蛟鼍、鸾凤、猿猵、貙獡等"陌生化"意象，不仅如此，诗人还通过意象组合、叠加及选择别称等手法让常规意象陌生化，用以追求诗歌雄奇怪异之美。韩愈的《答柳柳州食虾蟆》：

虾蟆虽水居，水特变形貌。强号为蛙蛤，于实无所校。虽然两股长，其奈脊皱疱。跳踯虽云高，意不离汀淖。鸣声相呼和，无理只取闹。周公所不堪，洒灰垂典教。我弃愁海滨，恒愿眠不觉。巨堪朋类多，沸耳作惊爆。端能败笙磬，仍工乱学校。虽蒙勾践礼，竟不闻报效。大战元鼎年，孰强孰败桡。居然当鼎味，岂不辱钓罩。余初不下喉，近亦能稍稍。常惧染蛮夷，失平生好乐。而君复何为，甘食比豢豹。猎较务同俗，全身斯为孝。哀哉思虑深，未见许回棹。

诗人运用大量笔墨写了一般诗人很少提及的"虾蟆"意象，细致地描绘了其形貌、叫声、生活习性，并借抒写自己不堪其扰的烦恼和食虾蟆的感慨，寄托了迁谪南荒的忧惧愁烦，在艺术上也反映了韩诗所特有的宏伟奇崛的风格。

另一方面，是诗歌意境上的雄奇怪异。韩孟诗派诗人将夸张、想象等艺术手法运用到诗歌作品中，创造了"光焰万丈长""巨刃磨天扬""捕逐出八荒""百怪入我肠""刺手拔鲸牙""举瓢酌天浆""入海观龙鱼""矫翻逐黄鹄""浩汗横戈鋋""蛙黾助狼藉""被发骑骐骥""泪如九河翻""毛奇睹象犀""鱼鳖蒙拥护""翾翾栖托禽""群怪俨伺候""蛙谨桥未扫""蝉嘒门长扃""涧蔬煮蒿芹""生狞竞掣跌""痴突争填轧""渴斗信陉呶""啖奸何噢咻""江倒沸鲸鲲""山摇溃貔犹""闯窦猘窋窡""万里禽兽皆遮罗""鬼物守护烦撝呵""毫发尽备无差讹""猿愁鱼踊水翻波""光华闪壁见神鬼""赫赫炎官张火伞""猿呼鼯啸鹍鸪啼"等雄奇怪异的诗歌意境，借以传达情意，抒写怀抱，呈现题旨。韩孟诗派裁物象、觑天巧、补造化，明确提出雄奇怪异的审美理想，形成了一套系统的诗歌创作理论。它突破传统诗教，重视诗的抒情特质和创作主体内心的展露及艺术创造力的发挥，值得读者和研究者重视。

第三节　白居易与元白诗派

一、白居易

（一）生平经历

白居易（772—846），字乐天，号香山居士，祖籍太原，后迁居下邽（今陕西渭南），生于新郑（今河南新郑）。十一二岁时，白居易因避战乱而迁居越中，后又往徐州、襄阳等地，过着颠沛流离的生活。贞元十六年（800），白居易进士及第，三年后中书判拔萃科，授秘书省校书郎。元和元年（806），为应制举，他与元稹闭户累月，研讨其时社会政治各种问题，撰成《策林》七十五篇，其中不少条目与白居易日后的政治态度和诗歌见解都有关联。是年，白居易中"才识兼茂明于体用科"，授盩厔尉，次年为翰林学士。此时的白居易可谓"十年之间，三登科第，名落众耳，迹升清贯"（《与元九书》）。

元和三年至五年（808—810），白居易授左拾遗，充翰林学士。在这一时期，白居易以极高的热情参与国家政事，"有阙必规，有违必谏"（《初授拾遗献书》），屡次上书，指陈时政，倡言蠲租税、止进奉、禁掳掠、释宫女、治宦官，直言进谏，直斥缺弊，希望能够"救济人病，裨补时阙"（《与元九书》）。也正如其在《秦中吟》序言中所言："予在长安，闻见之间，有足悲者，因直歌其事。"此时，白居易创作的讽喻诗，锋芒所向，权豪贵近为之色变。

元和五年（810），白居易改官京兆府户曹参军，仍充翰林学士，元和六年（811）四月至九年（814）冬，因母丧而回乡守制。生活环境的改变，使白居易有余暇对往昔的作为和整个人生进行认真的思考，潜藏心底的佛、道思想开始浮现并逐渐占据上风，对政治的热情开始减退。所谓"中年忝班列，备见朝廷事。作客诚已难，为臣尤不易"（《适意二首》），正可看作他心理变化的佐证。元和十年（815），白居易回朝任太子左赞善大夫，因宰相武元衡被杀而第一个上书请急捕贼，结果被加上越职言事以及一些莫须有的罪名，贬为江州（今江西九江）司马。这次被贬，对白居易内心的震动是不可言喻的，他目睹了朝廷的黑暗、仕途的险恶，他以切肤之痛去重新审视险恶至极的政治斗争，决计急流勇退，避祸远害，走"独善其身"的道路。这一年，他写下了著名的《与元九书》，明确、系统地阐述了他的"穷则独善其身，达则兼济天下"的人生哲学和"文章合为时而著，歌诗合为事而作"的文学创作主张。

元和十三年（818）年底，白居易迁忠州刺史，元和十五年（820）还京，先后任主客郎中、知制诰、中书舍人。长庆二年（822），白居易出任杭州刺史，此后又任苏州刺史。大和三年（829）至会昌六年（846），白居易定居洛阳，先后任太子宾客、河南尹、太子少傅、秘书监、刑部侍郎等职。武宗会昌二年（842），白居易以刑部尚书致仕，闲居洛阳履道里，过着山水栖心、诗书寄怀的生活，自号"醉吟先生""香山居士"；会昌六年（846），年75卒。有《白氏长庆集》，存诗2800余首。

（二）文学主张

1. 文章合为时而著，歌诗合为事而作

白居易是中唐时期伟大的诗人，强调文学根植于现实生活，诗歌是现实生活的反映，提出"为君为臣为民为物为事而作"（《新乐府序》）的创作主张，认为诗歌应该反映民生疾苦，"惟歌生民病"
（《寄唐生》）、"但伤民病痛"（《伤唐衢二首》），反对脱离实际的
"嘲风雪、弄花草"的浮靡文风，认为"感人心者，莫先乎情，莫始乎
言，莫切乎声，莫深乎义。诗者，根情，苗言，华声，实义"（《与元
九书》）。其诗歌注重通俗性，强调写实性，突出调和性，在中国诗歌
史上占有重要地位。其讽喻诗和闲适诗贯穿着他终生追寻的"兼济"
"独善"之道，而他的诗歌主张，在这些诗中也得到充分体现。

2. 作诗要质而径、直而切、核而实、顺而肆

白居易主张文学创作要写实通俗，反对曲笔虚辞，他在《策林》
第六十八篇中写道："书事者罕闻于直笔，褒美者多睹其虚辞。今欲去
伪抑淫，芟芜划秽，黜华于枝叶，反实于根源，引而救之。"白居易认
为诗歌辞赋作品不应该夸饰空虚、文质相离，优秀的诗歌作品要去伪存
真，删枝叶留根本。同时，白居易强调文学的重要性，他说"以文德
应天，以文教牧人，以文行选贤，以文学取士"（《策林》六十八），论
述了诗歌创作的过程，"人之感于事，则必动于情，然后兴于嗟叹，发
于吟咏而形于歌诗矣"（《策林》六十九），强调现实是诗歌创作的源头
与源泉，进行诗歌创作要有真情实感，要有感而发。他反对片面地追求
"宫律高""文字奇"和齐梁以来"嘲风月、弄花草"的艳丽诗风，提
倡作诗要"质而径""直而切""核而实""顺而肆"，即语言质朴、议
论直白、记事纯真、形式畅达。

（三）诗歌内容

1. 讽喻诗

白居易将自己的诗分为讽喻、闲适、感伤、杂律四类，其中成就最
高、影响最广的是其讽喻诗。白居易的讽喻诗有170余首，这些诗重写
实、尚通俗，深刻地反映了社会现实，尖锐地揭露了社会矛盾，其代表

作是《秦中吟》和《新乐府》。组诗《秦中吟》共十首，"一吟悲一事"（《伤唐衢二首》其二），从不同侧面深刻地反映了当时的政治弊端与民生疾苦，集中暴露了官场的腐败、权贵们的骄横奢侈及他们对劳苦民众的多重欺压。诗人在《重赋》中描绘了横征暴敛的统治者依靠"夺我身上暖，买尔眼前恩"的方式进行盘剥和贿赂，过着"缯帛如山积，丝絮似云屯"的奢侈生活。在《伤宅》中，诗人揭露了统治者大兴土木，修宅造院，"丰屋中栉比，高墙外回环。累累六七堂，栋宇相连延。一堂费百万，郁郁起青烟"，宅院主人"厨有臭败肉，库有贯朽钱"。他们有的花天酒地，"日中为乐饮，夜半不能休"（《秦中吟·歌舞》）；有的挥金如土，"一丛深色花，十户中人赋"（《秦中吟·买花》）；有的骄横跋扈，"意气骄满路，鞍马光照尘"（《秦中吟·轻肥》）。然而下层劳动者却过着"幼者形不蔽，老者体无温"（《秦中吟·重赋》）的生活，有的人被冻饿而死，"岂知阌乡狱，中有冻死囚"（《秦中吟·歌舞》），甚至出现"是岁江南旱，衢州人食人"（《秦中吟·轻肥》）的悲惨景象。诗人笔锋犀利，揭露了统治阶级的贪婪骄奢、挥霍冷酷，反映了底层人民的穷困潦倒、悲惨无助。

　　白居易的讽喻诗不仅揭露批判了统治者的贪腐，同时也集中笔墨反映了劳动者的艰难困苦，正如诗人所说："嗷嗷万族中，唯农最辛苦！"诗人在《观刈麦》中既写出了普通农民的艰辛，"足蒸暑土气，背灼炎天光。力尽不知热，但惜夏日长"，同时又向读者讲述了"听其相顾言，闻者为悲伤"的贫妇人的故事。她一手抱着自己的孩子，一手捡拾着地里漏落的麦穗，自家田地的收成已经全部充税，没有办法，只好捡拾麦穗来充饥度日。在诗人看似平淡的叙述中，农民劳作的艰辛、所遭受的残酷剥削及度日维艰的境况跃然纸上。还有读者熟悉的《卖炭翁》：

卖炭翁，伐薪烧炭南山中。

满面尘灰烟火色，两鬓苍苍十指黑。

卖炭得钱何所营？身上衣裳口中食。

可怜身上衣正单，心忧炭贱愿天寒。

夜来城外一尺雪，晓驾炭车辗冰辙。

牛困人饥日已高，市南门外泥中歇。

翩翩两骑来是谁？黄衣使者白衫儿。

手把文书口称敕，回车叱牛牵向北。

一车炭，千余斤，宫使驱将惜不得。

半匹红绡一丈绫，系向牛头充炭直。

　　该诗看似没有露骨的讽刺，但在诗人的叙事中是非彰显、爱憎分明。诗歌中"可怜身上衣正单，心忧炭贱愿天寒"的矛盾心理刻画，细腻深刻，写出了卖炭翁内心的挣扎与期盼，与后文"一车炭，千余斤，宫使驱将惜不得"的无奈与失望形成了呼应与对比，不仅体现了诗人匠心独具的艺术技巧，也将人物的悲惨和社会的不公淋漓尽致地写了出来。类似的诗篇还有《杜陵叟》《村居苦寒》《新制布裘》等。

　　白居易的讽喻诗内容宽泛，没有局限于社会主要矛盾，他在《新乐府·海漫漫》中批判了统治者求仙问道的荒谬行为："山上多生不死药，服之羽化为天仙。秦皇汉武信此语，方士年年采药去。蓬莱今古但闻名，烟水茫茫无觅处。海漫漫，风浩浩，眼穿不见蓬莱岛。"在《新乐府·上阳白发人》中写了上阳人带着"皆云入内便承恩"的期盼，进宫前"脸似芙蓉胸似玉"，进宫后却"一生遂向空房宿"，前后对比，写出了封建帝王无暇顾及"后宫佳丽三千"而导致宫女的悲惨命运。《新乐府·太行路》批驳了背信弃义、重利薄情的不良行径："太行之路能摧车，若比人心是坦途。巫峡之水能覆舟，若比人心是安流……行路难，不在水，不在山，只在人情反覆间。"《新乐府·捕蝗》揭露了官吏乱政导致的劳民伤财："捕蝗捕蝗竟何利？徒使饥人重劳费。一虫虽死百虫来，岂将人力定天灾。"综观白居易的讽喻诗，充分体现出其"为君、为臣、为民、为物、为事而作，不为文而作也"（《新乐府序》）的诗文创作主张，其笔指"社会不公"，其意在"社会大同"，诗人奔走呼号，目的是回到"以心感人人心归"（《新乐府·七德舞》）的大唐盛世。

2. 闲适诗

闲适诗也是白居易特别看重的诗作，具有尚实、尚俗、务尽的特点。其16岁时所作的《赋得古原草送别》，"离离原上草，一岁一枯荣。野火烧不尽，春风吹又生。远芳侵古道，晴翠接荒城。又送王孙去，萋萋满别情"可谓其闲适诗的典范之作。诗人寓哲理于通俗之中，枯荣之间写出了自然万物的代谢规律，而"火烧春生"隐喻生命力之顽强与坚韧，诗人寄予寻常景物非同寻常之内涵与情感，可谓看似寻常实崎岖，就连当时著名诗人顾况读了该诗也不禁赞叹："道得个语，居即易矣。"（张固《幽闲鼓吹》）白居易闲适诗大多"知足保和，吟玩性情"（《与元九书》），表现出淡泊平和、闲逸悠然的情调。如诗人步入仕途不久所作、列在白集"闲适"第一篇的《常乐里闲居偶题十六韵》一诗，即表现出对"帝都名利场"的厌倦、对现有生活的满足："茅屋四五间，一马二仆夫。俸钱万六千，月给亦有余。既无衣食牵，亦少人事拘。遂使少年心，日日常晏如。"诗人知足乐己，安朴归真，诗末则写出了这种生活的情趣与意境："窗前有竹玩，门外有酒沽。何以待君子，数竿对一壶。"另一首作于盩厔尉时的《官舍小亭闲望》也有类似的诗句："亭上独吟罢，眼前无事时。数峰太白雪，一卷陶潜诗。人心各自是，我是良在兹。"诗人以淡泊之心，对自然之景，自得自适，情真意和。白居易在《味道》一诗中写道："叩齿晨兴秋院静，焚香冥坐晚窗深。七篇真诰论仙事，一卷檀经说佛心。此日尽知前境妄，多生曾被外尘侵。自嫌习性犹残处，爱咏闲诗好听琴。"诗人在清秋凉晨，静坐焚香，身定神闲，吟诗听琴，谈仙论佛，闲适之情，自得之意，恬淡之境，洋溢诗中。这种境况到其晚年表现得更突出："世间好物黄醅酒，天下闲人白侍郎。爱向卯时谋洽乐，亦曾酉日放粗狂。"（《尝黄醅新酎忆微之》）

白居易还有一些记游写景的闲适诗，也是风貌独具，富有韵味。其《游悟真寺一百三十韵》长达 1300 字，叙述游踪，条理分明；组景成诗，步骤井然；涉笔成趣，兴味盎然；虽有明显的散文化倾向，但摹景写情，散朗中张扬着自然与诗意。诗人"手拄青竹杖，足蹋白石滩"，欣赏着山中景色，"赤日间白雨，阴晴同一川。野绿簇草树，眼界吞秦原"，远处有"历历上山人，一一遥可观"，近处有"山果不识名，离离夹道蕃"，有"岌岌三面峰，峰尖刀剑攒"的惊险，有"东南月上时，夜气青漫漫"的静谧。诗人"身著居士衣，手把南华篇"，置身其中，欣然忘归，以至于产生了"终来此山住，永谢区中缘"的想法。整首诗游历贯穿始终，又穿插以人文景致和内心感受，叙事、写景、抒情浑然一体，写景有详有略、有虚有实，行文有徐有疾、有收有放，结构有密有疏、有开有合，严整中不乏跌宕起伏，变化中不失严谨整饬，是散文化的山水诗，也是诗化的山水游记。清人赵翼以此诗与韩愈《南山诗》相比较，赞之曰："层次既极清楚，且一处写一景物，不可移易他处，较《南山诗》似更过之。"（《瓯北诗话》）类似诗作还有《题浔阳楼》《读谢灵运诗》《宿简寂观》《咏意》等，诗人"或吟诗一章，或饮茶一瓯。身心一无系，浩浩如虚舟"（《咏意》），抒发情愫，排遣忧愁，观照自然，超然物外，表现出"逸韵谐奇趣"（《读谢灵运诗》）的人文情趣。他的《大林寺桃花》虽然篇幅简短，却理趣悠长，既活泼可爱，又饱含韵味：

人间四月芳菲尽，山寺桃花始盛开。

长恨春归无觅处，不知转入此中来。

3.《长恨歌》和《琵琶行》

《长恨歌》以唐明皇与杨贵妃的爱情为主线，呈现出不同角度的艺术审视与主题呈现，有对李杨"在天愿作比翼鸟，在地愿为连理枝"深挚爱情的肯定与赞美，也有对唐玄宗"春宵苦短日高起，从此君王不早朝"荒淫误国的谴责与批判；有"昭阳殿里恩爱绝，蓬莱宫中日月长"中流露出对二者爱情悲剧的同情，也有"春风桃李花开日，秋雨梧桐叶落时"今昔比对的讽喻。多重主题的呈现源自诗人多角度、多层面的艺术描述与情感统合，诗中有"回眸一笑百媚生，六宫粉黛无颜色"的天生丽质，也有"姊妹弟兄皆列土，可怜光彩生门户"的自私贪婪；有"缓歌慢舞凝丝竹，尽日君王看不足"歌舞升平的沉迷，也有"渔阳鼙鼓动地来，惊破霓裳羽衣曲"的仓促慌乱；有"九重城阙烟尘生，千乘万骑西南行"的浩浩荡荡，也有"六军不发无奈何，宛转蛾眉马前死"的矛盾冲突；有"花钿委地无人收，翠翘金雀玉搔头"的决绝，也有"上穷碧落下黄泉，两处茫茫皆不见"的追寻；有"金屋妆成娇侍夜，玉楼宴罢醉和春"的相聚而欢，也有"行宫见月伤心色，夜雨闻铃肠断声"的悲惨。诗人将现实与幻想结合，让诗篇虚实相生，丰富了诗歌内涵，丰满了人物形象，跌宕了内蕴情感，提升了创作艺术。诗篇将写景与叙事融合，故事因情景而真切生动，情景因故事而摇曳生姿，二者水乳交融，浑然天成，收到了"此恨绵绵无绝期"的艺术效果。

《琵琶行》是白居易被贬江州后写的，与《长恨歌》不同的是，这首诗的表达由他人转向自我，诗人通过琵琶女的身世遭遇联系到自身境况，发出千古喟叹："同是天涯沦落人，相逢何必曾相识。"琵琶女年轻时貌美如花，"妆成每被秋娘妒"，且身怀绝技，"曲罢曾教善才服"，但时过境迁，"暮去朝来颜色故"，无奈"老大嫁作商人妇"，从此过上了"去来江口守空船"的生活，因为离别与思念常常"梦啼妆泪红阑干"。诗人听闻琵琶女的伤心往事，想到自己被贬官江州的困顿经历，"我从去年辞帝京，谪居卧病浔阳城"，往日辉煌已去，眼前"住近湓江地低湿，黄芦苦竹绕宅生"，听到的是"杜鹃啼血猿哀鸣"，生活中是"往往取酒还独倾"。正是这种类似的经历，让诗人与琵琶女产生了情感共鸣，也让诗歌与琵琶乐实现了共生，从而成就了这篇千古传诵的《琵琶行》。诗歌中最为精彩的部分是诗人对琵琶乐曲的描绘，可谓绘声绘色，精彩绝伦。

> 转轴拨弦三两声，未成曲调先有情。
> 弦弦掩抑声声思，似诉平生不得志。
> 低眉信手续续弹，说尽心中无限事。
> 轻拢慢捻抹复挑，初为霓裳后六幺。
> 大弦嘈嘈如急雨，小弦切切如私语。
> 嘈嘈切切错杂弹，大珠小珠落玉盘。
> 间关莺语花底滑，幽咽泉流冰下难。
> 冰泉冷涩弦凝绝，凝绝不通声暂歇。
> 别有幽愁暗恨生，此时无声胜有声。
> 银瓶乍破水浆迸，铁骑突出刀枪鸣。
> 曲终收拨当心画，四弦一声如裂帛。

诗人以生花妙笔写出了音乐的起承转合、轻重缓急、高低起伏、动静变化；有比喻、有比较，有直接、有间接，有现实、有想象。诗人将诗歌与音乐、内容与形式完美结合在一起，让该诗和该曲成为经典和绝唱。

《长恨歌》和《琵琶行》是文学史中的经典名篇，无论内容、形式，还是艺术都超凡绝伦，可谓诗坛双璧。赵翼《瓯北诗话·卷四》中赞曰："无不达之隐，无稍晦之词。"唐宣宗李忱写诗称赏："童子解吟长恨曲，胡儿能唱琵琶篇。"（《吊白居易》）它们是白居易留给后人的不朽杰作。

二、元白诗派

继韩孟诗派之后，中唐诗坛出现了以白居易、元稹为代表的元白诗派。与韩孟诗派崇尚雄奇怪异不同，元白诗派诗人注重写实，主张诗作通俗易懂。清人赵翼说："中唐诗以韩、孟、元、白为最。韩、孟尚奇警，务言人所不敢言；元、白尚坦易，务言人所共欲言。"（《瓯北诗话·卷四》）

元稹（779—831），洛阳人；贞元九年（793）明经及第，贞元十九年（803）与白居易同以书判拔萃科登第，元和元年（806）又与白居易一起以制科入等，授左拾遗，后转监察御史；因屡屡上书论事，指斥时弊，而多次遭贬，先后为江陵士曹参军、唐州从事、通州司马、虢州长史。其于元和十二年（817）所作19首《乐府古题》，或"虽用古题，全无古意"，或"颇同古意，全创新词"，都是"寓意古题，刺美见事"（《乐府古题序》）的讽喻之作，其代表作是写于元和十三年（818）的《连昌宫词》，此诗将史实与传闻融为一体，辅之以想象、虚构，渲染诗歌氛围，诗情生动曲折。元稹的一些短诗，言短意深，如"白头宫女在，闲坐说玄宗"（《行宫》）、"曾经沧海难为水，除却巫山不是云"（《离思五首》其四）等，这些诗句情致宛然，包孕丰富，低回缱绻，动人肺腑。元稹有《元氏长庆集》，存诗800余首。

元白诗派重写实、尚通俗的诗学创作主张远可追溯到《诗经》中的"国风"和汉魏乐府民歌,近可追因于安史之乱以来中唐出现的一批写实倾向的诗人,尤其是伟大的现实主义诗人杜甫,他创作了大量反映民生疾苦的诗篇,继承了古乐府的传统,写现实,记时事,力求质朴浅易,不避俗,不弃世。这种强调写实性和通俗化的创作倾向,在元结、顾况等人的诗歌中得到了不同程度的表现和继承,而元稹和白居易则全力推崇。白居易说:"杜诗最多,可传者千余首……然撮其《新安》《石壕》《潼关吏》《塞芦子》《花门》之章,'朱门酒肉臭,路有冻死骨'之句,亦不过三四十首。杜尚如此,况不逮杜者乎?"(《与元九书》)由此可以看出,白居易非常崇尚杜甫的写实讽时之作。元稹也对杜诗的通俗化情有独钟:"怜渠直道当时语,不著心源傍古人。"(《酬孝甫见赠十首》之二)与元白同时的张籍、王建等人也纷纷起而效仿,致力于通俗晓畅、指事明切的乐府诗的创作,白居易作诗甚至要求老妪能解(释惠洪《冷斋夜话》),"写实尚俗"一时间蔚然成风。

在诗歌通俗化的过程中,元、白、张、王等人还自觉地向民歌学习,写下了不少颇具民歌风味的歌诗。如白居易在《竹枝词四首》中,从"瞿塘峡口水烟低,白帝城头月向西"的写景,到"巴东船舫上巴西,波面风生雨脚齐"的叙事,再到"怪来调苦缘词苦,多是通州司马诗"的抒情,都带有通俗平易的民歌特点。诗人在《杨柳枝词》中围绕着"杨柳"意象向读者描绘了鹅黄柳芽、柔软柳丝、春风拂柳等景物和情景,皆是以"通俗语"写"寻常景",整首诗洋溢着平易自然之气。其《何满子》一诗首句平淡如话,在记述中传情,在叙事中达意,借民歌之质朴,浇心中之块垒。

世传满子是人名,临就刑时曲始成。
一曲四词歌八迭,从头便是断肠声。

陈寅恪指出："乐天之作新乐府，乃用毛诗，乐府古诗，及杜少陵诗之体制，改进当时民间流行之歌谣。……实则乐天之作，乃以改良当日民间口头流行之俗曲为职志。"① 另外，张籍的《白鼍鸣》《云童行》《春别曲》，王建的《神树词》《古谣》《祝鹊》，也都充满乡土气息，平实质朴，自然明快，受民歌的影响明显，反映了此时期诗人已形成通俗化审美的自觉追求。

中唐诗人间的交往唱和之风，早在贞元年间已初露端倪，到了元和年间，又出现了比一般唱和更进一步的以长篇排律和次韵酬答来唱和的形式，元稹和白居易便是这种形式的创始者。元稹、白居易在相识之初，即有酬唱作品，此后他们分别被贬往通州和江州，虽距离遥远，但二人仍然频繁寄诗，酬唱不绝，成就了文学史上"通江唱和"之佳话。白居易有《东南行一百韵》寄元稹，元稹即作《酬乐天东南行诗一百韵》回赠。在二人的酬唱诗中，那些寄怀酬答的短诗，情感真挚，清新自然，耐人寻味。如白居易《舟中读元九诗》："把君诗卷灯前读，诗尽灯残天未明。眼痛灭灯犹暗坐，逆风吹浪打船声。"元稹《酬乐天舟泊夜读微之诗》："知君暗泊西江岸，读我闲诗欲到明。今夜通州还不睡，满山风雨杜鹃声。"一个"把君诗卷灯前读"，一个"知君泊岸读我诗"，可谓"心有灵犀""诗思相通"，在这样的唱和中，实现了诗人与诗人的共鸣、诗歌与诗歌的共振、诗人与诗歌的共生。

第四节 晚唐李商隐和杜牧诗歌

唐穆宗长庆时期，唐朝政治、经济、文化发展逐渐衰落。长庆以

---

① 陈寅恪. 元白诗笺证稿［M］. 上海：上海古典文学出版社，1958：121.

后，唐王朝危机加深，唐帝国出现明显的衰败倾覆之势。司马光在《资治通鉴》中说："于斯之时，阉寺专权，胁君于内，弗能远也；藩镇阻兵，陵慢于外，弗能制也；士卒杀逐主帅，拒命自立，弗能诘也；军旅岁兴，赋敛日急，骨肉纵横于原野，杼轴空竭于里闾。"（《资治通鉴》卷二百四十四）士人心态随之发生变化，诗人心理活动内容、审美趣味要比前人更为丰富复杂，诗歌内容、艺术形式出现明显转变，诗歌发展由中唐步入晚唐。

一、李商隐

晚唐诗人的诗作大多缺乏创造性，题材褊狭、境界不高。但也有例外，这便是李商隐和杜牧，尤其是李商隐，诗歌语言精细绵密，表达含蓄迂徐，结构敛约回环，题材绮艳别致，把诗歌的艺术表现力提升至一个新的高度，卓然成为大家。

（一）李商隐的生平与诗歌内容

李商隐（812—858），字义山，号玉溪生，又号樊南生，祖籍怀州河内（今河南沁阳），生于河南荥阳。家世的孤苦、自身的文弱，形成了其诗歌感伤特点，同时也促使他谋求上进，淬炼了坚韧精神，形成了执着品性。

829 年，李商隐入令狐楚幕府，837 年中进士，次年春入泾原节度使王茂元幕。当时朋党斗争激烈，党人的成见，加上他个性孤介，使他一直沉沦下僚。从大和三年（829）踏入仕途，到大中十二年（858）去世，30 年中，李商隐有 20 年辗转于各处幕府，远离家室，漂泊异地。时世、家世、身世，促成了李商隐易于感伤的性格与心态。国事、家事、私事，引发他丰富的感情活动。

他在《上崔华州书》中写道："以是有行道不系今古，直挥笔为文，不能攘取经史，讳忌时世。百经万书，异品殊流，又岂能意分出其下哉！"他为文不引经据典，挥笔独创，不甘居于古人之下。835 年冬发生了甘露事变，李商隐于次年写了《有感二首》《重有感》《曲江》等诗，抨击宦官篡权乱政，表现了对唐王朝命运的忧虑。其《隋宫》——"紫泉宫殿锁烟霞，欲取芜城作帝家。玉玺不缘归日角，锦帆应是到天涯。于今腐草无萤火，终古垂杨有暮鸦。地下若逢陈后主，岂宜重问后庭花？"——针对封建统治者的淫奢昏愚进行讽慨。李商隐对安史之乱后的统治者的失政极其痛心，他在《马嵬》中写道："海外徒闻更九州，他生未卜此生休。空闻虎旅传宵柝，无复鸡人报晓筹。此日六军同驻马，当时七夕笑牵牛。如何四纪为天子，不及卢家有莫愁！"诗中对照鲜明，辅以虚字的抑扬，在冷讽的同时，寓有深沉的感慨。诗人生逢末世，现实总是不断让他感到抱负成虚，故其诗中抒写得更多的是人生感慨。"中路因循我所长，古来才命两相妨"（《有感》），写怀才不遇、命薄运厄之慨。"春日在天涯，天涯日又斜。莺啼如有泪，为湿最高花"（《天涯》），伤春残日暮，与伤自身老大沉沦融为一体，感伤中带着时代黯淡没落的投影。"流莺漂荡复参差，度陌临流不自持。巧啭岂能无本意，良辰未必有佳期"（《流莺》），写出诗人了无所依、飘零孤苦的感慨。"五更疏欲断，一树碧无情"（《蝉》），这类诗对于周围环境和自身的描写，可以说传达了中晚唐士人的普遍感受。

　　李商隐的《无题》诗说尽了离情别恨，至情至性，可谓两心眷眷、两情依依。把爱情纯化、升华得明净又缠绵，是其诗独特的艺术风貌的代表。

　　　　相见时难别亦难，东风无力百花残。

　　　　春蚕到死丝方尽，蜡炬成灰泪始干。

晓镜但愁云鬓改，夜吟应觉月光寒。

蓬山此去无多路，青鸟殷勤为探看。

诗人通过诗歌，表现了美好的理想与情操，展示了人性的纯正与高尚，同时，也曲折地显现了那个时代的环境氛围与士人的精神面貌。

（二）李商隐诗歌的艺术特征

1. 诗情朦胧窈渺

李商隐创造了"绮密瑰妍"（敖器之《诗评》）的诗美。其抒情诗，情调幽美。他致力于情思意绪的体验、把握与再现，表达上又采取幽微隐约、迂回曲折的方式，尤其是他的无题诗，情感丰富充沛，诗意隐秘多样，情思幽深窈渺。

凤尾香罗薄几重，碧文圆顶夜深缝。

扇裁月魄羞难掩，车走雷声语未通。

曾是寂寥金烬暗，断无消息石榴红。

斑骓只系垂杨岸，何处西南待好风。

《无题二首》其一

重帷深下莫愁堂，卧后清宵细细长。

神女生涯原是梦，小姑居处本无郎。

风波不信菱枝弱，月露谁教桂叶香。

直道相思了无益，未妨惆怅是清狂。

《无题二首》其二

"扇裁月魄"难以掩抑诗人内心情感，"车走雷响"难以传达恋人彼此情义，回忆相处时的"垂杨岸""莫愁堂"，想起了"石榴红""桂叶香"，这一切看似历历在目、真切自然，然而诗人笔锋回转，忽然意识到"生涯原是梦""相思了无益""惆怅是清狂"，思绪盘旋，意象迷蒙，情绪迷惘，诗境遂转向凄美幽约。

诗人善于把心灵的朦胧图像，化为恍惚迷离的诗歌意象，常常将诗歌内容的强度、深度、广度以可喻、可测、可比的方式揭示出来，以表现其怅惘莫名的情绪，遂形成雾里看花般的朦胧诗境与诗意，如著名的《锦瑟》。

> 锦瑟无端五十弦，一弦一柱思华年。
> 庄生晓梦迷蝴蝶，望帝春心托杜鹃。
> 沧海月明珠有泪，蓝田日暖玉生烟。
> 此情可待成追忆，只是当时已惘然。

这首诗所呈现的是一些如梦似幻的诗歌意象：庄生梦蝶、望帝托愿、沧海珠泪、良玉生烟。这些意象共同构成一个错综迷离的画面，洋溢着怅惘、感伤、寂寥的情思，弥漫着希望与失望的心象，将真与幻、古与今、心灵与外物结合，构成"但见包藏无限意，不知蕴藉几多情"的含蓄朦胧境界。

2. 诗意丰富多样

李商隐诗的多义性与其诗歌意象独特有一定联系。其诗歌意象是带有诗人独特情愫的景物，是心灵化的意象，诸如珠泪、玉烟、蓬山、青鸟、彩凤、灵犀、碧城、瑶台、灵风、梦雨等。这些意象是诗人多种体验与现实景物的复合，是外部客观世界与内心主观世界的融合，因而被赋予了"指向性"和"象征性"，让其诗歌内涵充盈丰富。

李商隐诗歌大量用典。典故内容丰富、意蕴丰厚。李商隐擅长对典故进行创新，用典方式独具一格，着眼于典故的情思与韵味。如"庄生晓梦迷蝴蝶"，诗人关注的并非"庄子梦蝶"的哲理思索，而是由此抒发迷惘感伤情思。"望帝春心托杜鹃"，也由原典之意蕴引出伤春的感慨与悲怆，借以传情达意，从而引发读者丰富的联想，与其产生情感和心理共鸣。诗人经历坎坷，对事物的矛盾和复杂性有充分的认识和感受，结合他的体验和认识，常常把典故生发演化，扩展诗歌的意蕴空间。

李商隐诗歌多义性还在于把心灵世界作为表现对象。诗人将时事与心境相结合，将诗作中关于人世、宇宙、历史和治乱兴衰的叙述与个体对政治的执着、对现实的关注、对内心的体验相映衬，事与情融合、主与客穿插、实与虚相生，彼此相互牵连、相互渗透，呈现出一种或明或暗、难辨难分的诗意与诗境。如《锦瑟》中的"无端五十弦"，"无端"一词传达出无缘无故的迷茫、无法摆脱的困惑、无须说明的倦庸等意义和情态，让诗句呈现出多层次的朦胧境界，流露出浓重的怅惘、迷茫与感伤的情思，《锦瑟》如此，其无题诗也有类似现象。如《无题四首》其一。

> 来是空言去绝踪，月斜楼上五更钟。
> 梦为远别啼难唤，书被催成墨未浓。
> 蜡照半笼金翡翠，麝熏微度绣芙蓉。
> 刘郎已恨蓬山远，更隔蓬山一万重。

诗人表现的是萦绕心间的一种莫名的愁绪，是其内心心境的展示与体现。

李商隐诗歌在艺术上的成就是多方面的，如《有感二首》（五排）的典重沉郁，《韩碑》（七古）的雄健高古，《筹笔驿》（七律）的笔势顿挫，《偶成转韵七十二句赠四同舍》（七古）的豪放健举等，都各具特色，其艺术成就和创新意义值得重视。李商隐的诗歌创作，给在盛唐和中唐已经有过充分发展的唐诗以重大的推进，使其再次出现高峰，诗人的确是继李白、杜甫、韩愈之后，再次为诗国开疆拓土的大家，正如清代吴乔云："唐人能自辟宇宙者，惟李、杜、昌黎、义山。"（《西昆发微序》）这一切充分体现出李商隐在晚唐诗歌史上的地位，其对后世的影响也是巨大而持久的。

二、杜牧

面对王朝末世的景象和前途暗淡的悲状，诗人心理发生巨变。国事混乱、身世沉沦使晚唐诗人情绪悲凉、情怀压抑，怀古兴叹、咏史抒怀成为杜牧等诗人的创作方向和形式，大量怀古咏史诗涌现。诗人感伤世事的盛衰推移，悼念消逝的繁荣昌平，这种悼古伤今，从刘禹锡写的《西塞山怀古》《金陵五题》《台城怀古》等篇开始，随后杜牧等诗人进行了大量的创作。

杜牧（803—852），字牧之，京兆万年（今陕西西安）人，大和二年（828）进士；曾为幕僚，后任刺史、员外郎、史官修撰等职，官终中书舍人。杜牧怀经世致用之学，才气纵横，抱负远大，希望建功立业。诗歌创作上，他"苦心为诗，本求高绝。不务奇丽，不涉习俗。不今不古，处于中间"（《献诗启》）。他不满当时诗坛的绮靡倾向，主张"文以意为主，以气为辅，以辞采章句为之兵卫"（《答庄充书》）。杜牧现存诗400余首，收录在《樊川诗集》中，其中不乏后世广为流传的名篇佳作，如《清明》："清明时节雨纷纷，路上行人欲断魂。借问酒家何处有，牧童遥指杏花村"；《秋夕》："银烛秋光冷画屏，轻罗小扇扑流萤。天阶夜色凉如水，卧看牵牛织女星"；《泊秦淮》："烟笼寒水月笼沙，夜泊秦淮近酒家。商女不知亡国恨，隔江犹唱后庭花"；《赤壁》："折戟沉沙铁未销，自将磨洗认前朝。东风不与周郎便，铜雀春深锁二乔"；《山行》："远上寒山石径斜，白云生处有人家。停车坐爱枫林晚，霜叶红于二月花"；《江南春》："千里莺啼绿映红，水村山郭酒旗风。南朝四百八十寺，多少楼台烟雨中"；《寄扬州韩绰判官》："青山隐隐水迢迢，秋尽江南草未凋。二十四桥明月夜，玉人何处教吹箫"；《题乌江亭》："胜败兵家事不期，包羞忍耻是男儿。江东子弟多才俊，卷土重来未可知"；《过华清宫》："长安回望绣成堆，山顶千门次第开。一骑红尘妃子笑，无人知是荔枝来"；《赠别》："多情却似总无情，唯觉樽前笑不成。蜡烛有心还惜别，替人垂泪到天明"。

这些诗作，或情真意切，读之荡气回肠，诵之动人肺腑；或清淡自然，视之光冷如银，触之夜凉如水；或伤时叹世，忆秦淮酒家，恨亡国靡音；或怀古忆故，追前朝往事，抚历史风云。时至今日，这些作品被选入各级教材，供学生学习品评。

杜牧怀古咏史诗数量多、质量高，其怀古咏史诗在景抒情中注入了深沉的历史感慨，如《泊秦淮》《江南春》等。这类诗歌多数是抒写对于历史上繁荣昌盛局面消逝后的伤悼情绪。

> 长空澹澹孤鸟没，万古销沉向此中。
> 看取汉家何事业，五陵无树起秋风。
>
> 《登乐游原》

> 千秋佳节名空在，承露丝囊世已无。
> 唯有紫苔偏称意，年年因雨上金铺。
>
> 《过勤政楼》

两首诗抒发的都是对于现实衰颓已经无可挽回的感触。杜牧的这种感触又经常带有盛衰兴亡不可抗拒的哲理意味。如《题宣州开元寺水阁阁下宛溪夹溪居人》：

> 六朝文物草连空，天淡云闲今古同。
> 鸟去鸟来山色里，人歌人哭水声中。
> 深秋帘幕千家雨，落日楼台一笛风。
> 惆怅无因见范蠡，参差烟树五湖东。

伤悼六朝繁华消逝，同时又以"今古同"三字把今天也带入历史长河。"人歌人哭水声中"，一代代人都消没在永恒的时间里，连范蠡的清尘也寂寞难寻了，留下的只有天淡云闲、草色连空。这正是对于盛衰推移，一切都无法长存的认同和感慨。本诗笔意超脱，一方面在广阔远大的时空背景上展开诗境，另一方面又以丽景写哀思，很能体现杜牧律诗含思悲凄、流情感慨的特色。

杜牧的怀古咏史诗也有不少是借题发挥，表现自己的政治感慨与识见，如《赤壁》：

> 折戟沉沙铁未销，自将磨洗认前朝。
> 东风不与周郎便，铜雀春深锁二乔。

借慨叹周瑜因有东风之便取得成功，抒发自己怀才不遇的心情。这类诗虽主要意思不在怀古，但由于是由古代历史或遗迹触发的感慨，一般仍带有伤悼往事的情绪。

杜牧五、七言古今体诗都有佳作，七律、七绝更为擅长，尤其是七绝，向来受到推崇。《山行》《秋夕》《泊秦淮》《赠别》《寄扬州韩绰判官》等都脍炙人口。在写法上，有的描绘景物，鲜明如画；有的表达深曲，情思蕴藉；有的言发议论，伴以情韵。他和李商隐同为晚唐七绝成就最高的诗人。

唐末的诗作与极其动乱的社会状况相映照，诗人们怀着悲凉复杂的心理，追求淡漠情怀与淡漠境界，社会的灾难、民生的苦难，与诗人自己的命运遭遇相碰撞，他们心情无比沉痛，在乐尽哀来的慨叹中，诗歌笼罩着末世的凄凉黯淡情绪，难以再有那种博大之气和饱满的热情，诗境便再也难有大的开拓，唐诗的发展也自然降下了帷幕。

第二部分　**02**

｜宋代郑獬诗歌研究｜

第四章

郑獬诗歌研究总序

第一节　宋诗及郑獬

陈寅恪先生指出："华夏民族之文化，历数千载之演进、造极于赵宋之世。"① 邓广铭先生说："宋代的文化，在中国封建社会历史时期之内，截至明清之际的西学东渐的时期为止，可以说，它是已经达到了登峰造极的高度的。"② 宋代文坛可谓群星荟萃，如欧阳修、王安石、苏东坡等，宋代文化的发展离不开我们所熟悉的这些文学大家，但同样也离不开那些为文化发展做出一定贡献又鲜为人知的文人，北宋诗人郑獬便是其中一位。郑獬（1022—1072），字毅夫，北宋安州安陆（今湖北安陆）人。郑獬自幼便富有才气，早年曾历经艰辛，游历求学，但屡试不中，而郑獬锲而不舍，始终保持积极乐观的心态，其诗《下第后与孙仲叔饮》中写道："一缺不完非折剑，至刚无屈是精金。男儿三十年方壮，何必尊前泪满襟。"皇祐五年（1053）三月，32 岁的郑獬举进

---

① 陈寅恪 . 金明馆丛稿二编［M］. 上海：上海古籍出版社，1980：277.
② 陈植锷 . 北宋文化史述论［M］. 北京：中华书局，2019：1.

士第一。《宋历科状元录·卷三》："《皇祐五年癸巳状元郑獬》：'三月殿试赋题《圆丘象天》赐进士郑獬等五百二十人及第，出身有差。"①后郑獬入直集贤院，为度支判官，修起居注，知制诰；熙宁元年（1068），拜翰林学士。獬工于诗，以诗文著名，《宋史》称其诗："词章豪伟峭整，流辈莫敢望。"②《全宋诗》收其诗 7 卷，共计 400 余首。其诗内容丰富，形式多样，语言清新自然。其反映民生疾苦的诗歌，体现了诗人虽身居庙堂，却心怀天下："平地三尺雨，农家三尺金"（《祈雨》），"当时夏税不得免，至今里正排门催"（《二月雪》）。朴实的诗句中蕴含着作者与百姓共喜忧的感情。"留地教移竹，开门自扫花"（《闲居》）、"云阴拂暑风光好，却将微雨送黄昏"（《田家》），体现了作者对田园生活的热爱。"欲把金钱三百万，万松岭上买云眠"（《湖上》）、"行人残照里，归路白云旁"（《淮西道中》），洋溢着诗人生活的闲适与快意。"今日天涯最惆怅，满江烟雨吊春愁"（《寄并州故人》）、"东风固相恼，时送落花来"（《闲闷》），渗透着诗人的闲愁与忧伤。"不知春意晚，时有燕归声"（《朝退》）、"野外一双新燕去，丛间三数小花明"（《城东》），是物中含情；"醉后不知山月上，竹间横枕一琴眠"（《寄洞元师》）、"啼鸟共徘徊，白云自来往"（《寄题辰州沅阳馆》），则是物中寓趣。郑獬诗能"豪伟俊整"（《宋史》），"知君不独悲忠义，又有兼忧天下心"　（《读司马君实撰吕献可墓志》），"长鲸戏浪喷沧海，北风吹乾成雪花"（《荆江大雪》）；也能"朴实自然"（《东都事略》），"荣辱固在人，孰云非我职"（《勉陈石二生》），"重重叶叶花依旧，岁岁年年客又来"（《梅花》）。其诗歌形式多样，乐府歌行、五律七律、五绝七绝，笔走成诗，整饬而不呆

---

① 朱希召. 宋历科状元录［M］. 影印本. 台北：文海出版社，1981：55.

② 脱脱，等. 宋史［M］. 北京：中华书局，1997：10417.

板，合法度而不失自然。"耀世文章虽已远，传家清白至今存"（《素风堂》），"酿酒期佳客，开书见古人"（《不出》），"未识春风面，先闻乐府名"（《句》），"文章须用圣贤断，议论要通今古疑"（《勉学者》），这是郑獬对己的要求和准则，也是他对诗的态度和观点。

郑獬年轻时曾历经艰辛，游历求学，却屡试不中，但他锲而不舍，积极进取，以一种积极的人生态度去面对生活中的困难和挫折，最终在皇祐五年（1053），应进士试，高中状元，从此踏入仕途，曾官至翰林学士。郑獬为官正直，关心国事，关注现实，关爱百姓，带有明显的儒家思想特点。这也影响到他的文学观念，郑獬主张"文章须用圣贤断，议论要通今古疑"（《勉学者》），对谏言，"可则行之，否则罢之，有疑焉，则广询而决之"①，力求各去虚言，崇以实干。

郑獬诗歌内容丰富，有抒情诗、叙事诗、说理诗、写景状物诗等。其抒情诗情真意切，有深沉厚重的爱国之情，有难舍难分的离别之情，亦有山水田园的闲适和叹古伤今的悲凉。其叙事诗则更多地表现了诗人对现实的关注、担心和忧虑。郑獬的说理诗数量较少，多是酬唱劝勉之作。诗人曾高中状元，官居要职，所以有机会游览山水田园，为后人留下很多写景状物之作，同时由于诗人生活在矛盾尖锐的北宋时代，政治生涯起伏跌宕，严酷的现实有时迫使诗人寄情山水，因此他创作了大量的写景状物之诗。

郑獬诗歌意象丰富，有象征高洁的松、竹、梅、菊，有潜江游海的鲤、鲸、蛟、龙，也有生僻稀有的鸠、雉、獐、猿，不同的意象表达了诗人不同的思想感情。郑獬诗歌注重意境创造，或情随景生，或移情入景，或情景交融，再加上作者比兴寄托、铺陈排比等艺术手法的运用，形成了郑獬诗歌能俗能雅、亦庄亦谐的艺术风格。

---

①　脱脱，等. 宋史［M］. 北京：中华书局，1997：10418.

《诗经》、乐府直至杜甫的现实主义诗歌传统对郑獬影响很深，所以他的很多诗篇都体现了忧国忧民、济世安邦的思想。郑獬诗歌与李白诗歌也有很多相似之处，不论是明月、酒车、老鲸、谪仙等诗歌意象，还是揭竿跨浪、穿天入月、酒泼春袍、醉眠云涛的诗歌意境，都体现出与诗仙李白飘逸奔放相似的风格特点。

第二节　郑獬诗歌研究综述

郑獬工于诗，自幼便富有才气，以诗文而著名，《宋史》称其诗"词章豪伟峭整，流辈莫敢望"。《全宋诗》收其诗 7 卷，共计 400 余首。其诗内容丰富，形式多样，语言清新自然，有很强的写实性和艺术性，但人们对郑獬诗歌的研究比较少。

郑獬直言进谏，体恤民情，其诗篇中存有大量的反映民生疾苦的诗歌，皆是情真意切，字字含情，其"民富我喜，民贫我忧"之思想和"忧愁风雨"的杜甫一脉相承。如："官家桑柘连四海，岂无寸缕为汝衣"（《道旁稚子》）和"朱门酒肉臭，路有冻死骨"；"安得木渠通万里，坐令四海成丰年"（《木渠》）和"安得广厦千万间，大庇天下寒士俱欢颜"；等等。其诗《采凫茨》颇似《诗经》中的《硕鼠》，运用比兴手法，讽刺污吏，针砭时弊。郑獬倡导"广开言路，荐选贤良"，主张"务去虚言，崇以实干""可则行之，否则罢之"，其诗亦如此，勉后进，荐贤才，重民生，顺民意。

郑獬诗歌质量高、数量多，古今有关郑獬及其诗歌的论述主要有：

第一，史论、文论中的部分论述，如《宋史》评其诗"词章豪伟峭整"。《宋史·卷二百八·志第一百六十一》记载："《郑獬集》五十卷。"《宋史·卷三百二十一·列传第八十》有郑獬传。《苏轼集·卷八十九》记载："学士郑獬，安陆人也。"《宋史·卷十四》记载："郑獬罢知杭州，宣徽北院使王拱辰罢判应天府，知制诰钱公辅罢知江宁府。"《四库提要》评语："獬尝与敞书，亦言'韩退之时，用文章雄立一世者，独李翱、皇甫湜、张籍耳。然翱之文尚质而少工，湜之文务实而不肆，张籍歌行乃胜于诗，至于他文不多见，计亦在歌诗下。使之质而工，奇而肆，则退之作也云云。'观其所言，知文章宗旨实源出韩门矣。"钱钟书《宋诗选注》评其诗"爽辣明白"；陈元锋在《北宋馆阁翰苑与诗坛研究》中在论述馆阁诗人、嘉祐诗人时有关于郑獬的论述。吕肖奂在《宋诗体派论》、王水照在《宋代文学通论》、周子翼在《论北宋七绝中异于唐人的典型创作技法》、唐春生在《翰林学士与北宋熙宁变法》和《典掌省府的北宋翰林学士》中有关于郑獬的论述。

第二，诗歌选本中有关郑獬的内容。《全宋诗》第五百八十卷有郑獬小传，从第五百八十卷至第五百八十六卷，共收录郑獬诗歌 400 余首；程千帆、缪琨《宋诗选》选其《采凫茨》一首；钱钟书《宋诗选注》有郑獬小传，并选诗四首；程杰《宋诗三百首注》亦列诗人小传，选诗三首；傅璇琮《宋人绝句选》选其诗《田家》一首。①

第三，有关郑獬及其诗歌的专论。南京师范大学胡银元《北宋文人郑獬研究》，认为郑獬作为北宋中期文坛中的一员，对北宋中期的文学创作起着积极的推动作用，对后进文人产生过积极的影响。河北师范大学郄丙亮《郑獬诗歌研究》，试图把郑獬诗歌研究放在宋代仁宗至神宗时代政治、经济、思想、文化的大背景下，先总结出郑獬诗歌创作的社会文化原因，然后进行个案研究，以个案的独特视角反观、透视群体的面貌，进而揭示郑獬在北宋诗歌发展史上的地位。

---

① 郄丙亮. 郑獬诗歌研究［D］. 石家庄：河北师范大学，2008.

　　本书在前人论述的基础上，着重从郑獬的生平及思想、诗歌内容、诗歌艺术、诗歌渊源和影响等方面对郑獬诗歌进行研究，以便对郑獬诗歌有更深入的认识和了解。

第五章

郑獬生平及思想

第一节 郑獬的生平及著述

郑獬高祖保雍，五代末商贾。曾祖屿，祖建中。《郑氏世录》载："屿，东头供奉官……建中，赠屯田员外郎……星历、地理、阴阳、数术，无不通览。"① 父讳纾，字武仲，进士，宋蔡襄《端明集·卷四十》《尚书礼部侍郎郑君墓志铭》记载："郑君讳纾……主安州之应城主簿，越州司法参军……迁祠部郎中。""母李氏，封汝南郡太君……兄獬，官朝散大夫；妹，嫁张蒙山……弟猶，字献嘉。"②

郑獬生于宋真宗乾兴元年（1022），仁宗天圣八年（1030），郑獬9岁时，父登进士第，他10岁时，母卒。庆历、皇祐间为郑獬的壮游时期，郑獬到过今江西、四川等地，并娶妻。③ 郑獬少年时，即有才名，但屡试不第，王铚在《默记》中载："獬虽负时名，然累赴殿试省试皆

---

① 胡银元. 北宋文人郑獬研究 [D]. 南京：南京师范大学，2008.
② 胡银元. 北宋文人郑獬研究 [D]. 南京：南京师范大学，2008.
③ 胡银元. 北宋文人郑獬研究 [D]. 南京：南京师范大学，2008.

不利。"① 而郑獬没有低迷消沉，"何须惆怅无人赏，自有春风二月时"（《山中桃花》），依然坚持不懈，"咄哉丈夫气，胡为久徘徊"（《感秋六首》其一），他坚信"剑埋金不蚀，圭折玉犹方。古意闲中见，浮名静外忘"（《寄陆宪元》），依然"行藏吾自得，可笑接舆狂"（《寄陆宪元》），满怀壮志的郑獬，继续寒窗苦读，"我欲涉洞庭，采橘秋云边"（《感秋六首》其一），"吐纳龙虎气，遨游麋鹿群"（《李道士》）。诗人相信通过自己的努力，会有一天"扫开长安尘土窟，写出江南烟水秋"（《省中画屏芦雁》）。

锲而不舍的郑獬最终于皇祐五年（1053）应进士试，一举夺得状元。他在《登第后作》中写道："文闱数战夺先锋，变化须知自古同。霹雳一声从地起，到头身是白云翁。"诗中有对时光流逝的感慨，亦有中第后的欣喜。从此，郑獬便踏入仕途，"自仁宗皇祐五年（1053）至神宗熙宁元年（1068），郑獬32~47岁，这一时期是郑獬及第后在仕途上相对顺达的时期，是其人生中的黄金时期，也是实现他的理想和抱负的重要时期。皇祐五年（1053）三月，獬举进士第一。五月，为将作监丞通判陈州"②。郑獬迎来自己政治生命的开端，他在《和汪正夫梅》中写道："好花有意似怜才，时泛清香入袂来""酒味渐佳春渐好，苦教陆凯咏寒梅"。可见诗人踏入仕途的喜悦和壮志得施的自信。至和二年（1055），郑獬入直集贤院，英宗即位，知荆南。治平三年（1066）判三班院，神宗熙宁元年（1068）拜翰林学士。此时，志得意满的诗人也处在其人生的"大典尊周孔，名家盛汉唐"（《迩英阁早直》）时期，诗歌内容和风格也与以前有所不同，除了一些有关国计民生的诗歌，诗人还写了很多闲适诗，这些诗歌有的写景，如："留地教移竹，

---

① 宋元笔记小说大观［M］.上海：上海古籍出版社，2001：4558.

② 胡银元.北宋文人郑獬研究［D］.南京：南京师范大学，2008.

开门自扫花。林疏容鹤卧，溪净怕云遮"（《闲居二首》）；"夹道柳梢长，竹桥风影凉。行人残照里，归路白云旁。泉浅带土味，岩深闻草香"（《淮西道中》）；"摇船入芰荷，船里清香满。花深不见人，但听歌声远"（《湖上》）。有的状物，如"啼鸟共徘徊，飞云自来往。携樽听鸣泉，便可倾佳酿。烟披舞袖润，谷应歌声响。客醉未容归，明月纤纤上。幽怀傥自得，所适即为放"（《寄题辰州沅阳馆》）。有的纪行，如："不须鞭五马，十里听松风"（《齐山晚归》），"长湖畜元气，飞亭插苍霞"（《陪程太师宴柳湖归》），"白云已抱日光落，春水自共东风摇"（《梁卦孙过饮》），"笙歌已散游人去，更逐东风拾落梅"（《落梅》），"便留画舫入城去，不忍马蹄踏落花"（《柳湖晚归》）。这些诗歌大都格调轻松愉悦，充满诗情画意，富有浪漫气息。"欲把金钱三百万，万松岭上买云眠"（《湖上》），"醉后不知山月上，竹间横枕一琴眠"（《寄洞元师》），一首首诗歌如同一幅幅美丽的图画，抒发了诗人内心的感情，也展现了诗人的心路历程。

郑獬为官清廉，敢于直言进谏。《宋史·卷三百二十一》记载："英宗即位，治永昭山陵，悉用乾兴制度。獬言：'今国用空乏，近者赏军，已见横敛，富室嗟怨，流闻京师。先帝节俭爱民，盖出天性，凡服用器玩，极于朴陋，此天下所共知也。而山陵制度，乃欲效乾兴最盛之时，独不伤俭德乎？愿饬有司，损其名数。'"又言："天子初即位，郡国驰表称贺，例官其人，此出五代余习，因仍未改。今庶官猥众，充溢铨曹。况前日群臣进官，已布维新之泽，不须复行此恩，以开侥幸。"[1] 刚正不阿的郑獬直指时弊，一针见血，其谏言毫不掩饰，也毫不畏惧，正如其诗《大寒呈张太博》所写："先生说大义，驰骛何纤悉。洞彻人精神，两耳飞霹雳。老语植根节，九牛不可屈。"郑獬的刚

---

[1]　胡银元.北宋文人郑獬研究［D］.南京：南京师范大学，2008.

毅正直，有利于为国分忧、为民解难，也易树立政敌，以致其悲剧的结局。

晚年的郑獬，受到政敌的排挤、朝廷的冷落，所以情绪低落。"江都章未报，枕手卧南窗"（《晚闷》），一个"知君不独悲忠义，又有兼忧天下心"（《读司马君实撰吕献可墓志》）的人被否定、被排挤时，难免会消沉，甚至会心生退意，"为生虽甚微，犹足安吾土。应笑马上人，衣湿朝来雨"（《村家》），此时的郑獬常常借酒消愁，诗歌中"酒"的意象大量出现。诗人在《独游》中写道："马后独携一壶酒，林间更解紫纶巾。飞来白鹭即佳客，相对好花为美人。万事易忘唯剧醉，四时难判是残春。"解甲归林，酒醉忘忧，足见诗人晚景的悲凉，再加友人多逝，"不惜残花飞，惟惜故人稀。酒到君莫辞，淋漓从满衣"（《送赵书记赴阙》）、"故人如飞云，零落不能收"（《对雪寄一二旧友呈张仲巽宗益运判》），诗人只好与酒为伴，借酒忘忧，"惟此一樽酒，万事皆尘埃"（《菊》）。"人生长与赏心违，莫遣樽前笑语稀"（《初春欲为小饮先寄运使唐司勋运判张都官》），"美人再拜劝公饮，一饮可忘今古愁"（《次韵程丞相重九日示席客》），"壮心虽被愁催去，欢意须凭酒借来"（《次韵汪正夫对雨》），"不禁梦回多黯郁，长因酒后得凄凉"（《东园招孙中叔》），"人生三万六千日，二万日中愁苦身"（《遣兴勉友人》）。晚年的郑獬遭受朝廷贬谪、同僚排挤，一向志强意坚的诗人在《送郭元之东下》中写道："梢梢十幅健帆风，大醉长歌下浙东。甲乙未能求将相，诗书多是误英雄。百年尽寄闲心外，万事都抛冷笑中。白面书生少奇策，不知谁建太平功。"这既是诗人对现实的讽刺，也是诗人的自嘲。如此处境下的郑獬体弱多病，生活凄苦，《宋史》记载："卒，年五十一。家贫子弱，其柩藁殡僧屋十余年，滕甫为安州，乃克葬。"

《郡斋读书志》云："郑獬……少俊异，为诗赋有声，廷试第一。……为文有豪气，峭整无长语。"郑獬著有《郧溪集》和《觚记注》。《郧溪集》共五十卷，《郡斋读书志》记载："郑毅夫《郧溪集》五十卷。"① 《全宋文》记载："《郧溪集》五十卷，原本久佚，四库馆臣从《永乐大典》及《宋文鉴》《两宋名贤小集》中辑为二十八卷，其中诗六卷。"② 《清史稿·卷一百四十八·志一百二十三·艺文四》载："郑獬《郧溪集》三十卷。"郧溪，地名，系诗人曾经居住过的地方，其诗《客舟》和《獐猿》分别提及郧溪。"沧江落日动，宿鸟归故山。托巢在高木，朝去夕必还。客舟逐南风，大雪留楚关。何日扫吾庐，种秫郧溪间"（《客舟》）；"翠树不从青嶂出，蟠根却向屏中生。黄獐引胯探绿叶，老猿护雏枝上惊。猗然相顾见异态，谁言野物能忘情。我来赏激绕屏下，亦疑此身林中行。自古画工无画者，今得绝笔方传名。吾庐昔在郧溪上，满溪桃花春水明"（《獐猿》）。獬所著《郧溪集》，《宋史·卷二百八十》著录为 50 卷，而"《通志》卷七十《艺文略八》著录'《郑毅夫集》六卷'，当为别本"③。

第二节　郑獬的思想

一、政治思想

（一）对国事的关心

郑獬一生关心国事，为官清廉，秉性耿直，敢于直言进谏，正如其诗所写，"挺如白玉圭，棱角不可挫"（《苏刑部自湖北移漕淮南》）。

① 晁公武. 昭德先生郡斋读书志［M］. 上海：商务印书馆，1935：9.

② 北京大学古文献研究所. 全宋文［M］. 北京：北京大学出版社，1992：6817.

③ 郤丙亮. 郑獬诗歌研究［D］. 石家庄：河北师范大学，2008.

《宋史·卷三百二十一·列传第八十》载："（郑獬）上疏言：'陛下初临御，恭默不言，所与共政者七八大臣而已，焉能尽天下之聪明哉？愿申诏中外，许令尽言，有可采录，召与之对。至于臣下进见，访以得失，虚心求之，必能有益治道。'帝嘉纳之。时诏诸郡敦遣遗逸之士，至则试之秘阁，命以官。颇有谬举者，众论喧哗，旋即废罢。……治平中，大水求言，獬上疏曰：'陛下侧身思咎，念有以消复之，不知求忠言者，将欲用之邪，抑但举故事邪？观前世之君，因变异以求谏者甚众，及考其实，则能用其言而载于行事者，盖亦鲜矣。今诏发天下忠义之士，必有极其所韫，以荐诸朝，一日万机，势未能尽览，不过如平时下之中书、密院，至于无所行而后止。如是则与前世之为空言者等尔。谓宜选官置属，掌所上章，与两府近臣从容讲贯，可则行之，否则罢之，有疑焉，则广询而决之。群臣得而众事举，此应天之实也。天下之进言也甚难，而上之受言也常忽。愿陛下采群臣之章疏，容而听之，史册大书，以为某年大水，诏求直言，用某人之辞而求某事，以出夫前世之为空言者，无令徒挂墙壁为虚文而已。'"① 为国忠，则其言直，一心为国的郑獬面对最高统治者毫无避讳，直指其执政之弊——"恭默不言""所与共政者七八大臣而已""不知求忠言者""上之受言也常忽"，并提出相应对策——"申诏中外，许令尽言，有可采录，召与之对""诏发天下忠义之士""采群臣之章疏，容而听之"。郑獬主张广开言路，择贤用人，认为朝廷上下只有各司其职，并各尽其能，方能政令畅通，以达到"群臣得而众事举"的为政功效。由此可见郑獬对国事的关心，其部分诗歌也反映了诗人这个特点，如《汴河曲》：

> 朝漕百舟金，暮漕百舟粟。一岁漕几舟，京师犹不足。

---

① 脱脱，等. 宋史 [M]. 北京：中华书局，1997：10418.

此河百余年，此舟日往复。自从有河来，宜积万千斛。

如何尚虚乏，仅若填空谷。岁或数未登，飞传日逼促。

嗷嗷众兵食，已忧不相属。东南虽奠安，亦宜少储蓄。

奈何尽取之，曾不留斗斛。秦汉都关中，厥田号衍沃。

二渠如肥膏，凶年亦生谷。公私富囷仓，何必收珠玉。

因以转实边，边兵皆饱腹。不闻漕汴渠，尾尾舟衔轴。

关中地故存，存渠失淘㓲。或能寻旧源，鸠工凿其陆。

少缓东南民，俾之具饘粥。兹岂少利哉，可为天下福。

面对国家的积贫、积弱，诗人借助在"汴河"所见，表达了对现实的担心和忧虑。"朝漕百舟金，暮漕百舟粟"本应是"宜积万千屋"，可事实却是"仅若填空谷""京师犹不足"，"京师"的职责本是"安邦定国"，如今却成了填不满的"空谷"，诗人以暗含讥讽之笔，表达了对"宋室"的不满。"奈何尽取之，曾不留斗斛""公私富囷仓，何必收珠玉"则是对那些"执政者"的揭露和批判。诗人没有停留在不满和抱怨中，诗人希望朝廷能"因以转实边"，希望执政者能"少缓东南民"，从而边兵饱腹，能固守边防，进而天下为福。另外，《夜意》——"卧北斗柄直，插西月角横。风吹病骨醒，秋入壮心惊。骐骥老方健，太阿灵有声。山河寄功业，樽酒识平生。豺虎须探穴，朝廷可息兵。山西少劲气，天外纵长庚。自古输成算，谁人解请缨。干戈五十万，何日到燕城"，《被恩出使》——"镜湖清浅越山寒，好倚秋云刮眼看。万里尘沙卷飞雪，却持汉节使呼韩"，都表达出诗人对国家能够强大，战争能够停止，百姓能够富足的希望。

（二）对现实的忧虑

北宋民族矛盾、阶级矛盾等社会矛盾日趋尖锐，朋党相争、外敌入侵等内忧和外患日益严重，看似平和的社会却隐藏危机，正如郑獬所言："只道今朝风色好，不知还有暗滩生。"（《江行五绝》）诗人对现实的担忧，集中体现在以下方面。

对边防软弱的忧虑。宋代重文轻武，宋太祖赵匡胤杯酒释兵权，一方面削弱了藩镇割据势力；另一方面，也削弱了国家的军事实力，造成了北宋王朝内部的积贫积弱和外部的软弱屈辱。北宋王朝又面临着较为恶劣的地缘政治环境，北方失去了幽云地区，长城防御体系被打破；西北又失去对河西走廊的控制权；北有与其平起平坐的强大的辽王朝，西北有军事骚扰不休的西夏，南部还有交趾经常蚕食边土。国内政治生态也欠佳，民变兵变频繁，党争不断。内忧外患使得北宋一代，国家安全受到严重威胁。所以，北宋统治集团中的有识之士有很强的忧患意识，他们希望国富民安，将强兵壮，以期抵御外敌，巩固边防。郑獬的很多诗歌便表达了这样的心声，如《羌奴》："豢饱则蹄啮，羌奴敢肆行。蚊虻失驱逐，蝼蚁遂纵横。古先谋士帅，今谁可将兵。庙堂揽群策，还许访书生。"宋朝统治者的腐败导致"蚊虻追逐""蝼蚁纵横"，而外敌"羌奴"则"豢饱""蹄啮"，"肆行"侵犯。面对内忧外患的局面，诗人发出了"古先谋士帅，今谁可将兵"的呼唤和悲叹，诗人忧国忧民之心尽现诗中。

对朝廷现状的忧虑。宋代兵士往往生于无事而饱于衣食，骄惰而又缺乏战斗力；文臣议事常常争论不决，各出意见，观点不一，往往议论未定而兵已渡河；朝廷的募兵和抽丁，又使民力减少，农民的生产与生活受到威胁，导致农业的落后甚至凋敝；冗官制度导致官员不断增加，致使"自古滥官，未有如此之多"的现象出现；很多官员只是坐待升迁，疏于政务；大量的冗官冗兵，使宋王朝的消费逐年增加，宋朝的财政入不敷出，便不断加大对人民的剥夺，这又导致民不聊生。重重矛盾致使社会"四海不摇草，九重藏祸根。十年傲尧舜，一笑破乾坤。羌貊皆冠冕，豺狼尽子孙。潼关兵已破，会忆老臣言"（《明皇》）。诗人借"古"讽"今"，指出了宋室自身矛盾和危机的严重性："九重藏祸根""羌貊皆冠冕，豺狼尽子孙"。忧心忡忡的诗人希望当朝统治者能采纳谏言，破除危机。另外，《秋声》《酬卢载》等诗歌也表达了作者同样的心声。

蚯蚓如嘈管，逢时土中鸣。秋蝉抱枝死，不敢鼓秋声。

听者何无厌，忽如鸣秦筝。大雨漂九土，旷荡空太清。

《秋声》

三百年来无作者，杜陵气象久焦乾。

纵吟一夜鬼神哭，开卷满天星斗寒。

浑脱无踪宜造化，尘泥有意污波澜。

伤怀刻句无人会，寄与江南庾信看。

《酬卢载》

（三）对百姓的同情

郑獬深受儒家思想的影响，拥有民本思想，体恤民生，同情百姓疾苦，主张君臣节俭爱民。《宋史·卷三百二十一·列传第八十》载："英宗即位，治永昭山陵，悉用乾兴制度。獬言：'今国用空乏，近者赏军，已见横敛，富室嗟怨，流闻京师。先帝节俭爱民，盖出天性，凡服用器玩，极于朴陋，此天下所共知也。而山陵制度，乃欲效乾兴最盛之时，独不伤俭德乎？'"又言："天子初即位，郡国驰表称贺，例官其人，此出五代余习，因仍未改。今庶官猥众，充溢铨曹。况前日群臣进官，已布维新之泽，不须复行此恩，以开侥幸。"① 这些观点符合儒

---

① 脱脱，等．宋史［M］．北京：中华书局，1997：10418.

家"节用而爱民"的思想，同时也体现了诗人心系百姓，敢于为民请命的性格特点。"强国之术，民之视上"，郑獬执政后期，朝廷推行新法，由于种种原因，在执行过程中有很多人深受新法之害，郑獬没有草率执行，坚持"民为上""民为本"的原则，留名史册。《宋史·卷三百二十一》载："权发遣开封府。民喻兴与妻谋杀一妇人，獬不肯用按问新法，为王安石所恶，出为侍读学士、知杭州。御史中丞吕诲乞还之，不听。未几，徙青州。方散青苗钱，獬言：'但见其害，不忍民无罪而陷宪网。'引疾祈闲，提举鸿庆宫，卒，年五十一。"① 一个宁肯为权势所恶而"引疾祈闲"也"不忍民无罪而陷宪网"的正直、正义的封建士大夫形象跃然纸上。郑獬关心百姓的诗篇很多，大体可分为两类。

一是对百姓苦难的同情。如《陈蔡旱》："万顷无寸苗，旱气白于水。桑叶虫蚀尽，蚕未三眠起。挽舟如挽山，何缘出泥滓。滞冤何足言，耕夫将饿死。"天旱禾枯、虫蚀桑叶、蚕瘦茧小、怨声载道、路有饿殍，"天灾"造成了"人祸"，诗人是在描述，也是在替百姓倾诉。再如《滞客》："五月不雨至六月，河流一尺清泥浑""须臾云破见星斗，老农叹息如衔冤。高田已槁下田瘦，我为滞客何足言"。这也是写久旱不雨，田瘦苗稀，老农衔冤，舟客滞留，一个个画面，记录了当时百姓的苦难，也体现了诗人对苦难者的怜悯和同情。面对旱灾，诗人在《祈雨》中写道："平地三尺雨，农家三尺金。我愿此雨力，生穗长如林。"可见诗人心系百姓，渴望大自然风调雨顺，庄稼穗长如林，民众丰衣足食。

二是对百姓遭受压迫的不满。诗人在《二月雪》中写道："我疑此雪不虚应，必有沴气戕栽培。去年六月已大水，居人万类生鱼腮。当时

---

① 脱脱，等. 宋史 [M]. 北京：中华书局，1997：10418.

夏税不得免，至今里正排门催。农夫出田掘野荠，饿倒只向田中埋。方春鸟兽尚有禁，不许弹猎伤胚胎。而况吾民戴君后，上官不肯一挂怀。岂无愁苦动天地，所以当春阴气乖。只消黄纸一幅诏，敕责长吏须矜哀。蠲除余租不尽取，收提赤子苏饥骸。沛然德泽满天下，坐中可使春风回。"自然灾害使民不聊生，但官府税赋并没有免除，致使"农夫出田掘野荠，饿倒只向田中埋"，鸟兽尚知有禁，何况吾民乎？诗人痛恨统治者的横征暴敛和残酷无情。另有被称为刺时警世之篇的《采凫茨》："朝携一筐出，暮携一筐归。十指欲流血，且急眼前饥。官仓岂无粟，粒粒藏珠玑。一粒不出仓，仓中群鼠肥。"农民朝出暮归不停地辛勤劳作，却食不果腹，但官仓里的粮食却装得满满的，养肥了"群鼠"，这首诗可以和唐代曹邺著名的《官仓鼠》——"官仓老鼠大如斗，见人开仓亦不走。健儿无粮百姓饥，谁遣朝朝入君口"相媲美，都揭露了官僚对百姓的残害。类似的诗歌还有《道旁稚子》："稚儿怕寒床下啼，两骭赤立仍苦饥。天之生汝岂为累，使汝不如凫鹜肥。官家桑柘连四海，岂无寸缕为汝衣。羡尔百鸟有毛羽，冰雪满山犹解飞。"诗人还在《收麦》《买桑》《木渠》等诗篇中，运用比喻等手法，通过鲜明的对比，批判统治者对民众的剥削和压迫，体现其"有民不能为抚养，安用黄堂坐两衙"（《荆江大雪》）的思想观点。

二、文学思想

（一）可则行之，否则罢之

郑獬主张对文章"可则行之，否则罢之，有疑焉，则广询而决之"①，请求各去虚言，崇以实干。这种文学观点上承唐代韩愈之"陈言务去"观，下启苏轼之"行于所当行，止于不可不止"文学观。韩

---

① 脱脱，等．宋史［M］．北京：中华书局，1997：10418.

愈在《与李翊书》中曰："惟陈言之务去，戛戛乎其难哉！"主张去除旧陈，留其实用，郑獬的文学观和其一脉相通。苏轼在《文说》中云："吾文如万斛泉源，不择地皆可出。在平地滔滔汩汩，虽一日千里无难。及其与山石曲折，随物赋形而不可知也。所可知者，常行于所当行，常止于不可不止，如是而已矣！其他，虽吾亦不能知也。"苏轼主张作文要"行于所当行，止于不可不止"，郑獬的"可行"和"罢之"与苏轼的"当行"和"止之"在内涵上有很多相通之处。

（二）奇文泣鬼神，高议开天地

郑獬在《送人东上》中曰："奇文泣下鬼神血，高议凿开天地聋。"他认为奇文能感天动地，高议能开天辟地，强调文学的实用性和重要性。这种文学观可追溯到曹丕的"经国大业，不朽盛事"说，魏文帝曹丕在《典论·论文》中曰："盖文章，经国之大业，不朽之盛事。年寿有时而尽，荣乐止乎其身。二者必至之常期，未若文章之无穷。"曹丕认为，文章是关系到治理国家的伟大功业，是可以流传后世而不朽的伟大事业。人的年龄有时间的限制，荣誉欢乐也只能终于一身，二者都终止于一定的期限，不能像文章那样永久流传，没有穷期。曹丕强调文章的重要性和不朽性，郑獬也有类似的观点："耀世文章虽已远，传家清白至今存"（《素风堂》），"酿酒期佳客，开书见古人"（《不出》），"未识春风面，先闻乐府名"（《散句》），等等。唐代杜甫有诗曰："笔落惊风雨，诗成泣鬼神。"郑獬的"奇文泣下鬼神血，高议凿开天地聋"与之有异曲同工之妙。另外，郑獬还有"樽前襟抱生平尽，醉里文章气格豪"（《寄关彦长》）、"再读再三叹，心断空悄悄。起予如茧丝，织愁成短篇"（《追晚风雪出省咏张公达红梅之句》）和曹丕的"文以气为主"观点相似。

（三）文章须用圣贤断，议论要通今古疑

郑獬在《勉学者》中说："绕座群书如累玉，夜灯忘睡昼忘饥。文章须用圣贤断，议论要通今古疑。孟子岂无仁义国，荀卿犹作帝王师。太平歧路安于掌，好跨大宛万里驰。"诗人提出了"圣贤断文，议论通疑"的观点，这是郑獬对诗、对己的态度、观点、要求和准则，由此可见，郑獬治学严谨，这种治学态度在他的其他诗篇中也多次提及，如"凿开文章源，儒学比蜀都"（《送元待制知福州》），"议论今谁对，文章古所难"（《寄汪正夫》），"太平策略三千字，天下英豪二十人。自合乘时攀日月，如何随众走风尘"（《送隋孝廉之官桐庐》）。"儒学"比"蜀都"强调治学之重要，"议论今谁对，文章古所难"强调治学之艰辛，"如何随众走风尘"强调治学之谨严，这一切都暗合诗人"文章须用圣贤断，议论要通今古疑"的治学观点和要求。

第六章

郑獬诗歌内容

诗歌内容的分类，张涤云先生在《中国诗歌通论》中说："根据诗歌内容的性质，将中国诗歌分为抒情诗、叙事诗、说理诗、写景状物（景物）诗四大类。"① 其中，抒情诗包括离别诗、咏怀诗、闲适诗、哀悼诗、羁旅诗、怀古诗等，叙事诗包括纪行诗、纪事诗、史诗等，说理诗包括哲理诗、教育诗（劝学诗、训蒙诗、劝诫诗、励志诗）、咏史诗、论世诗等，景物诗包括山水诗、田园诗、咏物诗、题画诗等。本章根据上述分类方法，分别从抒情、叙事、说理、状物的角度，分别研究郑獬诗歌的内容特点。

第一节　抒情诗

《尚书·舜典》中说："诗言志，歌永言，声依永，律和声。"《庄子·天下篇》说："《诗》以道志。"《荀子·儒效篇》云："《诗》言是其志也。"这里的"志"主要是指诗人内心的思想和感情，即强调诗可抒情怀、言志向。诗是诗人情感的自然流露，诗人的全部心灵与人格都

---

① 张涤云. 中国诗歌通论［M］. 杭州：浙江大学出版社，2006：39.

会真实地再现于诗中。《诗大序》中说："情动于中而形于言。言之不足，故嗟叹之，嗟叹之不足，故咏歌之，咏歌之不足，不知手之舞之，足之蹈之也。情发于声，声成文，谓之音。"龚自珍在《书汤海秋诗集后》一文中说："人外无诗，诗外无人。"也就是说，诗是诗人灵魂的写照和人格的真实反映。诗中之情，是人之向真、向善、向美之情也。诗中之情是诗人的本性，是其人向真、向善、向美之魅力的自然呈现。所以，抒情诗往往语淡情真，感人肺腑，充满真挚、动人的情感，富有独特的艺术魅力。

郑獬的抒情诗感情真挚、内容丰富，有别离友人的不舍，有羁旅他乡的忧伤，有对亲人的眷恋，有对家国的关爱，有吊古抒怀，有感遇颂赞，有哀悼怨愤，亦有闲适愉悦。

一、离别诗

柳永在《雨霖铃》中写道："多情自古伤离别。"南梁江淹在《别赋》中亦曰："黯然销魂者，唯别而已矣。"郑獬一生漂泊不定，及第前，曾历经艰辛，游历求学，到过四川、江西等地；及第后，曾出知荆南、杭州、青州等地，经常与亲人朋友处于离别中，所以离别诗在其诗歌创作中占有一定的分量。郑獬此类诗歌主要分为两类。一类是和亲人离别，如《别小女》："一别寸肠破，再别玄发衰。人生无百年，那堪长别离。万事从委蜕，漆园真诞辞。去去复何言，东风双泪垂。"此诗写得情真意切，让人读之生悲，父女难舍难离之情，泪垂肠断之态跃然纸上，给人"一读一回和泪收"之感。诗人用词朴实，但经过艺术处理，饱含感情，极富感染力。人生无百年，而诗人却一别再别，以至于肠破发衰；离别前有千言万语却不知如何说，都化作热泪随风而垂，正所谓"相顾无言，惟有泪千行"（苏轼《江城子》）。该诗是郑獬描写其女儿的唯一诗作，详细的历史背景已无从查考，但从诗中可见父女感情之至真、至深，堪称离别诗中的典范之作。郑獬的另一类离别诗是和朋友之间的离别，他的这类诗大都落笔从容，虽是离别，但诗中却见不到"离"字，诗人往往借景抒情，情在景中，却不留痕迹，如《次韵酬张择甫》：

> 别后正春孟，溪头黄柳芽。相思满芳草，独自照残花。
> 晚树秦川阔，黄云瘴海赊。上楼无别望，归路向西斜。

诗人在柳黄芽嫩的孟春送别友人，正所谓"昔我往矣，杨柳依依"，诗人以"乐"景衬"别"情，使"别"情更加连绵不绝。而别后无形的"相思"，诗人却赋予有形的"芳草"，恰似贺铸的"试问闲愁都几许？一川烟草，满城风絮，梅子黄时雨"，给人以"芳草"无数，"相思"无限之感。而"残花""晚树""黄云""归路"等意象本身就带有浓浓的"天涯断肠人"之感。类似的诗歌还有《寄并州故人》：

> 去年寒食柳溪头，着意寻花醉未休。
> 今日天涯最惆怅，满江烟雨吊春愁。

郑獬其他的离别诗亦写得别情依依、思情绵绵，极富感染力。他在《出都次南顿》中写道："驻马绿阴下，离人正忆家。"游子思乡之情充溢诗中。另外，《初春欲为小饮先寄运使唐司勋运判张都官》中"人生长与赏心违，莫遣樽前笑语稀"和《奉诏赴琼林苑燕饯太尉潞国文公出镇西都》中"都门秋色满旌旗，祖帐容陪醉御卮"则为读者描述了离别前"劝君更尽一杯酒"的送别场面。诗人在《故人梁天机家岢岚即五台山之南也余驰使云中道出山后跂望不及因成拙句以寄之》中写道：

"君家在山南，我行在山北。山如碧连城，千里万重隔。……我欲讯寒云，云飞攀不得。我马不行空，如何度山侧。相望两不知，立马情何极。"诗人和友人仅一山之隔，却如同相距千里万里，诗人希望通过寒云传信、飞马度山，无奈云太高、马无翼，只能"相望两不知，立马情何极"，彼此想念之深、相见之切，通过诗句巧妙地传达了出来。

二、咏怀诗

诗可言志，可咏怀。明人冯惟讷编的《古诗纪》认为咏怀诗乃"盖平生感时触事，悲喜怫郁之情感寄焉"①，即所谓"发新诗以慰情"。有些咏怀诗多用比兴寄托的手法来抒情，并且大多数的诗篇属于古人所谓的"有寄托入，无寄托出"。咏怀诗不只是感激时事，还有浓厚的哲思色彩和大量自我的抒情，即所谓感激生忧思，语多讥刺，文多隐避。

郑獬的咏怀诗主要分为三类。一是直抒胸臆，即所谓"发新诗以慰怀"。当看到不公事实时，诗人便写道："胸中愤气蟠不得。"（《尘埃》）面对严酷现实，诗人没有随波逐流，也没有委曲求全，而是"虽穷志愈刚"（《寄陆宪元》）。当理想抱负无法实现时，诗人便"行藏吾自得，可笑接舆狂"（《寄陆宪元》），"达则兼济天下"的儒家思想和"穷则独善其身"的道家思想在郑獬身上得到了很好的结合。

二是托物咏怀。诗人实写"物"而意在"情"，如《不出》：

> 高卧即经旬，林间挂葛巾。野云闲照水，山鸟自啼春。
> 酿酒期佳客，开书见古人。莓苔渍双履，不识洛阳尘。

---

① 陈伯君. 阮籍集校注［M］. 北京：中华书局，1987：202.

诗中野云、山鸟、流水、美酒、佳客、书香、莓苔、双履等景物共同烘托出了诗中主人公的闲适、飘逸、高洁的处世态度和生活理想。诗人为我们塑造了一个高卧林间、品酒赏书、以云为伴、与水为友、远离尘俗的"诗仙"形象。诗人在《病中》写道："何时病骨健于鹘，直与秋风万里游。"诗人通过"飞鹘""秋风"的形象表达了鸿鹄腾空、乘风万里的理想抱负。另外，诗人在《白云道中》和《寄陆宪元》中分别写道"莫辞下马寻云径，前到淮西尘已多"和"剑埋金不蚀，圭折玉犹方"。虽然尘事辛劳，困难重重，但倔强的诗人坚信：真金埋而不蚀，圭玉折而犹方。诗人以"剑""圭"喻己，以"金""玉"喻志，托物抒怀，贴切自然。

三是借理抒怀。诗中包含深邃的哲理，通过哲理传达诗人情意，如《病中》其二：

> 病来翻喜此身闲，心在浮云去住间。
> 休问游人春早晚，花开花落不相关。

诗人因病得闲，因为寄心云间，所以能不受世事侵扰，整首诗表达了"结庐在人境，而无车马喧。问君何能尔？心远地自偏"的思想。类似的诗句还有"古意闲中见，浮名静外忘"（《寄陆宪元》）。

三、闲适诗

诗人郑獬自幼便富有才气，其诗文才情超过同辈；及第前曾游学各地，使其有机会遍游祖国山河；高中状元后的风光、及第后仕途上的畅达，使诗人又有机会，也有心情览名胜、游山水，再加上诗人豪放洒脱的个性，故常常能睹物赋诗，写下了大量的闲适诗。

郑獬的闲适诗数量多，可分为三类。

第一类是描写田园的闲适诗。诗人在这类闲适诗中描写了田园之美，表达了对田园生活的热爱。及第前的游学生活，尤其是及第后从政的闲暇之时，诗人置身于闲适生活，追求情性的舒爽和心性的平和，写下了大量充满诗情画意的闲适诗。这些闲适诗有的描写了田园的淳朴、简洁、自然之美，如《田家》：

> 数亩低田流水浑，一树高花明远村。
> 云阴拂暑风光好，却将微雨送黄昏。

数亩低田、一树高花、拂暑云阴淳朴自然，流水、远村、微雨、黄昏简洁清新，它们如同一幅幅乡村风景画，将清新自然的乡村之美展现了出来。还有《村家》："临水夹疏篁，萧然一环堵。稚子戏芳草，小妇舂黄黍。为生虽甚微，犹足安吾土。应笑马上人，衣湿朝来雨。"疏篁临水，环堵萧然，淳朴得近乎萧条，嬉戏稚子，舂黍小妇，又使这个农家小院充满了祥和和生气，以至于让诗人心生退意，安贫乐道，固守田园。再如，《闲居二首》其二中的前半部分："不从山下住，若个似山家。留地教移竹，开门自扫花。""留地教移竹，开门自扫花"把乡村的淳朴自然写到了极致。

郑獬还有一些田园诗描写了田园的恬静、闲适、超逸之美。如"家在白云乡里住，人从明月岭边归。来时未见梨花破，别后方惊燕子飞。绿树连阴十三驿，从今归梦到家稀"（《晚发关山》），"清明村落自相过，小妇簪花分外多。更待山头明月上，相招去踏竹枝歌"（《江行五绝》），"林疏容鹤卧，溪净怕云遮。落日杖藜去，塍头看稻牙"（《闲居二首》其二），"静境清无敌，门前系鹿车。买山凭野客，觅竹到邻家。棋为寻图胜，书因借本差"（《简夫别墅》）。家住白云乡，人从月岭来，花开惊燕飞，鹤卧疏林间，溪净云未遮，落日扶杖藜，塍头看稻花，明月上山头，相招踏竹歌，买山闲野客，觅竹到邻家，写出了诗人身住乡村的怡然自得和超逸洒脱。

　　第二类是描写山水的闲适诗。在这类诗歌中，诗人或寄情山水以远祸，或被美丽的自然山水吸引，或在自然山水中找到了人生的哲理与趣味，或因崇尚清淡而赞美山水。诗人在《齐山晚归》中写道："饮散齐山晚，夕阳秋浦红。不须鞭五马，十里听松风。"诗人摆脱了烦琐的政务，无须鞍马劳顿，面对傍晚夕阳，两袖松风，一身轻松，塑造了一个"乐在山水而忘忧"的洒脱形象。诗人在《次韵张公达游西池》中则完全被眼前的自然美景吸引，"醉漾兰舟不忍归，斜阳已落碧云西。天开银汉水初满，春入武陵人自迷。殿倚鳌头连绣幕，桥飞虹影度金堤。游人不惜残花地，无限落红粘马蹄"。斜阳初落，碧霞满天，银汉乍开，水天一色，面对醉人的武陵春色，诗人荡漾兰舟，陶醉其中，不忍归去，美景陶醉了诗人，诗歌陶醉了读者。诗人在《水浅舟滞解闷十绝》中则睹物生情，因情成理："青天万里放醉眼，啼鸟一声伤客心。携手寻春春尽日，此时真直万黄金。"万里晴空，春意无限，正陶醉其中，鸟的啼叫声却惊醒客居他乡的伤感，每次寻春，春却已到尽头，诗人忽然意识到：过去不再，明日未至，唯有此时此刻、此情此景才是最宝贵、最值得珍惜的。富含哲理，发人深省。诗人描写山水的闲适诗中还有一部分就是崇尚山水乡村的清淡明净，如《淮西道中》："夹道柳梢长，竹桥风影凉。行人残照里，归路白云旁。泉浅带土味，岩深闻草香。到家花已尽，杏颊拥枝黄。"诗人妙笔生花，用粗线条勾勒所见景物——夹道、柳梢、竹桥、风影、行人、残照、归路、白云，看似轻描淡写，实则饱含感情。土味、草香、风凉、花黄，如话家常的诗人调动了读者的嗅觉、触觉、视觉，给人以"游山则情满于山，观海则意溢于海"的感觉。诗人描写山水的闲适诗数量多、质量高，择其优者录如下：

一尊聊寄洞元师，既到山中春未迟。

料得醉眠岩石上，晚风零落小桃枝。

《寄洞元师》其一

洞元道士酒中仙，散发人间五十年。

醉后不知山月上，竹间横枕一琴眠。

《寄洞元师》其二

马后独携一壶酒，林间更解紫纶巾。

飞来白鹭即佳客，相对好花为美人。

万事易忘唯剧醉，四时难判是残春。

吴儿曾识陶彭泽，又见羲皇一散民。

《独游》

草湿烟村暴雨晴，踏沙闲信马蹄行。

客心到处不称意，春色向人如有情。

野外一双新燕去，丛间三数小花明。

松溪渔老应相笑，十载尘埃竞姓名。

《城东》

雪后清风特地斜，柳条疏瘦未藏鸦。

与君试去探春信，看到梅梢第几花。

《探春》

春尽行人未到家，春风应怪在天涯。

夜来过岭忽闻雨，今日满溪俱是花。

前树未回疑路断，后山才转便云遮。

夜间绝少尘埃污，唯有清泉漾白沙。

《春尽二首》其一

禁御平明帐殿开，华芝初下未央来。

人间彩凤仪韶曲，天上流霞满御杯。

花近赭袍偏灿烂，鱼窥仙仗亦徘徊。

蓬莱绝景何曾到，自愧尘踪此一陪。

《春尽二首》其二

　　第三类是描写景物的闲适诗。郑獬诗歌中的景物描写渗透着诗人的才情和画家的技艺。诗人在描写景物时信笔写来，构图简括，自然天成，达到虚与实巧妙结合的艺术境界，如《雪晴》："一抹明霞暗淡红，瓦沟已见雪花溶。前山未放晓寒散，犹锁白云三两峰。"一抹明霞，一缕淡红，一道瓦沟，诗人信笔勾勒，但选景精准，以点成面，一幅"雪后初晴"的写意画呈现在读者面前。郑獬笔下的景物，不仅凝聚着画家的匠心，具有绘画一样的艺术，而且渗透着诗人的情感、气质，接着诗人笔锋一转，描写了"前山晓寒"和"白云锁峰"两景，一虚一实，一动一静，景中含情，情融景中，富含诗意。

　　郑獬还善于刻画自然事物的运动状态，赋予静物时间感、立体感，或变静为动，或赋动于静，以动写静，动静结合，形神兼备，如《晚晴》其一："人间久厌雨，最快是初晴。骤见碧林影，喜闻归雁声。乾坤一苏醒，耳目两聪明。寄语浮云意，休来污太清。""初晴""林影"皆为静物，但诗人却赋予其运动速度"最快""骤见"，变静为动，体现了诗人此时的心情和感受。接下来"乾坤苏醒""耳目聪明"则是赋动于静，表达了诗人此刻的想法和愿望。类似的诗还有《明月》："一环明月午初停，自挂虚窗不可扃。恰见梧桐一双影，绿阴漠漠覆中庭。"

　　此外，郑獬的景物诗还擅长描写景物的新鲜色彩，使作者之情融于景物，唤起读者的色彩感觉，从而给人以美感，如《湖上》和《春日》。

秋影落西湖，渌波净如眼。摇船入芰荷，船里清香满。

花深不见人，但听歌声远。还从过船处，折倒青荷伞。

为采秋芳多，不觉飞霞晚。回船未到堤，更引金莲盏。

《湖上》其一

树头啼鸟唤眠觉，无数柳绵飞入袍。

乱花绕屋水光动，碧虹漏窗春日高。

乳雀趁飞玉蛱蝶，娇鸦啄落金樱桃。

倚栏正欲破闲闷，听得酒声鸣小槽。

《春日》

诗中有青荷伞、金莲盏、玉蛱蝶、金樱桃，还有绿波、翠荷、彩霞、碧虹，红色、绿色、蓝色、金色，五彩斑斓，色彩鲜艳，诗人通过丰富的色彩描写来展现诗中所写之物，使其富有质感，同时寓情于物，使物皆含"我之色彩"。

四、哀悼诗

郑獬的哀悼诗数量较多，大都写得情真意切，可分为三类。第一类是悼念故去的同僚的诗篇，如《哀苏明允》："丰城宝剑忽飞去，玉匣灵踪自此无。天外已空丹凤穴，世间还得二龙驹。百年飘忽古无奈，万事凋零今已殊。惆怅西州文学老，一丘空掩蜀山隅。"诗中除了表达了对已故之人的惋惜和伤悲之情，同时也肯定了诗中主人公生前的成就。百年飘忽，万事凋零，字里行间渗透着悲伤；宝剑飞去，玉匣消逝，以至西州文学变老，念人惜才，情真意切。另外还有《哭重伋兼穰令》《伤田肃秀才》《挽程中书令三首》等，其中《挽程中书令三首》其三和《哀苏明允》极为相似，"旧爱霓裳曲，翻闻薤露歌。贤人今已矣，天道竟如何。泉下一抔尽，人间万事多。空余幕中客，写泪剧悬河"。第二类是悼念亲朋的诗篇，如《哭渭夫二兄》：

121

生平抱直气，鬼神不敢干。乃从异物化，使我涕泗澜。

昔之初拜兄，申申从太原。府公颇好事，凿地种琅玕。

筑学百余室，吾徒得所盘。嘈嘈诵古书，邻家嫌聒烦。

间日课辞章，据义相讥弹。兄时处乎中，竦竦如长竿。

负气颇刚简，未尝媚语言。与众不相合，节角难为刓。

而独顾我喜，谓如椒在兰。璞玉逢砺石，圭璧不为难。

离合虽屡更，于义则相完。应举来京师，羁旅谁为欢。

投箧寄兄舍，乃同在家安。我常剧醉归，吐呕几席间。

独兄在我旁，抚际夜不眠。虽非共饱乳，此意何疏亲。

向虽闻兄病，已云不能餐。日唯饮醇酒，无乃酒为患。

昨暮得报书，遂死不复还。掷书一痛哭，痛甚连心肝。

恨我有此身，不生双羽翰。抟风一飞去，沥酒哭其棺。

起坐空叹泣，膈臆何由宽。揽笔作此诗，颠倒不成篇。

焚之寄地下，兄乎其来观。

诗中比较详细地记述了诗人和渭夫二兄弟的相逢相识的过程，他们虽非亲兄弟，但感情却深似亲兄弟，诗人选取了过去共同相处的三个细节：当诗人"嘈嘈诵古书"之时，"邻家嫌聒烦"，而"兄时处乎中，负气颇刚简"；当诗人"间日课辞章"之时，其他同学"据义相讥弹"，而渭夫二兄却"竦竦如长竿，未尝媚语言"；还有"我常剧醉归，吐呕几席间""独兄在我旁，抚际夜不眠"。这些生活中对比鲜明的细节，充分体现了渭夫二兄弟为人的正直、善良和诗人对他们的赞赏和思念。该诗篇幅虽长，但无赘句，字里行间饱含感情，读之让人生悲。第三类是悼念帝王的诗篇。郑獬有 5 首诗是悼念当朝帝王仁宗皇帝的。题目是《挽仁宗皇帝辞五首》，在这五首诗中，诗人赞美了仁宗皇帝勤政、节俭的美好品质，肯定了其力熄战、求和平的功绩，同时也记述了仁宗皇帝去世后群臣的伤悲。

第二节　叙事诗

郑獬踏入仕途后，曾身居要职，有机会和条件知晓或亲临当朝的一些国家大事，诗人有很多诗篇对此做了记录和描述。郑獬体恤民情，虽身处"庙堂之高"，却不忘下层百姓之苦，其反映民生疾苦的诗歌或写实，或对比，字里行间渗透着对百姓的关心和同情。

下面主要从纪事和纪行两方面来论述郑獬的叙事诗。

一、纪事诗

郑獬的纪事诗主要分为两类。

一类是记述身边小事的纪事诗。在这类纪事诗中，诗人或记录某次饮酒，或记录某次朝退，或记录某次相聚，或记录某次吟唱；简单灵活，下笔成诗，体现了诗人的爱好和性情，如《答吴伯固》：

> 伯固读我诗，掉头吟不休。明日踵我门，作诗还相投。
> 初读颇怪骇，如录万鬼囚。笔墨又劲绝，涌纸花光流。
> 想其挥扫时，天匠无雕镂。倒下百篚珠，滑走不可收。
> 嗟余文字拙，瑕颣多疮疣。乃如丑老妇，见此明镜羞。
> 美言反见诵，伦拟非其俦。扶树腐木茂，使之凌昆丘。
> 又欲唱其宫，使我商以讴。相搏如风雷，直与郊愈侔。
> 子趋则甚易，于我宁得不。力敌气遂作，声应律乃酬。
> 譬如楚汉翁，画地争鸿沟。我才非子对，何足当戈矛。
> 幸子时见过，高吟消百忧。

诗人以轻松而略带戏谑之笔记述了自己和吴伯固之间的一次诗歌唱和过程，体现二人以诗会友、乐在诗中的情趣。诗人没有拘泥于纯粹的诗歌唱和，而是通过记述唱和过程这样的小事，体现二人的态度和关系，避免了一般唱和诗空洞乏味的缺点。诗人在《尝酒》中通过记述某次饮酒抒发光阴易逝、美景不常的感慨，"只应从此欢心减，不及年年酒味深"，可谓"年年岁岁'酒'相似，岁岁年年人不同"，诗歌采用一事一议的形式，平易朴素，明白晓畅。类似的还有《朝退》："朝退洗双耳，厌闻人是非。不知春意晚，时有燕声归。散木还容老，孤云亦倦飞。趋时自疏阔，不是学忘机。"诗人在朝退归家的路上，离开了复杂喧嚣的朝堂，走近暮春的傍晚，两耳时闻清脆的归燕之声，忽生隐退之心，散木已老，孤云已倦，我亦应归去，去过那种"疏阔自如"的生活。该诗将叙事、状物、抒怀融为一体，因事生情，情中喻理，巧妙自然。

另一类是记述自然界或国家大事的纪事诗。通过这些诗歌，我们不仅可以看到诗人下笔千言、出口成章的记事能力，同时也可以通过诗人的这些诗歌了解当时的一些历史现状和事实。例如，《淮扬大水》：

> 淮扬水暴不可言，绕城四面长波皱。如一大瓢寄沧海，十万生聚瓢中存。水之初作自何尔，旧堤有病亡其唇。划然大浪劈地出，正如百万狂牛犇。顷之漂泊成大泽，壮士挟山不可堙。居民窜避争入郭，郭内众人还塞门。老翁走哭觅幼子，哀赴卒为蛟龙吞。岂独异物乃为害，恶人行劫不待昏。此时虾蟆亦得志，撩须睥睨河伯尊。附城庐舍尽水府，惟见屋脊波间横。间或大雨又暴作，直疑瓶盎相奔倾。沟渠涨满无处泄，往往床下飞泉鸣。只恐此城颓洞彻，城中坐见鱼颊生。豪子室中具大筏，此筏岂便长全身。朝夕筑塞渐排去，两月未见车间尘。且喜余生尚存世，资储谁复伤漂沦。京师

乃处天下腹，亦闻大水来扣阍。至于河朔南两蜀，长江大河俱腾掀。岂惟淮阳一弹地，洪涛乃撼半乾坤。臣闻九畴天公书，三十六字先五行。兹谓水德不润下，盖与土气交相争。愿召近臣讲大义，使之搜凿灾害根。下书遣使巡郡国，旷然一发天子恩。家贫溺死无以葬，赐以棺椁收冤魂。蠲除租赋勿收责，宽其衣食哺子孙。开发仓库收寒饿，庶几疮痏无瘢痕。不尔便恐委沟壑，强者趣聚蚕虿群。伏藏山林弄凶器，今可先事塞其源。朝廷固当有处置，贱臣何者敢僭论。元元仰首望德泽，惟愿陛下无因循。

诗歌长达 60 句，420 字，诗人详细记述了水灾的过程、水灾给人们带来的灾难、人们应对水灾的举措。大水肆虐，堤垮浪奔，屋倒人散，雪上加霜的是趁着大水蛟龙横行，怪物成害，虾蟆得志，恶人打劫，已是屋脊起波，又间或暴雨，沟满渠涨，床下飞泉；京师告急，乾坤震撼，减租减息，开仓放粮，然而杯水车薪难解燃眉之急，以致尸骨遍野，饿莩满地，贼寇群起，最后诗人盼望皇恩浩荡，德泽众生。在这首诗中，诗人不仅详细记录了这次水灾，而且很多地方由天灾映射到了人祸，指出了当时统治混乱，治理不当，天灾加人祸导致了百姓的巨大灾难，诗歌写实中暗含讥讽，表达了诗人对百姓苦难的同情和对统治者治理不利的不满。

二、纪行诗

刘勰在《文心雕龙·物色篇》中指出："是以诗人感物，联类不穷；流连万象之际，沉吟视听之区。写气图貌，既随物以宛转；属采附声，亦与心而徘徊。……若乃山林皋壤，实文思之奥府，略语则阙，详说则繁。然则屈平所以能洞监风骚之情者，抑亦江山之助乎！"诗人在行走游历途中，美好的山河所呈现出来的风月之情，感动了诗人，激发了诗人强烈的创作欲望，许多美好的纪行诗常源于此。纪行诗也写山水，但又与山水诗不同。"纪行诗自然会写到山川风物，但它之所以吸引人，往往不单纯由于写出了优美的景色，而且由于在写景中传出诗人在特定情况下的心境。这种由景物与心境契合神会所构成的风调美，才是纪行诗（特别是小诗）具有艺术魅力的一个奥秘。"① 纪行诗所呈现的自然景物取向，就是诗人人格意志的呈现，铺陈行迹的道路和诗人本身的契合度甚高，诗人在纪行诗中所擘画的道路，正是引导读者去理解诗人心志的最佳途径，循着这个途径，才能体会什么是通过自然去表现人的情感，什么是中国抒情诗无可取代的菁华所在。郑獬的纪行诗数量很多，或描写山川景物、名胜古迹，或写风土人情、社会风貌，或以写景、抒情取胜，或以议论、说理见长，或描写、议论、抒情熔于一炉，皆颇具研究价值。下面笔者按照其诗歌内容从两方面研究郑獬的纪行诗。

第一，描写山川景物、名胜古迹的纪行诗。如《过三十六洞三首》："草深树密不见溪，但闻地底溪声回。忽从山口渡流水，始知此溪山北来。""苍山连环不断头，溪声绕山无时休。后溪已穿绿树去，前溪却向山前流。""高溪却泻低溪水，溪里分明见白沙。夜来山上暴风雨，溪口流出红桃花。"诗人在这一组诗中，以行踪为主线，以溪水为中心，写了过三十六洞所见所闻，借景抒怀，脉络清晰，又富于变化，由闻声而不见之"溪"，到忽从山北而来之"溪"，再到绕山不休之"溪"，最后到前后高低之"溪"，同一条溪流在作者的笔下曲折变化、摇曳生姿，经过诗人巧妙的处理，或一景一诗，或组景成趣，体现了诗人对纪行诗的高超驾驭能力。

---

① 上海辞书出版社文学鉴赏辞典编纂中心. 唐诗鉴赏辞典：典藏版［M］. 上海：上海辞书出版社，2022：843.

　　第二，描写风土人情、社会风貌的纪行诗。在这些诗中，诗人写景、抒情、议论融为一体，如《汴河夜行》：“汴流长恐日夜落，夜行愁杀刺船郎。橹声惊破老龙睡，船底触翻明月光。大儿灯下寻难字，小女窗间学剪裳。自笑病夫无所事，一尊身世两相忘。”“大儿灯下寻字，小女窗间剪裳”是两幅洋溢着满足和喜悦的天伦之乐图，侧重写景；“橹声惊龙睡”“船触明月光”侧重议论；“自笑无所事”“身世两相忘”侧重抒情。整首诗“外景”和“内景”相互对照，表达了诗人倦于奔波、安于天伦的思想感情。类似的纪行诗还有《过十丈山》：“惯向长安事朝谒，满衫尘土厚于泥。行人若爱青山好，何不暂时留马蹄。”诗人前两句叙述描写，后两句议论抒情，流露出“疲于政务”之意，抒发了“盼望隐逸”之情。还有一些纪行诗，诗人以写景为主，但景中含情，最后议论抒情，自然天成，“景语”和“情语”结合得既巧妙又自然，如《江行》：“碧草已堪剪，长江二月头。林深藏宿雨，岸豁聚春流。潮背燕支浦，山横桑落州。松醪欺客病，易醉苦难投。”整首诗前面六句写景，最后两句议论抒情，表达了一种客居他乡、疾病缠身、困苦无依的悲伤落寞之情，而前面写景部分字里行间都渗透着这种伤感——碧草已剪、林藏宿雨、山横桑落，“长江二月头”“岸豁聚春流”虽是乐景，但诗人意在“以乐景衬哀情，使哀者更哀”。其他的纪行诗还有《过魏都》《行旅》《雨后江上》等。

第三节　说理诗

　　宋代古文家周敦颐在《周子通书·文辞》中说，“文所以载道也，轮辕饰而人弗庸，徒饰也”，提出“文以载道”说，主张写文章是为了说明道理，这里的“文”是广义的文，包含“诗”，即“文可载道”，诗亦载道，载道之诗就是说理诗，说理诗包括玄言诗、哲理诗、讽喻诗、教育诗（劝学诗、训蒙诗、劝诫诗、励志诗）、咏史诗等。郑獬的哲理诗、励志诗、咏史诗较多，本节主要从这三方面研究郑獬的说理诗。

一、哲理诗

哲理诗即表现诗人的哲学观点、反映哲学道理的诗。这种诗往往内容深沉浑厚、含蓄隽永，多将哲学的抽象哲理蕴含于鲜明的艺术形象之中。郑獬的哲理诗有的篇幅短小精悍，语言简洁，但含义丰富，内蕴深刻，给人以"言有尽而意无穷"之感。如《巽亭小饮》："花开花落何须问，劝尔东风酒一杯。世事正如沧海水，早潮才去晚潮来。"世事烦琐，正如沧海之水，潮去潮来，无休无止，让人应接不暇，忙得不可开交，只有撇开琐事，不去管它花开花落，迎风举杯之时，方能赢得身心闲暇。

郑獬有些哲理诗采用七言律诗的形式，这些哲理诗往往含有鲜明意象，通过这些意象传情达意，含蓄委婉，意蕴深远。如《初春欲为小饮先寄运使唐司勋运判张都官》："人生长与赏心违，莫遣樽前笑语稀。老去未羞花插帽，醉来不怕酒淋衣。免听画鼓催朝去，且驻金鞍待月归。休道东风犹早在，落梅已扑翠苔飞。"诗中意象丰富：酒、花、画鼓、金鞍、东风、落梅。诗人通过这一系列意象传达了光阴易逝、及时行乐的思想。诗人感觉"人生试把从头算，世事何烦著眼看"（《同彦范谒仲巽饮之甚乐仲巽且有北归之期情见卒章辄用写呈》），所以要"酒海莫教空濩落，金堆安用郁嵯峨"（《劝客饮》），在诗人看来，"人生所得只如此，世事到头无奈何"（《劝客饮》），这些诗都流露出珍惜当前，莫为俗事所累的思想，传达出"惟此一樽酒，万事皆尘埃"（《菊》）的哲理。

二、励志诗

励志诗是指那些抒发人生理想、信念、追求以及激励斗志的诗篇。郑獬高中状元，又身居朝廷高位，所以备受瞩目，写了许多勉励后辈的诗歌；同时诗人所处的位置，又使他有机会和文人墨客酬唱赠答，互相激励上进，这也为他创作励志诗提供了条件。郑獬的励志诗可分为两类，一类是勉励后辈的励志诗，如《勉陈石二生》：

> 精金埋深山，凿土不难得。大贝贮沧海，破浪亦能识。
> 山趋猛虎穴，海入长蛟室。必意往取之，投躯不少惜。
> 仁义藏遗书，尧孔圣人迹。不观不知道，触涂暗于漆。
> 上无猛虎畏，下无长蛟逼。污辱不及身，灿灿嵬山壁。
> 金贝岂饱腹，盗窥恐易失。累累畜满家，仅能一身佚。
> 孰谓遗书贫，猗顿莫能易。其源固不赀，可为天下泽。
> 二子齿甚少，蚤莫宜加力。剖剥见光铤，挂天一千尺。
> 勿逐篱下雏，自跨凤凰翼。雄声落众耳，白日飞霹雳。
> 偏亲况在堂，雪缕初垂白。泪眼望荣归，一书千万亿。
> 夜灯绽寒衣，秋风吹素壁。胡为不奋飞，跳跃在泥碛。
> 北阙挂贤科，将相尝曾历。五犗垂巨钩，往往长鲸食。
> 学饱遂骞翔，青云无物隔。右顾玉堂人，左揖金鼎客。
> 广庭罗鼓钟，朱门画幡戟。岁时献亲寿，腰金光照席。
> 慈颜春云披，此乐直无敌。是为烈丈夫，后世称盛德。
> 荣辱固在人，孰云非我职。

诗人分别从以下几方面勉励陈石二生。第一，致力于读书便能成功。金埋深山，凿土可得；贝藏大海，破浪能识。第二，求学不像想象的那么难，"上无猛虎畏，下无长蛟逼。污辱不及身"。第三，强调读书的重要性，金贝容易丢失，家畜仅使身佚，而读书"可为天下泽"。第四，求学的优势和应该注意的问题。陈石二人年少有为，只要不随波逐流，经过努力便能成功。第五，求学成功的荣耀。诗人用大量篇幅描述了经历寒窗苦读后金榜题名的荣耀："泪眼望荣归，一书千万亿。""右顾玉堂人，左揖金鼎客。广庭罗鼓钟，朱门画幡载。岁时献亲寿，腰金光照席。慈颜春云披，此乐直无敌。"这些略带夸张的描述，意在激励二人不畏"夜灯绽寒衣，秋风吹素壁"的凄苦，这样便能"雄声落众耳，白日飞霹雳"，最终学有所成。第六，回应诗首提出的观点：事在人为，学有所成。诗人根据陈石二生的心理，激励鼓舞，循循善诱，充分体现了诗人"长者""师者"的形象。

另一类是同辈之间互相勉励的励志诗，如《酬余补之见寄》：

> 吾友补之会稽家，高眉大眼称才华。入京共收太学第，姓名头角相撑磨。高楼管弦相与杂，黄金酒面溶成波。樽前轩昂如孤鹰，四顾不见雀与蛙。试招纸笔恣挥扫，纵横喷薄不可遮。我疑君心如春风，呵吐草树皆成花。忽然惊爆险绝句，旱天霹雳雷霆车。我辈观之瞠两眼，汗流满面空长嗟。明年南北别君去，落照满帆秋风斜。天涯朋欢少披豁，还如穴鳢跳泥沙。两耳喧聒久厌苦，思君便欲飞仙槎。前时得君山阳书，副之长句封天葩。笔墨劲健愈精绝，铁绳钮缚虬爪牙。有时风雨恐飞去，尝自密锁金鸦叉。嗟我文字苦悭短，才力不敌两角蜗。下笔欲答辄自止，如君一句已可夸。持此聊且谢勤叩，念君不见愁无涯。

和勉励后辈的励志诗相比，同辈间的励志诗更多的是对激励者的肯定、鼓励和称赞。在这首诗中，诗人分别从以下几方面去激励友人余补之。第一，相貌不凡："高眉大眼称才华""樽前轩昂如孤鹰。"第二，才华横溢："试招纸笔恣挥扫，纵横喷薄不可遮。我疑君心如春风，呵吐草树皆成花。忽然惊爆险绝句，旱天霹雳雷霆车。"第三，文章出众："笔墨劲健愈精绝，铁绳钮缚虬爪牙。有时风雨恐飞去，尝自密锁金鸦叉。"郑獬其他的励志诗还有《曹伯玉驾部相会于姑孰既别得书及诗因以拙句奉寄》《酬王生》等。

三、咏史诗

所谓咏史诗，清人何焯说："咏史者不过美其事而咏叹之，概括本传，不加藻饰，此正体也。太冲多自抒胸臆，乃又其变。"何焯把咏史诗分为"正体"和"变体"，以"概括本传"为正体，以"自抒胸臆"为变体，即纯粹咏史的为正体咏史诗，但很多咏史诗，诗人往往把历史现象、经验与个人的现实遭遇、情感体验结合在一起，即诗中包含"自抒胸臆"的因素，还有些咏史诗中有议论成分，诗人把议论融于咏史，使作品富于感情。郑獬身处内忧外患的北宋，身居新旧党争的朝堂，盼望国家强盛，盼望百姓富庶，所以常常以史鉴今，借古抒怀，为后人留下了大量咏史诗。郑獬的咏史诗主要是后两类。一类是将述史和咏怀融合，如《读司马君实撰吕献可墓志》："一读斯文泪沾襟，摩天直气万千寻。知君不独悲忠义，又有兼忧天下心。"该诗直接赞美了主人公刚正不阿的人品和胸怀天下的抱负，从而间接表达了诗人自己希望报效朝廷，为民分忧的理想，诗人借古抒怀，将咏史和抒怀巧妙融合，自然天成。形式和内涵相似的还有《读蜀志》："曹公屈指当时辈，天下英雄数使君。髀肉消来还感泣，争教汉鼎不三分。"其他不再赘述。

另一类是把议论融于咏史。如《赤壁》："帐前研案决大议，赤壁火船烧战旗。若使曹公忠汉室，周郎争敢破王师。"该诗前两句咏史，叙述了赤壁之战的背景和战况；后两句议论，表达了诗人自己的看法和观点：若曹操忠于汉室，周瑜就不会也不敢火烧战船，致其惨败。诗人通过议论间接暗示：若是宋室上下团结一致，富国强兵，则不会受到内忧外患的侵扰。这样一咏一议的诗歌还有《咏史三首》："汉地龙蛇始蹭迤，曹公崛起定经纶。阴谋用尽得天下，谁道彼雏解笑人。""魏生被责灌将军，股栗如何不自陈。若使当时有英气，肯为丞相扫门人。""汉家行赏尽论功，祸福于人岂易穷。解把旧恩酬项伯，独将大义斩丁公。"三首诗皆是前面咏史，后面议论抒情，或讥讽，或规劝，或赞叹，因"史"生"议"，因"议"生"情"，"史""情"相生，简洁自然。

第四节　状物诗

刘勰在《文心雕龙·明诗篇》中云："人禀七情，应物斯感，感物吟志，莫非自然。"[①] 人有各种各样的情感，面对自然界的各种事物就会产生各种感情，由感情而引发吟咏，这是很自然的事情。诗人感物生情，因情成诗，这样的诗便是状物诗。状物诗包括山水诗、田园诗、苑囿诗、游览诗、咏物诗、题画诗等，山水诗和田园诗已在第一节抒情诗中有所论述，故不再单独论述，本节重点论述咏物诗。郑獬咏物诗数量很多，吟咏的对象丰富，除了诗人经常吟咏的松、竹、梅、菊、风、霜、雪、月，诗人还写过很多其他诗人诗中稀有的意象，如砚台、乌鸦、黄雀等。综观其咏物诗，可分两类。一类是咏物以抒怀，重在咏物，多写赏心悦目之物，传达诗人愉悦惬意之情。如《紫花砚》："耕得紫玻璃，凿成天马蹄。润应通月窟，洗合就云溪。"诗人带着欣赏的

---

① 刘勰. 文心雕龙［M］. 呼和浩特：远方出版社，2004：27.

眼光去观察吟咏对象，诗人眼中的紫花砚质如玉、形如蹄、润如月、湿如溪，这样的砚台已非寻常之物，恰如通灵之石、生烟之玉，吟咏之物珍奇而高贵，传达之情雅致而高洁。再如，《雪里梅》："武皇未识长卿才，多向吴王故国来。谁见江南佳赏处，月中词客雪中梅。"诗人笔下之梅是江南佳境之地月下词中之梅，宋人卢梅坡有诗曰："有梅无雪不精神，有雪无诗俗了人。"郑獬诗中之梅正是雪中绽放、词里飘香之梅，正可谓"日暮诗成天又雪，与梅并作十分春"（卢梅坡《雪梅》）。另一类是借物以达意，重在传达意愿、抒发情感，如《慈乌行》：

> 鸦鸦林中雏，日晚犹未栖。口衔山樱来，独向林中啼。
> 林中有鸦父，昔生六七儿。一朝弃之去，空此群雏悲。
> 意谓父在林，还傍前山飞。山中得山樱，欲来反哺之。
> 绕林复穿树，疑在叶东西。东西竟无有，还上高高枝。
> 高枝仅空巢，见此涕沾衣。复念营巢初，手足生疮痍。
> 朝飞恐雏渴，暮飞恐雏饥。一日万千回，日日衔黍归。
> 今我羽翼成，反哺方有期。如何天夺去，遂成长别离。
> 山樱正满枝，结子红琲肥。而我不得哺，安用自啄为。
> 嗟嗟我薄祜，哺之固已迟。尚有慈母恩，群雏且相随。

诗中吟咏的对象是乌鸦，但诗人没有停留在纯粹描写乌鸦上，而是进一步赞美了乌鸦"父养育、雏反哺"的父雏深情，诗中运用大量笔墨描写了雏鸦反哺之急切（"日晚犹未栖""绕林复穿树""还上高高枝"）、辛勤（"山中得山樱""口衔山樱来"）和无奈（"空此群雏悲""高枝仅空巢""如何天夺去""哺之固已迟"），而对鸦父的描述仅寥寥数笔，但一个历尽艰辛、不辞辛劳的鸦父形象却被刻画得淋漓尽致："朝飞恐雏渴，暮飞恐雏饥。一日万千回，日日衔黍归。"诗句对仗工整，朝与暮、渴与饥、一日与日日，通过这些词语更好地塑造了鸦父的形象。通读该诗可见，诗人运用了"实写物而意在人"的艺术手法，借乌鸦父雏形象赞美了人间父子的真情和深情，体现了郑獬这类咏物诗的特点。再如，《黄雀》："啾啾黄雀竹间飞，日晚复归枝上栖。雪粒盖地三寸玉，地肤冻裂不作泥。锦鞲公子臂苍鹘，快马踏下黄云低。马前紫兔跃白草，老拳下批饥儿啼。啄鲜裂血饱腹去，可怜黄雀空死饥。"诗人通过对黄雀的描述，表达了对弱者的怜悯和同情，也体现了郑獬这类诗的上述特点，类似的诗还有《石榴》《瘦马》等。

第七章

郑獬诗歌艺术

第一节　诗歌体裁

郑獬诗歌从体裁上分，主要有古体诗和近体诗。古体诗中有五言古诗和七言古诗；近体诗中有律诗和绝句，其中律诗又有五言律诗、七言律诗和排律，绝句有五言绝句和七言绝句。古体诗和近体诗是从诗的音律角度划分的。二者的主要区别：近体诗是指唐初形成的，在字数、声韵、对仗等方面都有严格规定的格律诗，古体诗则不讲格律，不讲对仗，押韵较自由，唐代以前的诗歌都是古体诗。古体诗的发展轨迹经历了由《诗经》到楚辞、汉赋、汉乐府，再到文人五言诗、建安诗歌、魏晋南北朝民歌、唐代的古风、新乐府等变化。近体诗，包括律诗和绝句。近体诗鼎盛于唐代，除排律外，篇有定句，句有定字，字有定声，韵有定位。律诗和绝句的区别主要在句数上。绝句只有四句，可以对仗，也可以不对仗。律诗共八句，一二两句为首联，三四两句为颔联，五六两句为颈联，七八两句为尾联；首联和尾联可对仗，可不对仗，颔联和颈联必须对仗。无论律诗还是绝句，都有平仄声律的要求。八句以上的律诗为排律。

　　《全宋诗》以文渊阁《四库全书》为底本，校以民国卢靖辑《湖北先正遗书》所收《郧溪集》《两宋名贤小集》卷一三三《幻云居诗稿》等①，自第五八零卷至第五八六卷收录郑獬诗歌 7 卷，共 408 首，外加部分诗句，其中包括古体诗、近体诗等诗人诗歌创作的所有体裁。据南京师范大学胡银元统计，郑獬《郧溪集》中存诗 400 多首。②

　　郑獬的五言古诗继承了五言诗形式之"杂"，也体现了五言诗感情之"畅"，其五言古诗往往因事因情而发，形式上或一事一诗，或数事一诗，自由灵活；内容上或心志所存，或情思所感，或宴乐所发，或愁怨所兴，或叙离别之怀，或言行役之苦，畅所欲言。诗人在《大寒呈张太博》中描述了在一个"寒风怒蓬勃""沙灰涨天黑"的寒冷冬日，友人张太博来访的故事。诗歌围绕友人造访一事共分三部分。第一部分极力渲染了天气的恶劣："须臾天气变，阴黯如涂漆。""跳空雨雹飞，四走珠玑出。"诗歌开头部分为友人来访造势，并与第二部分形成鲜明对比。友人来之前可谓天寒地冻，让人"心脾寒懔懔"，而诗歌第二部分描述的景象却是"酒行寒气除，春阳生四壁。先生说大义，驰鹜何纤悉。洞彻人精神，两耳飞霹雳"。诗人和友人寒冬欢聚，举杯畅饮，寒气尽除，室如阳春，其乐融融，让人心暖的不仅是酒，还有他们之间的炽热、真挚的友情，以及两人之间畅所欲言、无拘无束、和谐融洽的关系，再加上友人深邃、精辟的真知灼见，让诗人感觉"如当夜黑中，光耀见赤日"。在诗歌的第三部分，诗人通过议论，流露出"方今太平民，尚未获苏息"的叹息，表达了"谁能拱两手，看人树勋绩"的愿望。诗歌形式自由，一事成诗，结尾因事生议，自然贴切，体现了五言诗的特点。其他的五言古诗还有《答吴伯固》《汴河曲》《慈乌行》

---

① 北大古文献研究所．全宋诗［M］．北京：北京大学出版社，1998：6817.

② 胡银元．北宋文人郑獬研究［D］．南京：南京师范大学，2008.

《奉使过居庸关》《冬日同仲巽及府寮游万寿寺》《扶沟白鹤观有苏子兄弟赠黄道士诗二阕县令周原又以三篇纪之邀余同作》等。

郑獬的七言古诗既有李白的洒脱不羁，又有杜甫的沉郁顿挫，信手写来，挥洒自如，诗歌内容或反映民生疾苦，或记录自然灾害，主题深刻，感情深重。诗人七言古诗的笔法颇似李白，夸张想象，旁征博引，挥洒自如。《酬随子直十五兄》中写道："通州穷并大海涯，厥壤不毛坤德亏。""白袍大袖何纷披，来居太学森兰芝。""发以钜策健笔随，铺纸吐论语亦奇。""赤骥不得黄金羁，编之下枥耳羸垂。"白袍、长袖、兰芝、钜策、健笔、赤骥等诗歌意象，飘逸奔放，健硕张扬，然而整首诗歌传达出的却是壮志难酬、怀才不遇的主题。"床下矍索穴蟏蛸，我初来居常吟悲""弟侄凫雁行累累。脱衣易粟饴其饥""世俗讥议喜瑕疵，苍蝇往来工谗词。椎凿璞玉生疮痍，猛虎不如墙下狸""前涂如壁不可窥，荣落穷通各有时"，诗中主人公穷困潦倒，以至床下穴居蟏蛸，脱衣易粟充饥，世俗黑白颠倒，蝇狸得志，小人横行。诗人针砭时弊，讽刺现实，思想主题和艺术手法颇似杜诗。再如，《酬余补之见寄》："高楼管弦相与杂，黄金酒面溶成波。樽前轩昂如孤鹰，四顾不见雀与蛙。试招纸笔恣挥扫，纵横喷薄不可遮。我疑君心如春风，呵吐草树皆成花。忽然惊爆险绝句，旱天霹雳雷霆车。""明年南北别君去，落照满帆秋风斜。天涯朋欢少披豁，还如穴鳏跳泥沙。两耳喧聒久厌苦，思君便欲飞仙槎。"诗歌前面部分用夸张手法赞美了友人的才情，后面部分又用写实手法表达了与友人别离的感伤和思念，前扬后抑，一张一弛，将李杜诗风融为一体。

郑獬五言绝句有的写景清新自然，富有意境，如"饮散齐山晚，夕阳秋浦红。不须鞭五马，十里听松风"（《齐山晚归》）；有的借景抒怀，含蓄隽永，如"驻马绿阴下，离人正忆家。可怜桃李树，犹有未开花"（《出都次南顿》）；有的叙议结合，巧妙新颖，如"未识春风面，先闻乐府名。洗妆浓出塞，进艇客登瀛"（《句》）；有的记事小中见大，亲切感人，如"平地三尺雨，农家三尺金。我愿此雨力，生穗长如林"（《祈雨》）。

郑獬七言绝句有的以咏物写景为主，风格浑含蕴藉，如"醉墨纷纷尽雅才，等闲携酒探花来。笙歌已散游人去，更逐东风拾落梅"（《落梅》），"碧天写入柳湖底，天上醉游春日斜。便留画舫入城去，不忍马蹄踏落花"（《柳湖晚归》）。携酒探花，逐风拾梅，春日醉游，马蹄带花，诗中所现画面，景中含情，情融景中，富有诗意，余韵悠然。诗人另一类七言绝句写景抒情之中也多掺入议论笔调，此类诗歌较多，且大都是组诗，如《和汪正夫梅》有17首，《江行五绝》有5首，《次韵程丞相观牡丹》有3首，其中两首是七言绝句。这些诗歌有的先景后议，如《次韵程丞相观牡丹》："第一名花洛下开，马驮金饼买将回。西施自是越溪女，却为吴王赚得来。"有的先议后景，如《和汪正夫梅》其八："丽赋多传楚客才，新诗还自楚江来。雪痕未涨龙池水，风信先飞庾岭梅。"有的将两者融合在一起，如《和汪正夫梅》其十四："流俗休教见美才，不如长入醉乡来。江南尽是多风雨，莫向花前唱落梅。"这些诗作以思理代替了细致的写景、抒情，说理议论，意态爽朗，蕴藉融远，亦不乏飘逸雅致，但部分诗篇有语尽篇中，缺少回味之弊。

郑獬五言律诗大都平和中正、温柔敦厚，呈现出"乐而不淫，哀而不伤"的情感倾向，表露出典型的儒家所倡言的"中和之美"。如《简夫北墅》："先生已到舍，稚子未归樵。草晚牛羊病，场登雀鼠骄。孔颜虽困鲁，夔契未忘尧。自笑非逋客，烦君重见招。"诗歌句式对仗工整，表达感情含蓄自然，尾联议论婉转贴切。再如，《迩英阁早直》："绿树荫修廊，云深别殿凉。星文开帝座，玉色泛天光。大典尊周孔，名家盛汉唐。自怜携钓手，持笔翠旒旁。"诗中写景抒情平和敦厚，完全没有五古中的尖锐和锋芒。绿树云深，帝座天光，周孔汉唐，情景相依，景因情朗，情因景深，尽显其五言律诗之精练、朴素特点。

其七言律诗呈现出以下特点。第一，写景清丽绵邈，富有韵味："东风绰约过前溪，碧草纤纤苦未齐。春到好花随处有，醉来佳客不相携。"（《曹伯玉驾部相会于姑孰既别得书及诗因以拙句奉寄》）"湖上春深不见沙，画桥飞影入晴霞。园林到处销得酒，风雨等闲飞尽花。"（《次韵丞相柳湖席上》）第二，对仗工整谨严，富有节奏："高眠未博黄金印，秀句如镌白玉圭。"（《曹伯玉驾部相会于姑孰既别得书及诗因以拙句奉寄》）"令罚艳歌传盏急，诗成醉墨落笺斜。"（《次韵丞相柳湖席上》）第三，情感真挚动人，富有魅力："壮心虽被愁催去，欢意须凭酒借来。"（《次韵汪正夫对雨》）"新篚唱酬诗草满，旧衣倾泼酒痕消。"（《次韵梁天机见寄》）"留连物景诗千首，准拟交亲酒百瓶。"（《次韵元肃兄见喜知荆州二首》）其他七言律诗还有《东园招孙中叔》《次韵元肃兄三题汴渠夜泛》《奉诏赴琼林苑燕钱太尉潞国文公出镇西都》《次韵张公达游西池》《伏谒太神御殿诗》《过魏都》《寄关彦长》等。

排律诗对格律要求严格，过于束缚思想，所以历代诗人排律诗作较少，郑獬亦是如此。诗人有五言排律《程丞相生日》一首，录如下：

> 大昴光芒正，荆河气象浑。始知真相出，遂见本朝尊。
> 汉地汝阳国，程侯司马孙。精刚得金气，深厚体乾元。
> 申甫生周岳，皋夔拱舜轩。山河归妙算，社稷系昌言。
> 九鼎群生重，洪炉一气奔。群雏忌雕鹗，众草失兰荪。
> 慷慨提千骑，扶摇下九阍。秦关春草短，洼水暮云屯。
> 诗必曹刘敌，兵须卫霍论。谈馀珠委积，笔落凤腾骞。
> 秀发烟霞外，丹心金石存。未归真宰柄，犹倚大师藩。

　　　　日月回龙角，星辰会紫垣。气凌金节润，风入绣旗翻。

　　　　歌管倾南国，簪裾拜庆门。飞黄下天厩，缥酒赐尧樽。

　　　　固有神灵护，应知福禄蕃。蟠桃三结实，未见老云根。

　　该诗共 20 联，40 句，首联对仗，格式比较谨严，诗歌从多个角度对程丞相进行赞美，与其他诗歌相比，多溢美之词，少含情之语。

第二节　诗歌意象

　　我国关于意象的理论，最早可以追溯到先秦。在先秦，"意"指人的思想，"象"指物的表象，表述"意"和"象"的物质媒介是"言"，即语言。《周易·系辞上》中说："圣人有以见天下之赜，而拟诸其形容，象其物宜，是故谓之象。"子曰："圣人立象以尽意，设卦以尽情伪，系辞焉以尽其言。"这是儒家的观点，儒家要求"立象以尽意"，道家强调"得意而忘言"。魏晋之际的王弼说："夫象者，出意者也；言者，明象者也。尽意莫若象，尽象莫若言。言生于象，故可寻言以观象；象生于意，故可寻象以观意。意以象尽，象以言著。故言者所以明象，得象而忘言；象者所以存意，得意而忘象。"王弼认为，语言既然描述物象，则可借助语言的描述而观察物象；物象被认识，用语言描述，则可从描述的物象中看到人的认识。王弼就把儒家和道家的两种解释结合起来。最早提出"意象"的是南朝的刘勰，他说："是以陶钧文思，贵在虚静，疏瀹五藏，澡雪精神。积学以储宝，酌理以富才，研阅以穷照，驯致以怿辞。然后使元解之宰，寻声律而定墨；独照之匠，窥意象而运斤。此盖驭文之首术，谋篇之大端。""窥意象而运斤"就是指运用笔墨描述作者想象中的景象，即"意象"。

意象按照内容可分为自然界中的意象、社会生活中的意象、人类自身的意象、人类创造的意象、人们虚构的意象等。郑獬诗中意象丰富，除了常规传统意象外，还有很多稀有特殊意象。

一、传统意象

（一）酒

酒在郑獬诗中出现频繁，或以酒为题，如《尝酒》《酒寄郭祥正》《酒寄通州吴先生》等。或酒在诗中，有的酒在句首，如"酒行寒气除，春阳生四壁"（《大寒呈张太博》），"老意虽未伏，酒量已难投"（《对雪寄一二旧友呈张仲巽宗益运判》）；有的酒在句中，如"高楼管弦相与杂，黄金酒面溶成波"（《酬余补之见寄》），"飞黄下天厩，缥酒赐尧樽"（《程丞相生日》）；有的酒在句尾，如"昔年逢花便买酒，看花走马犹嫌迟"（《出城寄梁天机》），"园林到处消得酒，风雨等闲飞尽花"（《次韵丞相柳湖席上》）。有的写品酒："酒味渐佳春渐好，苦教陆凯咏寒梅。"（《和汪正夫梅》）有的写醉酒："花枝颠倒插翠帽，酒杯倾泼淋春袍。"（《梁卦孙过饮》）有的写嗜酒："买酒不论钱，贳却紫貂裘。"（《对雪寄一二旧友呈张仲巽宗益运判》）有的写贺酒："待君金甲破敌归，且作长歌倾贺酒。"（《和仲巽荆州大雪》）有的写寿酒："高堂寿酒年年事，趁取榴花及早归。"（《客意》）这些诗中不乏佳句名篇，诗酒相映，诗因酒香，酒因诗醇。

（二）梅

郑獬以梅为题的诗达30余首，可分三类。第一类，单纯咏梅之作，如"梅爱山傍水际栽，非因弱柳近章台。重重叶叶花依旧，岁岁年年客又来"（《梅花》），"腊雪欺梅飘玉尘，早梅闹巧雪中春。更无俗艳能相杂，惟有清香可辨真。姑射仙人冰作体，秦家公主粉为身。素娥已自称佳丽，更作广寒宫里人"（《雪中梅》）。诗中梅花意象超凡脱俗、高洁芬芳，这是梅花意象的真实写照，也是诗人以梅自喻或喻人。第二类，赏梅之作，如《同贾运使章职方王推官赏梅》："花前留客解金鞍，拣遍繁梢尽折残。翠帽插来无处著，玉盘收取与人看。无言有意空相对，欲去重来更绕栏。把酒殷勤须会取，风头只待作春寒。"诗中记述诗人和友人赏梅的经过，并借赏梅一事发表议论，谈己观点，类似的诗篇还有《追晚风雪出省咏张公达红梅之句》。第三类，唱和之作，诗人和他人关于梅的唱和之作数量较多，仅《和汪正夫梅》就有17首之多，这些诗歌大都借咏梅一事发表议论，抒发感情。

诗句中梅的意象出现更是频繁，颜色上有红梅和黄梅："抛掷咏红梅，负伊清樽前。"（《追晚风雪出省咏张公达红梅之句》）"应向黄梅访逋客，白云飘洒紫荷衣。"（《吴比部致仕归蕲阳》）时间上有早梅和落梅："腊雪欺梅飘玉尘，早梅闹巧雪中春。"（《雪中梅》）"江南蚤是多风雨，莫向花前唱落梅。"（《和汪正夫梅》）种类上有江梅和杨梅："已教吴娘学新曲，凤山亭下赏江梅。"（《江梅》）"待得繁梢都结实，莫将细核比杨梅。"（《和汪正夫梅》）另外还有香梅、雪梅、庾岭梅等："醉客倚栏吹玉笛，美人弄镜插香梅。"（《钱塘观灯》）"谁见江南佳赏处，月中词客雪中梅。"（《雪里梅》）"雪痕未涨龙池水，风信先飞庾岭梅。"（《和汪正夫梅》）

（三）菊和竹

郑獬诗中，菊花清香袭人、华润多姿、飘逸清雅，又傲睨风霜、高风亮节、卓尔不群，菊花的清香、风姿、品格构成其诗歌自然、平和、超逸的境界。诗人在《菊》中写道："菊花初抱叶，始见春光来。绿蓓今著花，又见秋风回。"深秋万物凋零，而"菊花又密闹，烂若金缕堆"。菊花迎风傲霜，"宝钉万数拥寒枝，寂寞幽香蝶亦稀"（《菊》）。

诗人以菊喻人，借菊抒怀，"秋风不惜花，即见飞苍苔。惟此一樽酒，万事皆尘埃""好备一尊相就饮，醉来从遣露沾衣"。

竹子因其虚心、有节、根固、质坚、潇洒、挺拔，历来备受文人推崇，诗词中竹子意象频繁出现。郑獬诗中之竹亦体现了竹子自身特点和品质，它象征坚贞、高雅和气节。诗人《题正夫小斋栽新竹》中的竹子"满地冰圆映玉肤。高梢争出翠凤尾，孤根对植苍龙须"。诗人眼中之竹冰清玉洁、劲拔潇洒、孤傲高洁，所以诗人对竹如对人——"如对古贤人，高标镇浮俗"（《咏竹寄元忠》）。诗人借竹言志，托竹寓情，故诗人笔下之竹乃含情之竹，已非寻常之竹："冰骨清疏绿玉君，连环高节粉花纹。截来好作仙翁帚，独倚扶桑扫白云。"（《竹》）

（四）其他

郑獬诗中还有牡丹、芍药、荷花、松树等意象。相关的诗歌如下：

满车桂酒烂金醅，坐绕春丛醉即回。
争得此花长在眼，一朝只放一枝开。

《次韵程丞相观牡丹》

扬州绝格已为稀，北土花翁载得归。
白玉圆盘围一尺，满堆金缕淡黄衣。

《丝头黄芍药》

为爱荷花并蒂开，便将荷叶作金杯。
桃根桃叶俱殊色，且看相携渡水来。

《招同僚赏双头荷花》

短松青铁干，童童三尺余。花实少姿媚，独与寒心俱。
暴霜时侵凌，奋怒张雄须。长楸拥肿材，旁荫可容车。
秋风一夕来，解剥惟朽株。物性在坚柔，何必长短殊。

楸叶已泥滓，松干犹青肤。无烦问高下，且辨荣与枯。

《感秋六首》其四

二、特殊意象

郑獬诗中除常规传统意象外，还有大量的特殊意象，它们有的体积庞大，如长鲸、蛟龙。"长鲸戏浪喷沧海，北风吹乾成雪花"（《荆江大雪》），"莫向长江争道路，如今风雨属蛟龙"（《江行五绝》）。有的生性凶猛，如黄獐、老猿。"黄獐引胆探绿叶，老猿护雏枝上惊"（《獐猿》）。有的相貌丑陋，如蛤蜊、苍蝇。"紫背蛤蜊白醪酒，开樽长解忆长安"（《送曹比部赴袁州》），"世俗讥议喜瑕疵，苍蝇往来工谗词"（《酬随子直十五兄》）。有的怪异稀有，如魍魉、蟛蜞。"虹霓渴雨欲下涧，魍魉避人还入山"（《野步》），"厥壤不毛坤德亏，床下矍索穴蟛蜞"（《酬随子直十五兄》）。其他特殊意象还有跳鲤、游凫、燕雀、鸣鸠、蜥蜴、瘦马、老鸦、狐狸、青尾雉、茜裙娘等。诗人通过这些意象或讽刺现实，或针砭时弊，表达了其对现实的忧虑和担心，指出了当时政治的混乱和黑暗，揭露了官吏的无能和腐败，描述了百姓生活的困苦和艰难，抒发了报国安民的理想和愿望。

第三节　诗歌意境

"意境是作者的主观情意与客观物境互相交融而形成的艺术境界。"①刘勰《文心雕龙·神思篇》中说："故思理为妙，神与物游。"②

---

①　袁行霈. 中国诗歌艺术研究［M］. 北京：北京大学出版社，1996：28.

②　刘勰. 文心雕龙［M］. 呼和浩特：远方出版社，2004：90.

这里的"神与物游"便产生意境。王昌龄主张作诗要"处身于境，视境于心"①，这种"心"与"境"的结合也是诗歌中的意境。《诗格》中说，"张之于意而思之于心"则得其意境。王国维在《人间词话》中说："能写真景物、真感情者，谓之有境界。"这里的"境界"即"意境"。郑獬很多诗歌，尤其是闲适诗，通过咏物写景，并将感情融入其中，从而创造出美妙的诗歌意境，以便更好地抒情。这些诗歌情景关系密切，可分三类。

一、情随景生

《文心雕龙·物色篇》曰："物色之动，心亦摇焉。"诗人在生活中因遇到某种物境，触物生情，于是借着对物境的描写把自己的情意表达出来，即情随景生，也就是以景生情，诗人被眼前景物催动情思，从而激活想象和联想，完成以情造境活动。郑獬这种类型的诗歌较多，主要分为两类。一类是情隐景中，这类诗主要是写景，表面上看没有抒情成分，但只要细细品味，便觉"一切景语皆情语"。如"碧海芙蓉彻夜开，乱花前后尽楼台。坐看万里河汉外，移下一天星斗来。醉客倚栏吹玉笛，美人弄镜插香梅。谁能飞入月宫去，捉住嫦娥不放回"（《钱塘观灯》）。诗人在这首诗中主要写了眼前所见之景：碧海芙蓉、花拥楼台、醉客吹笛、美人弄镜。诗中不著一"情"字，但透过诗中所呈现的一幅幅美丽绝伦的画面，诗人流连忘返之"情"、依依不舍之"意"隐藏其中。另一类是情显景中，这类诗恰似绘画中的点染技法，诗中先出现诗人的抒情基调，再选取多种与此相应的景物进行烘托渲染，以突出强化诗中所抒情感。如《送颍川使君韩司门》："喜君又佩鱼符去，驷马雍容朱两辀。自昔诸侯颍阴国，太平宰相魏公孙。水边日落旌旗

---

① 胡震亨. 唐音癸签［M］. 上海：古典文学出版社，1957：6.

暗，花外风高鼓角喧。到部行春应未晚，绿村正是杏梢繁。"诗人通过开头"喜"字定下整首诗的感情基调，然后通过"骊马""朱辖""旌旗""鼓角""绿村""花繁"等景物烘托这种喜庆气氛，整首诗"显"而不"浅"，"染"而不"繁"。

二、移情入境

诗人带着强烈的主观感情接触外界的物境，把自己的感情注入其中，借着对物境的描述将它抒发出来，客观物境遂亦带上了诗人主观的情意。李白诗云："瑶台雪花数千点，片片吹落春风香。"杜甫诗曰："雨洗娟娟静，风吹细细香。"其中的"竹香"和"雪香"便是诗人移"情"入境的典范。郑獬这类诗歌有《夜坐寄正夫》："月落如玉虹，飞过梧桐枝。开怀待归风，如与佳人期。白云娇媛媛，绿树凉参差。安得饵琼华，慰此终夕饥。"诗中之境——"落月如虹""白云媛媛""绿树参差"，如此美丽，以至于诗人感觉此景能止渴充饥，与常规通感手法相比，郑獬此诗更胜一筹。类似的诗作还有"收得闲名好归去，鲜鱼白酒醉秋风"（《送晓容》），"秋影落西湖，渌波净如眼。摇船入芰荷，船里清香满"（《湖上》）。上述诗中"酒醉秋风""船载荷香"都是移情入境的典范。

三、情景交融

古典诗词描述之景，非单纯客观之景，其实是渗透着诗人主观感情之景。古典诗词抒发之情，也非单纯主观之情，亦是融入客观景物之情。脱离景物之感情则显单薄，缺少情感之景物则带呆板。自古杰出的诗人都注重情景交融，优秀的诗作亦景中含情、情融景中。下面故事亦能很好地说明情景之间关系之密切，罗大经《鹤林玉露》中载：

某自少时取草虫笼而观之，穷昼夜不厌。又恐其神之不完也，复就草地之间观之，于是始得其天。方其落笔之际，不知我之为草虫耶？草虫之为我也？此与造化生物之机缄盖无以异，岂可有传之法哉？

郑獬很多诗歌亦情和景中、景带情感，体现出情景交融的特点，如《出城寄梁天机》："春风徘徊来何时，花光还破小桃枝。不因出城见花树，春到人间殊不知。昔年逢花便买酒，看花走马犹嫌迟。花傍不醉不肯去，醉到春归花已飞。谁怜官绂少风味，入春未拈金酒厄。岂惟花少醉亦少，当时故人今更稀。"该诗首句便有景有情，"徘徊春风"是景，"春风何时来"是情，诗人通过该问抒发了对时光荏苒的感慨，其实"徘徊春风"中就已经融入了诗人的感叹和感慨，所以首句便是典型的情景交融。整首诗亦如此，春风徘徊，桃枝绽放，重在写景；春到不知，看春嫌迟，不醉不归，醉到花飞，花少醉少，故人多逝，重在抒情。诗人回首往事，曾经和友人逢花买酒，醉倒花旁，如今花少醉少友人更少，昔日繁华热闹，今日萧条冷落，今昔对比，诗人伤感跃然纸上。

第四节　艺术风格和手法

一、艺术风格

（一）亦"庄"亦"谐"

文学乃人学也。一人之诗集，乃一人之心路历程；一国之诗史，乃一国人之心灵史。郑獬承续太白遗风，意气豪宕，个性高昂，并以其才华和灵性，在诗歌里真实地展现了其个性色彩和人格特点。一方面是忧时叹世的急切和感伤（"庄"），另一方面是济世无力的无奈甚至消极（"谐"）。郑獬大部分关注现实、反映民生的诗篇风格严肃、庄重、深沉。诗人怀着急切又沉重的心情在《汴河曲》中揭露了朝廷对百姓的剥削和搜刮，在《汴河夜行》中批判了社会黑暗、政治腐败，在《捕蝗》和《淮扬大水》中真实地记录了自然灾害给百姓带来的灾难，在《采凫茨》和《道旁稚子》中描述了百姓生活的困苦和艰难。当诗人遭受政敌排挤、朝廷贬谪时，年高力乏的诗人心中道家思想逐渐取代儒家思想，此时诗人写了一些带有戏谑色彩的诗篇以抒发自己的感受，如"废兴千载事，过耳一飞霆"（《晋阳宫基》），"惟此一樽酒，万事皆尘埃"（《菊》）。历尽仕途波折的郑獬在这些诗歌中呈现出消极的诙谐风格。除此之外，诗人还有一些唱和诗写得幽默诙谐，如《和汪正夫梅》两首："世上庸儿苦忌才，脱身曾把虎须来。他年若隐吴门去，从此真仙不姓梅。""木秀风摧正为才，几将挤陷九渊来。见君说著须酸鼻，何必樽前更食梅。"诗人笔调轻松，用词诙谐，体现了其艺术风格特点。

（二）能"俗"能"雅"

诗歌是最接近灵魂的艺术，"诗与人合一"，真正的诗都是诗人人格的反映。郑獬天资聪颖，禀赋多才，性情率直又不乏浪漫气质，这使其人其诗具有"雅"的一面；同时他又执着、顽强、务实、济世，这使其人其诗又具有"俗"的一面。面对百姓的贫病、孤穷，社会的积贫、积弱，朝廷的冗官、冗兵，诗人落笔成诗，写了大量通俗易懂、老少皆宜的诗篇，如"朝携一筐出，暮携一筐归"（《采凫茨》），"尘土满城黑，出城双眼宽"（《出城》），"如一大瓢寄沧海，十万生聚瓢中存"《淮扬大水》，"戊戌二月二十六，忽见大雪漫空来"（《二月雪》）。这些诗歌用语平易，措辞简洁，事大则长，事小则短，因事成诗，体现出诗人平易通俗的风格特点。

诗人还有一些诗歌写得清丽高雅，主要分为两类。一类是吟咏对象高雅，如诗人有很多吟咏松、竹、梅、菊等意象的诗篇，这些意象自身具有高洁、雅致、韧拔、清幽等特点，再加上诗人的艺术处理，从而使这类诗歌显得谨严文雅，读之如"阳春白雪"。相应的诗歌有《雪中梅》《巽亭小饮》《紫花砚》等。另一类是艺术手法的运用使诗歌显得高雅。诗人有些诗篇或旁征博引，或比兴寄托，或借代用典，文辞妍丽，音节铿锵，属对工整，体现了文人诗的高洁雅致特点。如"十年诵周易，满腹文王辞"（《酬王生》），"若论破吴功第一，黄金只合铸西施"（《嘲范蠡》）等。

二、艺术手法

（一）比兴寄托

郑众说："比者，比方于物也；兴者，托事于物。"①刘勰说："故比者，附也；兴者，起也。附理者切类以指事，起情者依微以拟议。其情故'兴'体以立，附理故'比'例以生。"②宋代的李仲蒙说："索物以托情，谓之比，情附物也；触物以起情，谓之兴，物动情者也。"③上述是有关比兴手法的几种说法。可以说，比兴就是运用艺术联想把两个或两个以上的意象连接在一起的一种诗歌创作艺术。④ 这种连接是以一个意象为主，以另外的意象为辅。作为辅助的意象对主要的意象起映

---

① 周礼 [M]. 郑玄，注. 长沙：岳麓书社，2006.
② 刘勰. 文心雕龙 [M]. 呼和浩特：远方出版社，2004：131.
③ 胡寅. 斐然集：致李叔易 [M]. 上海：商务印书馆，1935.
④ 袁行霈. 中国诗歌艺术研究 [M]. 北京：北京大学出版社，2009：61.

衬、对比、类比或引发的作用。运用比兴寄托手法，常常是婉转而善于表达，表面上说的是小事，但譬喻的意义却很广泛。郑獬诗歌中有很多诗篇运用比喻、托物寄兴。它们有的整篇用比，如《嘲范蠡》，诗人以古喻今，含蓄婉转；有的局部用比，如"袖里金锤白氎袍，尘埃自古出英豪"（《尘埃》），诗人借金锤、白袍起兴喻世间英豪；有的比声音，如"小吏扣关声啄啄，山夫惊落手中杯"（《酬公达》），以"啄啄"之声比喻官吏搜刮骚扰之重；有的比形貌，如《瘦马》，诗人用瘦马喻现实中那些饥寒交迫没有被发现的人才；有的比事物，如"世俗讥议喜瑕疵，苍蝇往来工谗词。椎凿璞玉生疮痍，猛虎不如墙下狸"（《酬随子直十五兄》），诗人用苍蝇、疮痍、墙下狸等喻世间邪恶和小人，用璞玉、猛虎等喻正义和贤能。比兴寄托手法的运用增强了诗歌的生动形象性，使其内涵更加含蓄婉转。

（二）铺陈排比

刘勰在《文心雕龙·征圣篇》中曰："文成规矩，思合符契。或简言以达旨，或博文以该情，或明理以立体，或隐义以藏用。……《邠诗》联章以积句，《儒行》缛说以繁辞：此博文以该情也。"① 有时诗人采用复杂的叙述和丰富的辞句，即铺陈排比手法，来详尽地抒发感情。郑獬很多诗歌篇幅长，容量大，大量采用铺陈排比手法，叙事周详，富有气势。如《淮扬大水》共 60 句，420 字，诗人通过铺陈排比手法的运用，既向读者详细地描述这场自然灾害的发生过程，同时也写出了灾难之重、危害之深。另外还有《苏刑部自湖北移漕淮南》共 42 句，210 字；《题关彦长孤山四照阁》共 40 句，280 字；《送方元忠》共 52 句，260 字。这些诗或叙事，或咏物，或抒情，多处运用铺陈排比手法，气势恢宏，可谓诗之长篇。

---

① 刘勰. 文心雕龙［M］. 呼和浩特：远方出版社，2004：8.

（三）夸张渲染

刘勰在《文心雕龙·夸饰篇》中曰："夫形而上者谓之'道'，形而下者谓之'器'。神道难摹，精言不能追其极；形器易写，壮辞可得喻其真。才非短长，理自难易耳。故自天地以降，豫入声貌，文辞所被，夸饰恒存。"①刘勰认为只要利用文辞传情达意，就会有夸张和修饰的方法存在。"夸张"一词源于《朱子语类·卷三四》："奢非止谓僭礼犯上之事，只是有夸张侈大之意。"夸张是指为了启发听者或读者的想象力和加强所说的话语力量，用夸大或缩小的词句来形容事物。郑獬在其五、七言古诗和排律中大量运用夸张手法，诗人在《捕蝗》中运用夸张手法描写蝗虫之多："蝗满田中不见田，穗头栉栉如排指。"在《慈乌行》中运用夸张手法描写了乌鸦育雏之艰辛："一日万千回，日日衔黍归。"在《酬余补之见寄》中运用夸张手法赞美了友人余补之的出众才华："忽然惊爆险绝句，旱天霹雳雷霆车。"在《汴河曲》中运用夸张手法揭露了朝廷腐败之重："朝漕百舟金，暮漕百舟粟。一岁漕几舟，京师犹不足。"诗人通过夸张手法突出了诗中所描写事物的本质和特征，增强了诗歌的形象性、生动性和说服力。

渲染就是通过对环境、景物或人物的行为和心理的描写、形容或烘托，以突出形象，加强艺术效果的一种表现手法。郑獬很多诗作通过渲染手法的运用，收到了独特的艺术效果，如《大寒呈张太博》："寒风怒蓬勃，排户入吾室。沙灰涨天黑，白日赤黄色。捉衣拥肩坐，心脾寒懔栗。须臾天气变，阴黯如涂漆。跳空雨雹飞，四走珠玑出。数子方叹惊，共怪天公逸。"诗人为了写天气之寒冷，充分运用渲染手法，通过天黑如沙灰、日变赤黄颜色、人心脾寒懔栗、雨四走如雹飞、众人惊叹责怪等进行层层渲染，将天气变化之快、寒冷程度之重形象地再现诗

---

① 刘勰. 文心雕龙［M］. 呼和浩特：远方出版社，2004：135.

中。再如，在《次韵程丞相重九日示席客》中，诗人为了突出程丞相文章之优异，通过下列诗句进行渲染："须臾大卷出新作，铁网包住鲸与虬。四座传观赏佳句，丝管不发清歌留。茱萸著酒紫香透，芙蓉插髻双眉修。后堂新压菊花酿，倾在玉盆凝不流。美人再拜劝公饮，一饮可忘今古愁。谁谓长戈可驻景，谁谓萱草能忘忧。斯言寥阔不可考，乐事须向尊前求。霓裳法曲古来绝，小槽琵琶天下尤。只此醉乡有佳境，此境不与人间侔。"程丞相新作一出能控制鲸虬，让四座皆惊、丝管失乐、新酿凝滞，让读者得到人间稀有的"醉乡佳境"，诗人层层渲染，增强了诗歌语言的表达能力和文字的表现力量。

第八章

郑獬诗歌渊源和影响

第一节　李杜诗歌对郑獬的影响

一、李白诗歌对郑獬的影响

诗仙李白和同时代的诗圣杜甫是中国古典诗歌领域的两座高峰，备受后人推崇，尤其是后世文人墨客更是对他们崇拜有加，竞相学习、研究、模仿，郑獬亦是如此。《老学庵笔记》记载："王荆公素不乐滕元发、郑毅夫，目为滕屠、郑酤。然二公资豪迈，殊不病其言。毅夫为内相，一日送客出郊，过朱亥冢，俗谓之屠见原者。因作诗：'高论唐虞儒者事，卖交负国岂胜言。凭君莫笑金椎陋，却是屠酤解报恩。'""荆公见郑毅夫梦仙诗曰'授我碧简书，奇篆蟠丹砂。读之不可识，翻身凌紫霞'，大笑曰：'此人不识字，不勘自承。'毅夫曰不然，吾用太白诗语也。荆公又笑曰：'自首减等。'"①李白在郑獬心目中的地位由此可见一斑，郭祥正《寄献荆州郑紫微》中写道："李白不爱万户侯，

---

①　陆游. 老学庵笔记［M］. 李剑雄，刘德权，点校. 北京：中华书局，1979：92.

但愿一识韩荆州（指郑獬）。"诗人用略带夸张的语气指出了李白和郑獬诗歌之间的传承关系。二人诗歌有很多相似之处，风格上，他们都具有飘逸灵动的一面，诗歌样式上二人众体皆备，郑獬诗中意象丰富，其中有很多意象与李白诗中意象相似或相同，如酒、月、花等。

（一）酒

郭沫若生前做过统计，李白流传下来的 1500 首诗作中，有 170 首写到饮酒。郑獬《郧溪集》中以酒为题的诗有 3 首，诗中有酒的地方有 110 处之多。杜甫有诗曰："李白斗酒诗百篇。"郑獬在《送方元忠》中写道："朋辈俱饮豪，斗酒快一写。"酒是他们心灵的慰藉，他们很多诗与酒密不可分。他们有时借酒言志。李白的一生是不停地追求理想，百折不挠地抗争的一生。郑獬亦如此，踏入仕途前曾屡试不第，但他豁达乐观，坚持不懈，踏入仕途后乐政好施，积极用世。二人这种济世的理想和抱负常常借酒来抒发。李白在《南陵别儿童入京》中写道："高歌取醉欲自慰，起舞落日争光辉。"郑獬在《水浅舟滞解闷十绝》中写道："酒徒不复少年时，白发狂歌亦未衰。"李白有"秉烛唯须饮，投竿也未迟"（《赠钱征君少阳》），郑獬有"飞黄下天厩，缥酒赐尧樽"（《程丞相生日》）。酒在二人诗中和心中具有同样重要的价值和作用。

他们有时借酒消愁，李白有"五花马，千金裘，呼儿将出换美酒，与尔同销万古愁"（《将进酒》），郑獬有"买酒不论钱，赏却紫貂裘"（《对雪寄一二旧友呈张仲巽宗益运判》），"惟此一樽酒，万事皆尘埃"（《菊》）；李白有"人生得意须尽欢，莫使金樽空对月"（《将进酒》），郑獬有"酒海莫教空濩落，金堆安用郁嵯峨"（《劝客饮》）；李白有"烹羊宰牛且为乐，会须一饮三百杯"（《将进酒》），郑獬有"留连物景诗千首，准拟交亲酒百瓶"（《次韵元肃兄见喜知荆州二首》）。对二人而言，酒可消忧，酒可去愁，他们对酒的态度也一样慷慨、豪爽。他们因酒而豪放，饮酒而豪爽。李白饮酒后"仰天大笑出门去，我辈岂是蓬蒿人"（《南陵别儿童入京》），郑獬酒后"纵谈往旧杂嘲戏，大笑觞倒金酒觥"（《冬日示杨季若梁天机》）；李白"三杯吐然诺，五岳倒为轻。眼花耳热后，意气素霓生"（《侠客行》），郑獬"倾酒吐长言，遥为淮人贺"（《苏刑部自湖北移漕淮南》），"吴儿柔软不惯见，应笑侬家诗酒豪"（《初入姑苏会饮》）。二人都是把酒临风，述志抒怀，或表达行乐思想，或寄托哀愁情感，或寄寓宏伟抱负，或展示豪放风采，为后人留下了大量醇香四溢的优美诗篇。

（二）月

明月在李白和郑獬的诗歌意象群中占有突出地位，明月在李白诗中出现 74 次，在郑獬诗中出现 87 次。李白诗中明月亲切可人："小时不识月，呼作白玉盘。又疑瑶台镜，飞在青云端。"（《古朗月行》）郑獬诗中明月雅静怡人："一环明月午初停，自挂虚窗不可扃。恰见梧桐一双影，绿阴漠漠覆中庭。"（《明月》）李白诗中月与人随："人攀明月不可得，月行却与人相随。"（《把酒问月》）郑獬诗中人趁月归："欲酬强韵若为才，昨夜归时趁月来。"（《和汪正夫梅》）李白欲登天揽明月："俱怀逸兴壮思飞，欲上青天揽明月。"（《宣州谢朓楼饯别校书叔云》）郑獬欲入月捉嫦娥："谁能飞入月宫去，捉住嫦娥不放回。"（《钱塘观灯》）在他们的诗里，明月的意象超逸飞动，富有人情味。李白"暮从碧山下，山月随人归"（《下终南山过斛斯山人宿置酒》），郑獬"为报玉堂批诏客，夜来乘月北山归"（《湖上晚归》）。他们常把明月视为知己好友，想象明月可以伴他们饮酒，李白"举杯邀明月，对影成三人"（《月下独酌》），郑獬"安得古人似明月，长来此地对金樽"（《寄题峡州宜都县古亭》）。他们都曾月下载歌载舞，李白

"且就东山赊月色，酣歌一夜送泉明"（《送韩侍御之广德》），郑獬"更待山头明月上，相招去踏竹枝歌"（《江行五绝》）。明月触动了他们的诗思，调动了他们的灵感，回应了他们的情感，成就了他们的诗篇。昔人虽已去，其香依然存，正可谓"长风又送二龙去，明月已看双桂生"（《张李二君获荐喜而成篇兼简岑令蒋掾》）。

二、杜甫对郑獬的影响

郑獬诗歌有很多地方深受杜甫影响，二人诗歌有很多相似之处，具体体现在以下两方面。

（一）思想内容方面

郑獬和诗圣杜甫的诗歌都具有丰富的社会内容、鲜明的时代色彩和强烈的政治倾向，而且充满着热爱祖国、热爱人民的思想感情。二人都生活在国家和民族矛盾尖锐的时代，且都有一颗忧国忧民之心，所以有关这方面的诗歌，二人有很多相似之处。

1. 忧国诗

郑獬和杜甫都深受儒家思想的影响，他们体恤民情，关心国事，积极用世；时代动乱，仕途波折，他们始终有一颗赤诚的忧国之心。他们的诗中，有对时代的忧虑，有对饱经风霜的家国的关注，或记录自然灾害，或反映朝政黑暗，或揭露军事腐败，这些诗歌中都包含了诗人强烈的忧国意识。同样是借古鉴今，杜甫在《蜀相》中写道："三顾频烦天下计，两朝开济老臣心。出师未捷身先死，长使英雄泪满襟。"诗人通过烘托手法赞美了三国贤相诸葛亮的智慧和忠心，悲叹其"出师未捷"而人已先逝。郑獬在《赤壁》中写道："帐前斫案决大议，赤壁火船烧战旗。若使曹公忠汉室，周郎争敢破王师。"诗中通过"帐前决议""火烧战船"等场景的描写间接地烘托出了周瑜过人的军事谋略和智慧。很明显，两位诗人都是通过追溯历史，慨叹他们所生活的朝代缺乏足智多谋又忠心报国的贤臣良将，所以诗中之悲伤、感叹和反问并非个人之悲伤、感叹和反问，是对千疮百孔的国家的悲伤、感叹和反问。另外，杜甫在《春望》《自京赴奉先县咏怀五百字》《茅屋为秋风所破歌》，郑獬在《汴河曲》《奉使过居庸关》《和仲巽荆州大雪》中分别从不同的角度表达了对家国的忧虑和担心。

2. 忧民诗

杜甫和郑獬都是朝廷官员，但他们都心系百姓，关心百姓安危，同情百姓苦难。杜甫认为"安危大臣在，不必泪长流"（《去蜀》），郑獬认为"有民不能为抚养，安用黄堂坐两衙"（《荆江大雪》）。他们都认为朝臣应该施政于民，恩泽于民，反对朝廷对百姓的过分盘剥，反对贫富两极分化，典型诗句有杜甫的"朱门酒肉臭，路有冻死骨"（《自京赴奉先县咏怀五百字》），郑獬的"官家桑柘连四海，岂无寸缕为汝衣"（《道旁稚子》）。二人诗中还有很多斥责统治者的骄奢淫逸、同情百姓疾苦的诗篇。如杜甫在《丽人行》中写道："黄门飞鞚不动尘，御厨络绎送八珍。"写出统治阶级显赫的地位和繁华的宴饮。而《兵车行》中百姓生活却是"纵有健妇把锄犁，禾生陇亩无东西"，妇女劳作，田垄荒芜，民不聊生。郑獬笔下统治阶级的生活是"鄞江鲜鱼甲如银，玉盘千里紫丝莼"（《寄题明州太守钱君倚众乐亭》），而下层人民的生活却是"农夫出田掘野茅，饿倒只向田中埋"（《二月雪》）。通过前后对比，二人对统治者进行了揭露和讽刺，对穷苦百姓给予了关注和同情。类似诗歌还有杜甫的《朱凤行》与"三吏""三别"等，郑獬的《捕蝗》《采凫茨》《淮扬大水》等。

（二）诗歌意境和意象方面

郑獬和杜甫都经历过仕途的跌宕起伏，他们一心报国，力济百姓，但却遭受排挤和冷落，晚景凄惨、孤独。二人晚年反映自身感受的诗作大都意境悲凉、格调低沉、气氛凝重。如同样是写秋，杜甫有"萧萧古塞冷，漠漠秋云低"（《秦州杂诗》），"万壑树声满，千崖秋气高"（《王阆州筵酬十一舅惜别之作》），"哀哀寡妇诛求尽，恸哭秋原何处村"（《白帝》），"清秋幕府井梧寒，独宿江城蜡炬残"（《宿府》）；郑獬有"山川秋意恶，风雨晚潮寒"（《出城》），"一听秋声鬓已凋，孤心惊起拂星杓"（《次韵梁天机见寄》），"此行况秋色，碧江襟袖凉"（《送吕稚卿郎中奉使江西》），"黑雨喷薄阴云驱，昏林号风秋声粗"（《通州雨夜寄孙中叔》）。两位诗人笔下的秋天阴冷、萧条、孤独、悲凉，这既是自然界之秋，也是诗人人生之秋，二人经历了人世沧桑、宦海沉浮，待到"人生之秋"，二人都觉"江草日日唤愁生，巫峡泠泠非世情"（杜甫《愁》），"萤依湿草同为旅，雨滴空阶别是愁"（郑獬《雨夜怀唐安》）。

二人此时的诗歌意象也有很多相似之处，典型代表是"瘦马"意象。杜甫在《瘦马行》中写道："东郊瘦马使我伤，骨骼碐兀如堵墙。绊之欲动转欹侧，此岂有意仍腾骧。细看六印带官字，众道三军遗路旁。皮干剥落杂泥滓，毛暗萧条连雪霜。去岁奔波逐余寇，骅骝不惯不得将。士卒多骑内厩马，惆怅恐是病乘黄。当时历块误一蹶，委弃非汝能周防。见人惨澹若哀诉，失主错莫无晶光。天寒远放雁为伴，日暮不收乌啄疮。谁家且养愿终惠，更试明年春草长。"诗人通过马的昔用今弃写自己宦途的浮沉，以马的形容憔悴写自己的忧愁痛苦。"当时历块误一蹶，委弃非汝能周防"，诗人本意是要匡助君王，没料到反而被疏远，被遗弃，正像那被抛在郊外的瘦马一样。郑獬的《瘦马》则是"瘦马如束薪，寒沙粘绿发。我非九方皋，谓有大宛骨。渴引寒泉饮，饥剪青刍秣。如何得甘豢，辄尔事蹄啮。朝来试锦鞯，冲踏行步阔。起立高于人，一顿金羁脱。圉人虽有恩，亦惧来奔蹶。古称去害群，吾宁痛鞭挞。咄哉尔何心，无乃忘本末"。骨瘦如柴的瘦马，渴饮寒泉，饥食乌秣，往日的"锦鞯金羁"和"踏行步阔"一去不返，代替的是"害群责骂"和"痛苦鞭挞"。两位诗人都是以马喻己，通过马的今昔对比反映了诗人自身的今昔差异，表达了"咄哉尔何心，无乃忘本末"的思想。两位诗人都对弱者给予了怜悯和同情，诗中也有一些有关弱小意象的描写，如黄雀，杜甫《朱凤行》说："君不见潇湘之山衡山高，山巅朱凤声嗷嗷。侧身长顾求其曹，翅垂口噤心劳劳。下愍百鸟在罗网，黄雀最小犹难逃。愿分竹实及蝼蚁，尽使鸱枭相怒号。"郑獬笔下《黄雀》则是"啾啾黄雀竹间飞，日晚复归枝上栖。雪粒盖地三寸玉，地肤冻裂不作泥。锦鞯公子臂苍鹘，快马踏下黄云低。马前紫兔跃白草，老拳下批饥儿啼。啄鲜裂血饱腹去，可怜黄雀空死饥"。诗中黄雀象征世间百姓，他们弱小无力，任人宰割，诗人同情其"最小犹难逃""可怜空死饥"的悲惨处境，所以不顾"鸱枭相怒号""愿分竹实及蝼蚁"，二人的这种民本思想非常难能可贵。

第二节　郑獬的影响

郑獬生性豁达开朗，处世积极乐观，受到时人和后人的赞誉。《张恭安公存墓志铭》（《名臣碑传琬琰集》）记载："翰林学士獬屡举进士不中，见公于洪州（今江西南昌），公曰：'君科名当为天下第一，得自有时，勿以为忧。'已而果然。"① 其诗《下第后与孙仲叔饮》："万里青云失意深，画楼酒美共登临。不羞独落众人后，却是重辜亲老心。一缺不完非折剑，至刚无屈是精金。男儿三十年方壮，何必尊前泪

① 永瑢，纪昀，等．四库全书［M］．北京：中华书局：1931：295.

满襟。"诗人那种潇洒而不沉沦，失败但不失意，乐观而又坚毅的精神永远值得后人借鉴和学习。郑獬为官正直，敢于直言进谏，为了国家和百姓的利益，很多时候把矛头直接对准当朝最高统治者，在那个"伴君如伴虎"的年代，这种精神非常难能可贵。《宋史》记载："英宗即位，治永昭山陵，悉用乾兴制度。獬言：'今国用空乏，近者赏军，已见横敛，富室嗟怨，流闻京师。先帝节俭爱民，盖出天性，凡服用器玩，极于朴陋，此天下所共知也。而山陵制度，乃欲效乾兴最盛之时，独不伤俭德乎？愿饬有司，损其名数。'"① 郑獬主张荐选贤良，必"试而用之"，他在《论用材札子》中道："士之材不材，必试而后见。"② 通过考试选拔人才，维护了用人制度的公正、公平，时至今日仍有价值和意义。郑獬关心百姓安危，体恤民生疾苦，被载入史册，对后世产生积极影响。《宋史》记载："权发遣开封府。民喻兴与妻谋杀一妇人，獬不肯用按问新法，为王安石所恶，出为侍读学士、知杭州。御史中丞吕诲乞还之，不听。未几，徙青州。方散青苗钱，獬言：'但见其害，不忍民无罪而陷宪网。'引疾祈闲，提举鸿庆宫。"③郑獬在当代也被广为传颂，名入《中国文学家大辞典》《中国人名大辞典》《江西通志》《江西省历代文武科鼎甲考表》《宁都直隶州志》《宁都县志》等。

　　郑獬一生为后人留下了大量脍炙人口的诗篇，这些诗歌虽不及李杜苏辛诗歌那样有影响力，但细细品味，也饱含神韵，正所谓"初视若散缓，熟视有奇趣"④。其叙事诗有的详而不繁，流畅自然；有的言简意赅，一字千金。抒情诗有的诗中有画，画中含情；有的情景交融，韵

---

① 脱脱，等．宋史［M］．北京：中华书局，1997：10418.

② 曾枣庄，刘琳．全宋文［M］．成都：巴蜀书社，1994：433.

③ 脱脱，等．宋史［M］．北京：中华书局，1997：10418.

④ 朱光潜．诗论［M］．北京：生活·读书·新知三联书店，1998：304.

味无穷。说理诗有的淡而不浅，诗中喻理；有的深而不聱，典雅自然。其诗或写实，或浪漫；或格调低沉，或气势豪放；或工整谨严，或开合恣意；或通俗自然，或高洁典雅。其人如其诗，寸心不着一尘飞；其诗如其人，时泛清香入袂来。

第三节　结语

郑獬作为北宋政治家，面对宋王朝的内忧外患，他敢于直言进谏，积极出谋划策，主张广开言路，节俭勤政，为北宋政坛做出一定贡献。身为朝廷官员，他关注现实，同情百姓苦难，写了大量记录北宋历史事实和反映百姓生活境况的诗歌，为我们了解北宋历史提供了一定的依据。

郑獬作为北宋诗坛中的一员，对北宋中期的诗歌创作起着积极的推动作用，对后进诗人产生过积极的影响。其诗歌内容丰富，有抒情诗、叙事诗、说理诗、写景状物诗。其中抒情诗数量最多、质量最高，这些抒情诗，或道羁旅，或话闲适，或咏怀，或怀古，或哀悼，大都情深意切，真挚感人。其叙事诗分为记述日常小事和国家大事的纪事诗及描写山川景物、名胜古迹和描写风土人情、社会风貌的纪行诗。说理诗包括哲理诗、励志诗等。写景状物诗分为写景以抒怀、重在情景交融的写景诗和状物以达意、重托物言志的状物诗两类。

郑獬诗歌从体裁角度看，有五古、七古、五绝、七绝、五律、七律和排律。其中五言和七言古诗多叙事写景，有的明丽清新，有的清峻瘦硬；五言和七言绝句多吟咏抒怀，有的豪健飘逸，有的萧疏淡远；而律诗则二者兼而有之，或清旷淡雅，或豪纵雄劲。郑獬诗歌意象丰富，除了传统的酒、梅、竹、菊等意象，还出现了大量的特殊意象，如体积庞大的蛟龙、生性凶猛的獐猿、相貌丑陋的蛤蜊、怪异稀有的蟛蜞等。诗人通过这些意象传情达意，并结合比兴寄托、铺陈排比、夸张渲染等艺术手法，形成了其亦庄亦谐、能俗能雅的艺术风格。

郑诗在延续唐音的同时，在宋调的形成过程中也起了一定的促进作用。他深受李杜诗歌影响，继承了李白诗歌的飘逸洒脱，诗中多酒、月意象；而其忧国忧民思想又和杜甫相似，晚年困顿境遇使其诗风沉郁多忧，多瘦马、黄雀等弱小意象。

郑獬一生为后人留下了大量的优秀诗文，正可谓"留连物景诗千首""写出江南烟水秋"，故长风虽送昔人去，明月却照翰墨香。郑獬诗歌亦存有弊病，有些诗歌情采浅薄，文辞平庸，或流于枯硬，或流于轻媚，但这样的诗篇仅占少数，总之瑕不掩瑜，诗人为我们留下的宝贵诗歌资源还有待我们进一步探索和研究。"北风有意待寒腊，只放飞花一半开。"

第三部分

03

诗歌教学研究

第九章

中小学语文课程中的诗词教育因素研究

诗词教学是语文教学的重要组成部分，肩负着培养和提升学生文化素养和人文精神的任务。诗词教学可以丰富学生的语言积累，培养他们的阅读、理解和运用语言的能力；诗词教学可以熏陶感染学生，提高他们的审美情趣、文化品位和思想品德修养。

诗词也是语文课程内容的重要组成部分。尤其是在坚定文化自信，传承弘扬中华优秀传统文化背景下，以诗词为代表的古诗文在语文课本中所占比例大幅提高，2019 年 9 月全国统一采用的由教育部组织编写的小学语文课本（以下简称统编本），共计 12 册，共有诗词 124 首，平均每个年级 20 首以上，占教材总量的 30%，与原人教版教材相比，增幅达 80%。① 诗词中包含丰富教育因素，明晰这些教育因素有助于诗词的教学与学习，从而更好地发挥诗词对学生的教育作用，本章将围绕上述问题，结合统编教材所选诗篇，联系教师和学生的教学实际，进行梳理探究。

---

① 温儒敏．"部编本"语文教材的编写理念、特色与使用建议［J］．课程·教材·教法，2016，36（11）：11.

第一节　诗歌选材中的教育因素

　　选材中的教育因素：因材选诗，因材施教；纵横兼顾，寓教于时。

　　五千年文化，三千年诗韵。中国是文明古国，也是诗词的国度。文学史上出现了灿若繁星的诗词作者和浩如烟海的诗词作品，根据学习者的特点恰当地选取诗人、诗作，能够更有针对性、更有效地对学生开展教育。所选诗词既要形神兼备、文质兼美，具有代表性和典范性，又要符合学生的认知水平和发展规律，联系学生的经验世界和想象世界。诗词创作是剪裁的艺术，诗词编排则是选择的艺术。编辑者的责任是选择编排，教育者与学习者的责任是诗词的教学与学习。选择编排是教与学的前提与基础。好的选编"如矿出金，如铅出银"①，选编是一种导向、一种态度、一种教育。

一、作者选择

　　统编本教材所选诗词作者众多，小学课本共选取了 58 位（不包括从《诗经》、汉乐府及北朝民歌中选取的），既有文学史上在诗词领域做出巨大贡献的诗人词人，也有留下名篇佳句的鲜为人知的诗词作者，可谓博取大家，包罗百家，为学生了解学习诗词领域的古圣先贤提供了良好的条件。从纵向角度看，所选诗词作者，从先秦两汉到唐宋元明清再到近现代，贯穿不同历史发展阶段。从横向角度看，课本所选诗人，以唐宋时期为主，唐朝共有 31 人，占诗词作者总人数的 53.4%；宋朝

---

　　①　司空图，袁枚. 二十四诗品：续诗品 [M]. 陈玉兰，译注. 北京：中华书局，2019：32.

17 人，占 29.3%。小学、初中教材中唐代诗人群体中以李白、杜甫、王维、白居易为代表，李白个人诗歌 16 首，占总量的 8.3%，杜甫 11 首，占 5.7%。宋代则以苏轼、王安石、陆游、杨万里为代表，苏轼共 8 首，占总量的 4.2%，李清照、辛弃疾、朱熹等诗人的作品也有收录。统编本小学、初中语文教材中古诗词作者及作品数量详细情况见表 9-1、表 9-2。

表 9-1　小学古诗词作者及作品数量统计

作者/出处	诗　经	汉乐府	北朝民歌	罗　隐	骆宾王	李　白	杜　甫	白居易
作品数量	1	3	1	1	1	10	4	5
作　者	韩　愈	杜　牧	王　维	刘禹锡	王昌龄	高　适	孟浩然	贺知章
作品数量	1	2	6	3	4	1	2	1
作　者	李　峤	李　绅	贾　岛	李　贺	王之涣	柳宗元	李商隐	胡令能
作品数量	1	2	1	1	2	1	1	1
作　者	杜　牧	韦应物	张志和	孟　郊	卢　纶	王　翰	张　继	林　杰
作品数量	1	1	1	1	1	1	1	1
作　者	王　建	韩　翃	苏　轼	王安石	范仲淹	范成大	叶绍翁	曾　几
作品数量	1	1	6	4	1	2	2	1
作　者	辛弃疾	陆　游	朱　熹	李清照	黄庭坚	林　升	雷　震	卢　钺
作品数量	2	2	3	1	1	1	1	1
作　者	杨万里	翁　卷	王　观	王　冕	唐　寅	于　谦	纳兰性德	龚自珍
作品数量	4	1	1	1	1	1	1	1
作　者	高　鼎	袁　枚	查慎行	郑　燮	毛泽东			
作品数量	1	1	1	1	2			

表 9-2　初中古诗词作者及作品数量统计

作者/出处	诗　经	十九首	北朝民歌	曹　操	曹　植	陶渊明	刘　桢	杨　炯
作品数量	7	1	1	2	1	1	1	1

续表

作　　者	王　勃	陈子昂	王　维	白居易	李　白	刘长卿	孟浩然	杜　甫
作品数量	1	1	2	3	6	1	1	7
作　　者	韩　愈	杜　牧	刘禹锡	李商隐	崔　颢	许　浑	岑　参	王　绩
作品数量	3	2	2	3	1	1	3	1
作　　者	李　贺	李　益	温庭筠	王　湾	常　建	欧阳修	苏　轼	王安石
作品数量	2	1	1	1	1	1	2	1
作　　者	辛弃疾	李清照	李之仪	杨万里	秦　观	王　观	朱敦儒	陆　游
作品数量	1	2	1	1	1	1	1	3
作　　者	赵师秀	晏　殊	马致远	夏完淳	龚自珍	谭嗣同	毛泽东	
作品数量	1	1	1	1	1	1	1	

教材在诗词作者选择上不仅体现出文学史上"唐诗宋词"的辉煌，也充分注意到了优秀诗人词人的考量与择取，为学生的诗词学习提供了诗人方面的坚实基础和充分准备。课本所选诗词作者或博学多识，或才华横溢，或浪漫飘逸，或务本求实，或豪放洒脱，或婉约细腻，学生可以接触了解不同时代、不同经历、不同个性的作者，知其人论其文，访其人问其道，学诗访诸圣，习词交众贤。

"诗虽百家，各有疆界。"① 不同的作者创作出风格不同的作品，给予了读者不同的影响。唐朝诗人如同那个伟大朝代，积极昂扬、蓬勃奋发、纵横驰骋、奔放不羁，这正符合小学生"早晨八九点钟太阳般的生机勃勃"和"初生牛犊的好奇无畏"的特点，学生喜欢这样的诗人，自然也喜爱他们的作品。杜甫诗中的黄鹂、白鹭、细雨、燕子、千秋雪、万里船，让学生感觉既熟悉亲切又诗意盎然；李白形象的比喻、夸张的想象、纵横开阖的思维、驰神骋思的浪漫，给处于启蒙过程中的学

① 郭绍虞. 中国历代文论选 [M]. 上海：上海古籍出版社，2001：30.

生成长的自由与奔放、艺术的熏陶和感染；还有韩愈的早春、白居易的江南、王维的送别、王昌龄的出塞、李绅的怜悯、孟郊的思念，它们是诗人的心声，也是学生的感应。宋代诗人呈现给学生更多的是理趣。苏轼的"横看成岭侧成峰，远近高低各不同"写的虽然是庐山，同时也教给了学生为人处世的态度和方法；朱熹的"问渠那得清如许，为有源头活水来"教给学生知识的同时，也教给他们获取知识的秘诀以及求知问学的道理。杨万里、范成大的诗写了童年往事，写出了童真童趣。这些诗词作家风格不同，给予了学生全方位的真善美引导与启发。他们是远古的诗人，也是学生成长道路上的良师益友。学其诗，习其人，传其神；增吾识，长吾智，提吾质。

二、作品选择

作品是传递作者思想的媒介，也是学生学习的主要内容。好的诗作会对学生身心产生深远的影响。"动天地，感鬼神，莫近于诗。""诗可以兴、可以观、可以群、可以怨。"①教材中的诗歌作品，尤其是诗人的成名之作或者名家名作，往往包含着诗人的灵感和智慧。这些作品有的写景、有的抒情、有的叙事、有的怀人，有的严谨、有的随意、有的深邃、有的简练，有的直接、有的含蓄、有的高雅、有的通俗，读之朗朗上口，诵之和谐悦耳，析之妙在其中，品之韵味无穷。学生从这样的诗词作品中可以学到基本的文学常识，包括识字、学词、积累佳句等。其中低年级学生可以满足其汉字的学习与积累，小学阶段仅古诗词中的汉字就有 3763 字，其中既有学生在日常生活中的常用字，也有或难认、或难记、或难写的生僻字，但是当它们同诗歌短小精悍的篇幅与和谐押韵的声律结合在一起时，生僻字的学习难度就大大降级。这有利于学生

---

① 罗根泽 . 中国文学批评史［M］. 北京：商务印书馆，2017：46.

对字音、字形、字意的学习掌握。高年级学生则更注重字词和句子的学习与积累，诗词中包含着丰富的词汇，除了基本词汇和常用词汇，还有特殊词汇（特殊语言环境下的词汇或者有特殊含义的词汇）和新创词汇。特殊词汇如春眠、亡赖、玉壶、乞巧、聒碎、朦胧、排闼、黄鸡等，新创词汇如春晓、暗香、春烟、山行、人杰、鬼雄、去闲、冰心、草心、眉峰等。这些词汇不仅可以丰富学生的语言积累，同时也给学生提供了结合具体语言环境理解词汇内涵及对词汇活学活用的机会和条件。诗词中还包含大量四字词语或成语，这些词语有的直接来自诗词，有的是由诗词提炼或引申出来的，详情请参照表9-3。

　　表9-3中四字词语或成语有的言简意赅，一目了然、易学易记；有的包含着传说故事，富有情趣和吸引力，学生乐学爱学；有的蕴藏着哲思哲理，启人深思，发人深省，有价值有意义。它们结构谨严又多样，或并列、或偏正、或顺承、或递进，寓变化于统一，展示了汉语言的特点与魅力。学习这些词语有助于学生开阔眼界、增长知识、增加积累、提高素质，它们奠定了学生语文学习的坚实基础，是学生语文学习的重要组成部分。诗词中还包含大量的名言佳句，这些诗句往往融内容美、形式美为一体，很多诗句包含着作者的智慧与灵感，可谓"文章本天成，妙手偶得之"，让学习者深感美不胜收、妙不可言。有些诗句凝结着诗人的汗水与才情，可谓"两句三年得，一吟双泪流"，仔细品味这些诗句，动人处会让人热血沸腾，感人处会让人热泪盈眶。除了字、词、句，诗词中还有丰富的艺术创作手法，如灵活多样的修辞手法，讲究平仄对仗的诗词韵律，谋篇布局的艺术构思等，这些既是学生学习的内容，也是他们日常表达和写作所需要的方法技巧，同时也是他们需要培养的语言能力。优秀的诗词不仅富有艺术性，还极具思想性，会让学生受到润物无声的心灵陶冶和雨滋花红的思想教育。骆宾王的《咏鹅》朴实至极，也经典至极，诗歌首句是诗歌意象的歌唱，也是学

表9-3 诗词中四字词语或成语统计

诗词中固有的四字词语或成语	诗词中提炼出来的词语
草长莺飞、映日荷花、橙黄橘绿、浓妆淡抹、湖光秋月、龙城飞将 醉卧沙场、莫愁前路、风雨送春、飞雪迎春、寒雨连江、平明送客 月黑雁飞、孤帆远影、山外青山、月落乌啼、江枫渔火、夜半钟声 睒旷天低、桃花流水、朦艟巨舰、春风不度、故人西辞、烟花三月 野旷天红、江清月近、黑云翻墨、白雨跳珠、蛙声一片、胜日寻芳 万紫千红、花木成畦、一化护田、两山排闼、皎皎河汉、迢迢牵牛 千锤万凿、粉身碎骨、咬定青山、昔我往矣、今我来思、眉眼盈盈 杨柳依依、春色满园、载饥何渴、出没风波、寂寞无路、树木丛生 百草丰茂、沙路无泥、潇潇暮雨、巴山夜雨、春无踪迹、铁马冰河 磨刀霍霍、山重水复、古道西风、晴川历历、芳草萋萋、老骥伏枥 志在千里、烈士暮年、柳暗花明、壮心不已、折戟沉沙、关关雎鸠 窈窕淑女、君子好逑、悠悠我心、循乘思服、钟鼓乐之、养恰之间、在水一方 青青子衿、悠悠我心、伐薪烧炭、满面尘灰、两鬓苍苍、牛困人饥 零落成泥、北国风光、千里冰封、万里雪飘、惟余莽莽、大河上下 顿失滔滔、山舞银蛇、原驰蜡象、红装素裹、分外妖娆、略输文采 稍逊风骚、一代天骄、风流人物、还看今朝、玉盘珍馐、停杯投箸 拔剑四顾、长风破浪、琼楼玉宇、悲欢离合、阴晴圆缺、云横秦岭 雪拥蓝关、山雨欲来、蜡炬成灰、树绕村庄、水满陂塘、欲说还休 琴瑟友之、钟鼓乐之、山雨欲来、锦江春色、田园寥落、骨肉流离	山色水声、更上层楼、爆竹辞岁 新桃旧符、佳节思亲、秦月汉关 梅黄杏熟、俏不争春、采花成蜜 牛女渡河、天降人才、昼出夜绩 慈母怨柳、羌笛怨杨、明月惊鹊 春城飞花、寒食柳斜、泣涕如雨 盈盈水间、脉脉不语、百川到海 好雨知时、润物无声、江船火明 卷书喜狂、放歌纵酒、小雨如酥 明月照还、红杏出墙、兰芽浸溪 流水能西、树树秋色、山山落晖 大漠孤烟、长河日圆、结庐人境 心远自偏、采菊东篱、欲辨忘言 感时溅泪、恨别惊心、兴尽回舟 缺月疏桐、漏断人静、无意争春 江山多娇、弯弓射雕、赋词说愁 独酌无亲、举杯邀月、对影三人 草黄马肥、天涯比邻、儿女沾巾 题诗禅院、离别送柳、花送天骄 横槊赋诗、登高望远、风流天骄

习者的传唱；是物象的铺排，也是情感的渲染；是诗题的呼应，也是诗心的升华。诗人对意象的描绘既有简单的勾勒写意，也有细腻的传神工笔。整首诗色彩分明，相映成趣，仅仅 18 个字，却向读者展示出了色彩美、景物美、韵律美、艺术美，写出了生活乐趣、人物情趣、文学意趣、思想雅趣。这样的作品让人读之亲切，诵之有味，记之不忘。

三、时间选择

一代有一代之文学。诗歌作为中国最早的文学样式，历经数千年发展至今，有萌芽发轫，有辉煌灿烂，也有反思沉淀。不同发展阶段，诗词呈现出不同的特点，让学生接触这些诗词作品，学习诗词及诗词所反映的人情、社会、历史、文化。学之习之，熏之陶之。汉乐府让学生领略了古代的江南美景，北朝民歌又让学生看到了独特的北国风光。唐朝则出现了"门泊客船"的写实，"烟花三月"的浪漫；"北风吹雁"的边塞，"明月清泉"的田园；"西出阳关"的送别，"举头望月"的思念。辉煌灿烂的唐诗，是学生童年最美丽的点缀与渲染。还有宋代的醉书、题壁、示儿、道中、游园、有感、杂兴，这种"喜怒哀乐皆是诗""衣食住行皆成词"的自由随意与诗情画意给了学生驰骋想象的空间和展翅飞翔的翅膀。同时，诗词中有人生不同阶段的悲欢离合和所思所感，有对大自然一年四季的描绘，有一日从早到晚的所见所闻，让学生沉浸在诗词的世界里：诗之，词之，文之，化之。

"因材施教"也需要"因时施教"。1904 年 3 月，由商务印书馆出版的中国第一本具有现代意义的小学教科书《最新初等小学国文教科书》，其编排原则就坚持所述花草景物，预算就学时期，顺序排列，使儿童易于随时实验。① 此优良传统沿至今日，编者在选择诗词作品时也注意到了学生学习时间与诗词内容所呈现时间的吻合，基本做到了学生在校学习时间与诗词所反映时节的一致，可谓一年四季皆有诗情画意，春夏秋冬皆可吟诗唱词，详情见表9-4。

表9-4　诗词中时节统计表

	春　季	夏　季	秋　季	冬　季
首月	风雨送春归， 飞雪迎春到。 爆竹声中一岁除， 春风送暖入屠苏。	乡村四月闲人少， 才了蚕桑又插田。 人间四月芳菲尽， 山寺桃花始盛开。	七夕今宵看碧霄， 牵牛织女渡河桥。 停车坐爱枫林晚， 霜叶红于二月花。	蒹葭苍苍， 白露为霜。 鸡声茅店月， 人迹板桥霜。
中月	草长莺飞二月天， 拂堤杨柳醉春烟。 不知细叶谁裁出， 二月春风似剪刀。	黄梅时节家家雨， 青草池塘处处蛙。 梅子黄时日日晴， 小溪泛尽却山行。	八月湖水平， 涵虚混太清。 八月秋高风怒号， 卷我屋上三重茅。	可怜身上衣正单， 心忧炭贱愿天寒。 夜阑卧听风吹雨， 铁马冰河入梦来。
末月	故人西辞黄鹤楼， 烟花三月下扬州。 草树知春不久归， 百般红紫斗芳菲。	锄禾日当午， 汗滴禾下土。 毕竟西湖六月中， 风光不与四时同。	遥知兄弟登高处， 遍插茱萸少一人。 轮台九月风夜吼， 一川碎石大如斗。	千里冰封， 万里雪飘。 冰霜正惨凄， 终岁常端正。

这样的教学安排，将课堂小环境与自然大环境相互融合，将学生的内部心灵世界与外部客观世界紧密结合，让学生切身体会诗人诗作的情感内涵，有利于学生入情入境地学习诗词。

第二节　诗歌内容中的教育因素

诗歌内容中的教育因素：出新出奇，吸引注意；含趣蕴理，培养

---

① 王泉根. 略论中国近现代语文教材与儿童文学 [J]. 课程·教材·教法，2019，39（8）：59-66.

情趣。

诗词内容是诗词的主体，是诗人写景、叙事、抒情、言志的载体，也是学生阅读、理解、品味、感悟的核心部分。诗词内容往往短小精悍又微言大义，言简意赅又言近旨远，诗人惜墨如金故常常字字珠玑，概括扼要故常常只字成章，这增加了诗词趣味，但也增加了学习的难度。鉴于中小学生理解和感悟能力的特点，为了更好地教育学生，教材所选诗词内容呈现出如下特点。

一、凡中出新，平中出奇

在寻常景物中寻找非同寻常之所见，寄寓非同寻常之情感，是吸引学生注意力、培养学生学习兴趣的方法和手段。心理学家澳瑞森·梅伦说："人类心灵深处，有许多沉睡的力量；唤醒这些人们从未梦想过的力量，巧妙运用，便能彻底改变一生。"① 诗人杨万里的《小池》可谓凡中出新之典范。荷花、蜻蜓都是学生日常生活中见到的寻常事物，也经常出现在学生的习作之中，但多数人描绘时往往千篇一律，难以给人留下深刻的印象。诗人则唤醒了潜藏内心深处的灵感力量，巧妙地将"真"和"趣"融入景物，抓住了美丽景物最美丽的时刻，写出了可爱事物最可爱的瞬间。"小荷露尖角，蜻蜓立上头"，让学习者耳目一新，唤醒了学生心灵深处的童真、童趣，学生产生了情感的碰撞与共鸣，学生自然乐学、爱学。类似的还有骆宾王的《咏鹅》、贺知章的《咏柳》等，诗人艺术化地写出了寻常事物不同寻常的新意，既吸引了学生，又教育了学生。

二、诗中含趣，词中蕴理

低年级学生以形象思维为主，故所学诗词多富有趣味，吟咏对象有

---

① 王会斌. 回眸与展望［M］. 济南：山东画报出版社，2006：127.

趣可爱，鱼戏、鹅歌、鸟啼、花开、天苍、野茫、丝垂、竹斜、泥融、沙暖等，符合学生的审美需求，会对学生产生潜移默化的文学启蒙和艺术熏陶。中高年级则开始训练抽象思维，学生有了一定的逻辑推理能力，不再满足于直观形象的展示与罗列，学生注意力由具体事物向事物内里和外围延伸。此时，适当引入富有理趣的诗词，会引起学生的注意和兴趣，引导学生由审美"情趣"向审美"理趣"过渡，促进学生的身心健康发展。为此，教材中出现"少壮不努力，老大徒伤悲"的惜时教育，"欲穷千里目，更上一层楼"的说理教育，"竹外桃花三两枝，春江水暖鸭先知"的践行教育，"不识庐山真面目，只缘身在此山中"的辩证教育，"结庐在人境，而无车马喧"的超脱教育，"晴空一鹤排云上，便引诗情到碧霄"的畅情教育，"会当凌绝顶，一览众山小"的励志教育。这样的诗句会对学生晓之以理、导之以行，符合学生身心成长规律，满足了学生思维发展需求。

第三节 诗歌艺术手法中的教育因素

诗歌艺术手法中的教育因素：言近辞达，易于学习；律和境谐，乐于求知。

一、语言：浅而不俗，言近旨远

语言是人们透视存在、思维、历史与文化的一面多棱镜，折射出奇异而多样的光芒。① 语言学习是学生学习的重要内容，教师在教学中应

---

① 潘庆玉. 语文教育哲学导论：语言哲学视阈中的语文教育［M］. 北京：教育科学出版社，2009：45-197.

结合学生和教学内容的特点，引导学生识字写字、阅读文本，指导学生学习语言、运用语言，帮助学生形成一定的语言应用能力和良好的语言感悟能力。诗词作为一种独特的文学体裁，其语言有的质朴真纯，如同"天然去雕饰"的清水芙蓉；有的自然清新，如同新雨空山、深谷幽兰；有的简洁明了，恰如举头望月、低头思乡；有的凝练含蓄，不知蕴藉几多情，但见包藏无限意。这样便为学生创造了多角度、多层次的语言学习空间，除了常规的语言学习，课本所选诗词还给学生提供了"推敲"语言、"提炼"语言的学习机会，王安石"春风又绿江南岸"中的一个"绿"字可谓境界全出，通过让学生替换"过、到、吹、入"等字，并体会替换之后内涵上的板滞、艺术上的平凡，让学生明白诗人用字之精准，学习诗词语言艺术，了解汉语言文化特点。

二、声律：读之成诵，着曲可歌

朱光潜在《诗论》中说："诗是具有音律的纯文学。"佩特（W. Pater）说："一切艺术都以逼近音乐为指归。"[①] 诗词讲究平仄押韵，富有节奏和韵律，读之顺口，诵之合律，特别符合学生的语言发展规律，"有助于儿童建立个人与古典文明或民族思想文化价值传统之间的亲和联系，有助于激活人类本源的精神自由与想象力"[②]。诵读诗词成为学生喜闻乐见的学习形式，甚至成为学习习惯，教材中为学生提供了内容丰富的可"歌"可"唱"的诗词作品，有乐府歌、民间歌、咏物歌、抒怀歌、送别歌、思乡歌、田园歌、边塞歌等。同时，一些家喻户晓的诗词作品已被谱曲传唱，变成真正意义上的诗"歌"，例如，《春晓》《游子吟》等，已经成为备受师生欢迎的校园活动常选"曲

---

① 　朱光潜. 诗论［M］. 北京：开明出版社，2018：140-155.

② 　王文锦. 礼记译解［M］. 北京：中华书局，2001：822.

目"。央视《经典咏流传》栏目将经典诗词与现代流行音乐相融合，用现代的唱法和曲调来演绎诗词，将艺术家对音乐和诗词的诠释合二为一，让诗词绽放出夺目的艺术光芒。教师可充分利用校内和校外资源，将诗教与乐教融合统一，让学生能够随时随地和歌而学、和乐而习。

三、修辞：匠心巧妙，喜闻乐见

子曰："情欲信，辞欲巧。"① 诗词不但情感丰富，而且修辞手法多样，尤其是诗词大家的修辞往往匠心独具，不着痕迹而又妙在其中，自然妥帖而又妙趣横生，可谓如风拂面感之心暖，如甘在水饮之心甜。李白的"明月似镜"和"月光如霜"，做到了一"喻"天然万古新。前喻饱藏着真纯，洋溢着欢悦；后喻浸润着乡愁，寄托着相思。诗人通过比喻修辞赋予自然景物情感，让寻常景物有了不同寻常的意蕴，让"物"与"我"通融合一，展示了该修辞手法的独特艺术魅力。贺知章的"春风剪柳"与王之涣的"羌笛怨柳"，让读者体会到了拟人手法的形象生动和可感可叹，一个"剪"字赋予了春风生命和活力，让读者领略了春天的生机与美丽，春风无影柳动赋其形，杨柳无意春风妆其美。一个"怨"字又赋予了羌笛孤独和思念，让读者领会了离别的凄凉与不安，孤城万仞黄河随云远，春风不度羌笛借柳怨。拟人手法的运用使诗中景物生情传情，人化感人。尤其是诗词中的对偶，上下两句整齐对称，匀称和谐，富有节奏，讲究韵律，既有意思或相似、或相近、或相补、或相衬的正对，读之朗朗上口，富有美感；又有意思或相反、或相对的反对，上下对比鲜明突出，让人耳目一新；还有或承接、或递进、或因果、或假设、或条件的串对，摇曳生姿，别具一格。另外还有"斗酒十千""珍馐万钱"的夸张，"两岸青山相对出，孤帆一片日边

---

① 王文锦. 礼记译解［M］. 北京：中华书局，2001：822.

来"中的借代，"秦时明月汉时关，万里长征人未还"中的互文，"东边日出西边雨，道是无晴却有晴"中的双关，"露从今夜白，月是故乡明"中的移情等。各种各样的修辞手法让学生不仅可以领略诗词语言艺术的魅力，陶冶心神，而且可以学习借鉴这些艺术表达手法，将之用于自己的语言表达和习作。

四、意境：求真向善，景美情深

诗词之美集中体现在诗词作品所呈现出的意境中，阿米尔（Amiel）说："一片自然风景就是一种心情。"一首诗也是一种美的呈现与展示，诗词教学可以培养学生发现美、欣赏美和创造美的能力。《汉乐府·江南》呈现出清淡自然之美，《敕勒歌》呈现出高古苍莽之美，李白《望庐山瀑布》又呈现出流动飘逸之美，王维《鹿柴》则呈现出清奇洗练之美。这些美好的意境不能仅仅存在于诗词作品中，也应存在于学生的生活和心灵中。教学的任务之一就是让学生在发现作品中美的同时，也要善于观察生活，发现生活中的美，培养学生热爱诗词、热爱学习、热爱生活的情趣。

第四节　诗歌教学中的教育因素

诗歌教学中的教育因素：读之析之，明诗意；品之悟之，感诗情。

经典教育实施的主要途径是阅读、体验、对话、阐释、评价、表现，诗词教学要求教师结合学生实际和教学内容特点，出新意于诗词之中，寄妙理于诗词之外。既要走进诗词，又要走出诗词；既要再现诗词，又要再造诗词。

一、诗词阅读：读诗颂词，吟咏内涵

课程标准根据学生的年龄特点对不同年龄学生古诗词阅读提出了不同的要求，由诵读诗词，了解大意，初步体验其中的情感，到联系诗词注意诗词的语调、韵律，展开想象，体味作品的情感思想，再到注意阅读方法的学习和阅读兴趣、习惯的培养，注重感悟和运用，提高欣赏品位与能力。阅读是学习诗词的有效方法，自古便有"熟读唐诗三百首，不会作诗也会吟""书读百遍，其义自见""读书破万卷，下笔如有神"等提倡诗词阅读之说，可见阅读的重要。文学史上在诗词领域取得巨大成就的作家，大都自幼便有阅读诗词的习惯甚至饱读诗词。唐代韩愈提倡"口不绝吟""手不停披"的苦读精神。① 著名诗人白居易，在其五六岁时便学习诗歌，九岁暗识声韵，二十岁以后，常课诗，以至于口舌生疮。可见诗人吟诗、诵诗的刻苦。古人的诵读经验值得学习借鉴，教师要引导学生阅读，教育学生既要多读、常读，又要细读、深读，还要品读、悟读。读通诗词的内容，读明诗词的内涵，读出诗词的情感，读懂诗词的旨趣，让学生的阅读循序渐进，逐步深入，读诗入诗，读词进词，充分发挥阅读在诗词教学中的作用，达到"诵诗的技艺到精微处有云行天空卷舒自然之妙"②。

二、诗词分析：走近诗人，走进诗词

诗词分析是诗词教学与学习的核心部分，通过分析可以知人论诗，知意明诗，知情感诗，知旨悟诗。例如，在进行《诗经》中的诗篇教学时，教师可带领学生分析与所学诗篇相关的文学常识，让学生知道作

---

① 曾祥芹 . 文章学与语文教育［M］. 上海：上海教育出版社，1995：38.
② 朱光潜 . 诗论［M］. 北京：北京出版社，2009：122.

为中国古代诗歌开端和源头的《诗经》，"大抵贤圣发愤之所为作"，开创了"饥者歌其食，劳者歌其事"的现实主义文学传统，体现出乐而不淫、歌而不媚、哀而不伤、怨而不怒、文而不浮、思而不邪的创作特点，启发了后世作者，打动着后世读者。在了解诗词背景基础上，引导学生借助注解或者相关资源，通过个人解读、小组讨论等方式，明晰字词意思，理解诗句含义，把握诗篇内涵。分析诗词，既需要字斟句酌、细致入微的纵向深入，也需要兼顾前后，缀句成篇的横向整合。教学过程中，让学生变换学习角度，走进诗歌，成为诗歌之中的角色。让学生在诗歌之中切身感受诗篇字里行间皆故事、处处景语皆情语的艺术特点，体会诗人不言事，而事在其中，不言情，而情融其中的艺术魅力。让学生知其事、感其情、会其心、悟其意，收到走进诗词、诗词为我、我为诗词的学习效果。

三、诗词领悟：入乎其内，出乎其外

清代袁枚在《续诗品》中说："惟思之精，屈曲超迈。"只有熟虑精思，才能领悟诗词超凡脱俗的艺术精神。"鸟啼花落，皆与神通"①，教师要引导学生感悟诗词，入乎其内，领悟诗词的内涵，同时也要培养学生品味诗词的弦外之音、味外之旨的兴趣和能力，实现诗词学习的深入和再创造。教师要放手发动学生，让他们结合自身实际放飞想象和联想的翅膀，实现诗词的再创造。在学习韩愈的《早春呈水部张十八员外》时，学生由这首诗想到了自己的家乡，他们由原诗意象，想到了家乡的景象，并将其巧妙融入自己的所思所感，取他山之玉以饰己，让自己的所思所想锦上缀珠，熠熠生辉。将原诗情感联系自身情感，借他

---

① 司空图，袁枚．二十四诗品：续诗品［M］．陈玉兰，译注．北京：中华书局，2019：32-150.

人之佳酿抒心中之情思，和原诗相比有异曲同工之妙，有相映成趣之美。学习诗歌就要把自己提高到诗人的水准，这既是对原诗的深化与升华，也是对原诗的突破与创造。有的学生由诗中的春天想到了自己的童年，诗人韩愈凭借自己敏锐深细的观察力和出神入化的笔力，将早春那种如酥如烟、若隐若现的美恰到好处地写了出来。学习者受其启发，由一年四季之"早春"想到人生之"早春"——童年，想到了童年的自由自在、无拘无束。这是对诗人诗作的学习与模仿，也是出新与出彩。

处处留心皆教育。中小学课本中的诗词从作者、作品的选择，到诗词内容、艺术特点，再到教师的教和学生的学，都包含着丰富的教育因素。"到处留心，是学国文的好法子，也是教国文的好法子。"① 教师要充分利用这些教育因素，调动并培养学生诗词学习的兴趣、情趣、乐趣、意趣。教无穷尽，学无止境，诗词教与学有待更深入的探索、研究与实践。

---

① 蒋伯潜．中学国文教学法［M］．北京：中华书局，1941：183.

第十章

诗歌教学中的想象力研究

诗词教学中，想象力是一个核心要素，它不仅能够加深学生对诗词的理解和感悟，还能激发他们的创造力，提升他们的文学素养。想象力是指个体在思维过程中，能够创造出新的形象、情境或概念的能力。在诗词教学中，想象力尤为重要，因为它能够帮助学生跨越时空的限制，深入诗词所描绘的世界，感受诗人的情感和诗中的意境。通过想象力的发挥，学生可以更加生动、直观地理解诗词，从而增强其对诗词的感知和鉴赏能力。诗词教学中的想象包括本体想象、文体想象、解读想象、空白想象等。

第一节　本体想象

诗词教学中的本体想象，主要指在诗词学习过程中，通过想象深入理解和体验诗词所蕴含的意境、情感和美感。

一、本体想象的定义与重要性

本体想象。在诗词教学中，是指学生借助诗词中的字句，在头脑中构想出诗词所描述的场景、事物、情感和意境的能力。它是诗词学习的基础，也是培养学生文学素养和审美能力的重要途径。通过本体想象，学生能够更好地领略诗词的韵味，感受诗人的情感，进而提升其对诗词的理解和鉴赏能力。

二、本体想象在诗词教学中的运用

构建诗词意境。诗词往往通过精练的语言营造出丰富的意境。在教学过程中，教师可以引导学生通过想象，将诗词中的文字转化为生动的画面，从而构建出诗词的意境。例如，在学习《山居秋暝》时，教师可以引导学生想象"明月松间照，清泉石上流"所描绘的静谧、清幽的场景，进而理解诗人对自然的热爱和向往。

理解诗人情感。诗词是情感的载体。通过本体想象，学生能够更深入地理解诗人的情感。例如，在学习《静夜思》时，学生可以想象诗人在寂静的夜晚，望着明亮的月光，思念故乡的情景，从而体会诗人深深的思乡之情。

赏析诗词语言。诗词的语言往往具有精练、含蓄的特点。通过本体想象，学生能够更好地赏析诗词的语言美。例如，在学习《春晓》时，学生可以想象诗人描绘的春天早晨的美景，进而理解"夜来风雨声，花落知多少"所蕴含的惜春之情和对自然变化的敏锐感受。

三、培养本体想象的方法

阅读与解析。引导学生仔细阅读诗词，理解其中的意境和意义。通过分析诗中的修辞手法、描写方式等，帮助学生感受到作者所要表达的情感和形象，从而激发他们的想象力。

绘画与描绘。让学生根据诗词内容进行绘画或描绘，将诗词中的景物、人物等形象化地呈现出来。这有助于学生更加深入地理解和体验诗词所描述的世界，并培养他们对于美感和想象力的感知能力。

创作与模仿。鼓励学生创作自己的诗词或模仿名家作品。通过自由创作或模仿，学生可以运用自己的想象力构建情节、塑造角色，并通过语言表达出来。这种创作过程不仅培养了学生的写作能力，也促进了他们对于文学艺术和想象力的深入理解。

角色扮演与演绎。让学生通过角色扮演的方式，将诗词中的人物形象活灵活现地展现出来。这有助于学生亲身体验和感受诗词所描绘的情节与情感。

创设情境与联想。通过创设相关的情境或提供关联的素材，引导学生进行联想和想象。可以使用图片、音乐、视频等多媒体资源，激发学生对于诗词所呈现的世界的想象力。

四、本体想象在诗词教学中的意义

本体想象在诗词教学中具有重要意义。它不仅有助于学生深入体验和理解诗词的意境、情感和美感，还能培养学生的文学素养和审美能力。通过本体想象，学生能够更好地领略诗词的韵味，感受诗人的情感，进而提升对诗词的理解和鉴赏能力。同时，本体想象还能激发学生的创造力和想象力，促进他们的全面发展。

本体想象在诗词教学中扮演着至关重要的角色。教师应该注重培养学生的本体想象能力，通过多样化的教学方法和手段，激发学生的想象力，引导他们深入体验和理解诗词的意境、情感和美感。

第二节　文体想象

诗词教学中，文体想象是一个关键的教学环节，它涉及学生对诗词文体特征的理解和把握，以及在此基础上的创造性想象。

一、文体想象的定义

文体想象是指在诗词教学过程中，教师引导学生根据诗词的文体特点，如诗歌的形式、韵律、节奏、意象等，进行想象和联想，以深入理解诗词的内涵和意境。这种想象不仅包括对诗词内容的想象，还包括对诗词形式美的感知和欣赏。

二、文体想象的重要性

深化理解。文体想象有助于学生更深入地理解诗词的文体特征，如诗词的韵律、节奏、意象等，从而更准确地把握诗词的内涵和意境。

提升审美。通过对诗词文体特征的想象和联想，学生能够更好地感受诗词的形式美，提升对诗词的审美鉴赏能力。

培养创造力。文体想象能够激发学生的创造性思维，让他们在完成诗词学习的过程中，能够灵活运用所学，进行个性化的创作和解读。

三、文体想象在诗词教学中的实践

解读文体特征。教师可以通过讲解诗词的文体特征，如押韵、对仗、平仄等，引导学生对诗词进行初步的感知和理解，引导学生分析诗词中比喻、象征等修辞手法，以及这些手法在诗词中的表达效果。

展开文体想象。鼓励学生根据诗词的文体特征进行想象和联想，如想象诗词中的场景、人物、情感等，引导学生将诗词的文体特征与自己的生活经验相结合，进行个性化的解读和创作。

创作实践。教师可以布置创作任务，如仿写诗词、创作现代诗歌等，让学生在实践中运用文体想象的能力。通过课堂讨论、作品展示等方式，鼓励学生分享自己的创作成果和心得，进一步激发他们的创作热情。

四、文体想象的教学策略

情境教学法。通过创设与诗词内容相符的情境，引导学生进入诗词的世界，感受诗词的意境和美感。

比较教学法。将不同文体、不同风格的诗词进行比较，引导学生分析它们的异同，从而更深入地理解诗词的文体特征。

互动教学法。通过师生互动、生生互动等方式，激发学生的思维活力，让他们在交流中碰撞出更多的灵感火花。

多媒体辅助教学。利用多媒体技术，如音频、视频、图片等，为学生提供更加直观、生动的诗词学习资源，帮助他们更好地理解和想象诗词的文体特征。

五、注意事项

尊重文体特点。在诗词教学中，教师应尊重诗词的文体特点，避免将诗词与其他文体混淆或进行不恰当的解读。

注重个体差异。学生的文学素养和想象力存在差异，教师在教学中应关注学生的个体差异，因材施教，让每个学生都能在文体想象中有所收获。

鼓励创新。在文体想象中，教师应鼓励学生进行个性化解读和创作，激发他们的创新精神和实践能力。

文体想象在诗词教学中具有重要作用。通过解读文体特征、展开文体想象、创作实践以及运用有效的教学策略，教师可以帮助学生更好地理解和欣赏诗词的文体美，提升他们的文学素养和审美能力。

第三节 解读想象

经典教育实施的主要途径是阅读、体验、对话、阐释、评价、表现。诗词教学要求教师结合学生实际和教学内容特点进行解读想象，出新意于法度之内，寄妙理于豪放之外。既要走进诗词，又要走出诗词；既要再现诗词，又要再造诗词。

一、解读想象的定义

解读想象是指在诗词教学过程中，教师引导学生通过想象和联想，对诗词的字面意义、深层含义、意境和情感进行解读和领悟的过程。这种想象不仅包括对诗词内容的想象，还包括对诗词语言、修辞、结构等方面的分析和理解。

二、解读想象的重要性

深化理解。解读想象能够帮助学生更深入地理解诗词的字面意义和深层含义，从而更准确地把握诗词的主题、意境和情感。

提升鉴赏能力。通过对诗词的解读想象，学生能够更好地感受诗词的语言美、意境美和情感美，提升对诗词的鉴赏能力。

培养创造力。解读想象能够激发学生的创造性思维，让他们在完成诗词学习的过程中，能够灵活运用所学，进行个性化的解读和创作。

三、解读想象在诗词教学中的实践

提取关键词与景物。引导学生从诗词中提取关键词和景物词，如"明月""清风""桃花"等，这些词往往是诗人情感的载体和意境的营造者。通过这些关键词和景物词，学生可以初步构建出诗词所描绘的场景和意境。

形成画面与情境。鼓励学生根据提取的关键词和景物词，在脑海中构建画面，并尝试将这些画面串联起来，形成一幅完整的情境图。教师可以借助多媒体资源，如图片、视频等，使学生获得更加直观、生动的情境体验。

分析修辞与手法。引导学生分析诗词中的修辞手法，如比喻、拟人、夸张等，以及这些手法在诗词中的表达效果。通过分析修辞手法，学生可以更深入地理解诗词的语言美和意境美。

领悟情感与思想。鼓励学生通过想象和联想，领悟诗词中所表达的情感和思想。教师可以结合诗词的创作背景和作者生平，为学生提供更多的解读线索和思路。

创作与表达。教师可以布置创作任务，如仿写诗词、创作现代诗歌等，让学生在实践中运用解读想象的能力。通过课堂讨论、作品展示等方式，鼓励学生分享自己的创作成果和心得，进一步激发学生的创作热情。

四、解读想象的教学策略

启发式教学。通过提问、讨论等方式，启发学生思考诗词中的空白处和深层含义，培养他们的想象和联想能力。

情境教学法。通过创设与诗词内容相似的情境，引导学生进入诗词的世界，感受诗词的意境和美感。

比较教学法。比较不同文体、不同风格的诗词，引导学生分析它们的异同，从而更深入地理解诗词的文体特征和深层含义。

多媒体辅助教学。利用多媒体技术，如音频、视频、图片等，为学生提供更加直观、生动的诗词学习资源，帮助他们更好地理解和想象诗词的意境和情感。

五、注意事项

尊重诗词原意。在解读想象中，教师应引导学生尊重诗词的原意和作者的创作意图，避免过度解读或误读。

注重个体差异。学生的文学素养和想象力存在差异，教师在教学过程中应关注学生的个体差异，因材施教，让每个学生都能在解读想象中有所收获。

鼓励创新。在解读想象中，教师应鼓励学生进行个性化的解读和创作，培养他们的创新精神和实践能力。

解读想象在诗词教学中具有重要作用。通过提取关键词与景物、形成画面与情境、分析修辞与手法、领悟情感与思想以及创作与表达等实践环节，教师可以帮助学生更好地理解和欣赏诗词的美，提升他们的文学素养和审美能力。同时，教师还应运用有效的教学策略，如启发式教学、情境教学法、比较教学法和多媒体辅助教学等方法，激发学生的学习兴趣和创造力。

第四节　空白想象

诗词教学中的空白想象是一个重要且富有启发性的概念，它源于文学理论中的"空白"理论，并借鉴了绘画中的"留白"技巧。

一、空白想象的定义与内涵

空白想象指在诗词教学过程中，教师引导学生根据诗词中的文字描述，通过联想和想象，填补诗词中未明确表达的内容、意境和情感。这种想象不限于诗词的字面意义，更包括了对诗词深层含义和意境的挖掘与理解。空白想象的核心在于激发学生的创造性思维，让他们在诗词的空白处寻找并创造属于自己的理解和感悟。

二、空白想象在诗词教学中的作用

增强诗词的韵味与美感。空白想象能够让学生在脑海中构建出诗词所描绘的场景和意境，从而更加深入地领略诗词的韵味与美感。例如，崔颢的《黄鹤楼》中"晴川历历汉阳树，芳草萋萋鹦鹉洲"一句，通过空白想象，学生可以感受到诗句中未明确表达的壮丽景色和诗人内心的情感波动。

提升诗词鉴赏能力。空白想象能够培养学生的鉴赏能力并提升学生的审美水平。通过想象填补诗词中的空白，学生能够更加深入地理解诗人的创作意图和诗词所蕴含的情感与思想。这种理解和感悟能够提升学生的诗词鉴赏能力，使他们能够更加准确地判断诗词的价值和意义。

培养创造性思维。空白想象是一种创造性的思维活动。通过引导学生填补诗词中的空白，教师可以培养他们的创造性思维能力和想象力。这种能力不仅有助于学生在诗词学习中取得更好的成绩，还能够为他们的未来发展打下坚实基础。

三、空白想象在诗词教学中的实践策略

启发引导。教师可以通过提问、小组讨论等方式，启发学生思考诗词中的空白处，并引导他们通过联想和想象填补这些空白。例如，在学习杜甫的《绝句》时，教师可以向学生提问："你们能从诗句中想象出怎样的画面？"从而引导学生展开想象。

利用多媒体资源。教师可以利用图片、音频、视频等多媒体资源，为学生提供与诗词相关的背景和情境，帮助他们更好地理解和想象诗词

中的空白处。例如，在学习《望庐山瀑布》时，教师可以展示瀑布的图片或视频，让学生直观地感受到诗句所描绘的壮观景象。

鼓励学生创作。教师可以鼓励学生根据诗词中的空白进行创作，如续写诗句、改写故事等。这种创作活动不仅能够锻炼学生的想象力和写作能力，还能够让他们更加深入地理解诗词的内涵和意义。

加强比较阅读。对于意蕴相近或相反的诗词，教师可以引导学生进行比较阅读，并通过联想和想象来理解它们之间的异同。这种比较阅读能够拓宽学生的视野，提升他们的鉴赏能力和批判性思维能力。

四、空白想象在诗词教学中的注意事项

尊重学生的个性解读。空白想象是一种主观性的思维活动，每个学生都有自己的理解和感悟。因此，在教学过程中，教师应该尊重学生的个性解读，鼓励他们发表自己的观点和看法。

避免过度解读。虽然空白想象能够激发学生的创造性思维，但也需要避免过度解读。教师应该引导学生根据诗词的字面意义和背景情境进行合理想象和解读。

注重诗词的整体性。在填补诗词中的空白时，学生应该注重诗词的整体性和连贯性。他们应该根据诗词的主题、情感和意境展开想象，避免将空白处填补得过于突兀或不合逻辑。

空白想象在诗词教学中具有重要的作用和意义。通过引导学生填补诗词中的空白处，教师可以激发他们的创造性思维能力和想象力，提升他们的诗词鉴赏能力和审美水平。同时，这种教学方法还能够为学生的未来发展打下坚实的基础。

第十一章

"熏、浸、刺、提"说对诗词教学的启发

　　梁启超在《论小说与群治之关系》中提出抑小说之支配人道也，复有四种力：一曰熏，二曰浸，三曰刺，四曰提。① 阐释了小说对人们的四种影响。"熏、浸、刺、提"说为诗词教学亦提供了思想启发和路径引导。

　　诗词是语文教学中必不可少的重要组成部分，尤其是 2019 年秋季在全国统一使用的新版部编教材，诗词数量较原版教材大大增加，所占比例明显提高。原人教版小学语文教材中共有诗词 80 余首，占教材总量的 13%。而部编本教材共有诗词 124 首，小学一年级课本首次加入了古诗，平均每个年级 20 首以上，占教材总量的 30%，与原人教版教材相比，增幅达 80%。诗词在语文教学中的地位与作用更加突出，诗词教学的目标任务更加凸显。然而，如何高效进行诗词教学，是广大语文教师长期以来面对的教学重点和难点，也是他们所面临的教学难题与课题。诗词是文学作品中的精华，也是文学作品中含蓄、凝练又朦胧、难懂的部分，这导致很多学生产生学习的被动和畏难情绪，从而影响了诗词学习的效率和效果。面对以上诗词教与学的问题，笔者结合自身的教学实践和理论研究，颇感梁启超的"熏、浸、刺、提"说对诗词教学

---

　　① 梁启超. 炉边独语：梁启超散文精选［M］. 济南：泰山出版社，2023：50-51.

的重要性。

第一节　创情设景 熏之陶之

梁启超说："熏也者，如入云烟中而为其所烘，如近墨朱处而为其所染。"① 教师进行诗词教学就要为学生创设与之相应的富有诗情画意的情景，让学生为其所"烘"，为其所"染"。身在诗词中方能为其所染，心在诗词中方能为其所感。这里的情和景不仅仅指每首诗词所呈现出的"个体小情景"，还包含学习、赏析甚至崇尚、创作诗词的"群体大环境"。中国是诗词的国度，唐诗宋词曾经盛极一时，光耀今古，成为后世难以逾越的文学巅峰，究其繁荣昌盛之原因，离不开当时社会所形成的诗词运用"情景"。唐宋时期，从科举取士到日常酬唱，从庙堂亭台到田园边关，从君王臣子到百姓黎庶，从议奏书论到文赋铭诔，都离不开诗词，正是这种从上到下、从内到外都对诗词高度重视的社会大环境，才为诗词发展壮大提供了适宜的气候、肥沃的土壤和丰富的营养。从个体角度看，唐宋时期，有专业诗人，也有专职词人；有众多的诗歌爱好者，也有人数可观宋词传唱者；有飘逸的浪漫，也有敦厚的写实；有俊朗的豪放，也有惆怅的婉约。"有句如此，居天下有甚难"，这是对诗人的赏识；"有笔头千字，胸中万卷；致君尧舜，此事何难"，这是词人的自信；"我诵得白学士《长恨歌》，岂同他哉"，这是对诗人的崇拜；"凡有井水饮处，即能歌柳词"，这是对词人的喜爱；等等。这些个体对诗词的关心、关注、关切、关爱，为诗词提供了生根、发芽、开花、结果的机会和条件。"以史为鉴，可以知兴替"，唐诗宋词

---

① 梁启超. 炉边独语：梁启超散文精选［M］. 济南：泰山出版社，2023：50.

的繁荣发展，为我们今日的诗词教学提供了良好的参考和借鉴，如今诗词教学的困难，正在于当前缺少诗词教与学的情景。坚定文化自信，弘扬中华优秀传统文化，体现出国家对传统文化的倡导和重视；全国上下兴起轰轰烈烈的经典诵读活动，体现了人们对传统文化的拥护和喜爱；教材中诗词篇目的大幅增加，体现了教与学对传统文化的侧重与倾斜。这种从国家到学校对传统文化的重视，为诗词教学提供了良好的社会氛围和契机，创造了诗词学习的社会大环境，教师要趁势而为，为学生营造诗词学习的校园"烟云"和课堂"朱墨"。教育是社会发展系统中的一个子系统，但这不是一个普通的子系统①，事实证明，开展"诗词经典诵读"的班级，其学生诗词理解能力、感悟能力明显优于其他学生，他们对诗词的兴趣与爱好与日俱增。熟读唐诗宋词，不会作诗写词也能吟诗唱词。常在诗词中便为诗词熏，"今日变一二焉，明日变一二焉，刹那刹那，相断相续，久之而此"②，便有了诗词之感、之趣、之心。

第二节　入情入境　沉之浸之

"浸也者，入而与之俱化者也"③，阅读诗词要走进诗词的情景中，学习诗词要融入诗词的境界里。诗词虽然篇幅短小，但内涵丰富，呈现出"言有尽而意无穷"的特点与优点；同时又往往具有象外之象、景外之景、言外之意、味外之旨，有"不着一字尽得风流"④ 的艺术魅

---

① 李光贞. 东京大学课堂教学中的研究性学习及启发［J］. 山东外语教学，2012，33（1）：71-74.

② 梁启超. 炉边独语：梁启超散文精选［M］. 济南：泰山出版社，2023：50.

③ 梁启超. 炉边独语：梁启超散文精选［M］. 济南：泰山出版社，2023：51.

④ 司空图，袁枚. 二十四诗品：续诗品［M］. 陈玉兰，译注. 北京：中华书局，2019：52.

力。这就需要我们走近诗词、走进诗词，要在有限的文字中探寻无限的内涵和趣味；要"Read between the lines"，体会字里行间的情趣和韵味，领悟作者的言外之意、弦外之音。

（一）读诗入情

教师在教学过程中要指导学生朗读、诵读诗词，引导学生反复体味、涵泳、咀嚼、品味诗词。诗读百遍，其义自见，要求学生反复读、持续读、用心读、动情读，让学生沉浸在诗词内涵和境界中，正如宋代朱熹在《读书之要》中所言："大抵观书先须熟读，使其言皆若出于吾之口；继以精思，使其意皆若出于吾之心。"让学生读杜甫《春夜喜雨》，有余喜；读李白《静夜思》，有余愁；读苏东坡《念奴娇·赤壁怀古》，有余快；读李清照《声声慢·寻寻觅觅》，有余悲。

（二）知诗入境

《毛诗序》曰："诗者，志之所之也；在心为志，发言为诗。"诗歌是诗人内心情感的抒发与志向的表达，学习诗词离不开对诗人的了解、对创作背景的解读和对诗词内涵的解析，"知人论世"方能"知诗论诗"，这样才能理解同样是竹子意象，有"未出土时先有节，及凌云处尚虚心"的赞美，也有"头重脚轻根底浅，嘴尖皮厚腹中空"的批判。同样是面对月亮，有"造化可能偏有意，故教明月玲珑地"的喜悦之情，也有"缺月挂疏桐，漏断人初静"的悲伤之意。只有入情入境，读者方能明白诗人"醉翁之意不在酒，在乎山水之间也"的诗情，只有入人入心，方能读懂诗作"诗中有画，画中有诗"的画意。

第三节　感同身受 刺之激之

"刺也者，刺激之义也。"① 诗词对读者的"刺激"分为直接刺激和间接刺激（或顿悟）。

（一）直接刺激

能够激发读者兴趣，与读者产生共鸣的刺激为直接刺激。当小学生读到"儿童散学归来早，忙趁东风放纸鸢"的诗句时，盼望放学、贪玩好动的儿童天性与诗歌内涵相互吻合也相互碰撞，调动了儿童学习诗词的积极性；"小荷才露尖尖角，早有蜻蜓立上头"中出水的嫩荷、尖尖的荷角、停栖的蜻蜓等意象正是儿童喜闻乐见的景物，很容易激发儿童的兴趣，从而引发他们的"诗趣"。类似的还有"最喜小儿无赖，溪头卧剥莲蓬"，词人笔下的"小儿"顽皮可爱、自由自在，地头溪边，卧地剥莲，正是同龄学生自身特点的反映与写照，故能引发学生共鸣。而"怪生无雨都张伞，不是遮头是使风""归来饱饭黄昏后，不脱蓑衣卧月明"等诗句中呈现出的童真童趣，让正处童年的学生在诗中领略如梦似幻又可触可感的记忆与往事，这些诗词刺激了学生的感官，引起了学生的注意，激发了学生的兴趣。

（二）间接刺激

读者在阅读过程中，因某种联系或突然知晓文意而豁然开朗，这种刺激称为间接刺激或"顿悟"。德国格式塔心理学创始人科勒认为，学习是一种"顿悟"，是刺激与反应之间的组织作用，表现为知觉经验中旧的组织结构（格式塔）的豁然改组或新结构的顿悟。"不识庐山真面

---

① 梁启超. 炉边独语：梁启超散文精选［M］. 济南：泰山出版社，2023：51.

目，只缘身在此山中"，学生在阅读过程中唤醒自己"雾中不识路"
"迷中不识途"的经历，由此联系并领悟"不识庐山真面目"所蕴含的
内涵与哲理，教师适时引导便可让学生进一步拓展并理解"福中不知
福""兰室不识香"等句子的内涵，让学生在"顿悟"中理解诗句，也
理解现实和自己。"山重水复疑无路，柳暗花明又一村"，诗句本意指
山峰重峦叠嶂，流水迂回曲折，正怀疑前面无路可走时，远处突然出现
了一个柳绿花红的小山村。这对学生来说并不难理解，但是其中蕴含的
"历经山重水复，方能柳暗花明"的哲理却让学生困惑，教师可启发学
生联系自身实际去领悟这一哲理：写作文绞尽脑汁、搜肠刮肚无从下
手，正想放弃，突然灵感闪现，妙思泉涌的时候；做题百思不得其解，
百想不得其法，正想退缩，突然思路打开的时候；坚持不懈、持之以恒
地练字，感觉没有长进，突然发现某天能够笔走龙蛇的时候。让学生结
合自身相似经历再去领会诗句中蕴藏的哲理，就会云破月出、柳暗
花明。

　　"熏、浸之力利用渐，刺之力利用顿；熏、浸之力在使感受者不
觉，刺之力在使感受者骤觉。"① 教师对学生进行诗词教学，要抓住诗
词中能对学生产生"刺激"作用的要素，直接或间接地让学生"骤觉"
诗词的内涵与外延、情感与情趣，达到"知晓则一见如故，豁然则一
览无余，动人则热血沸腾，感人则热泪盈眶"的艺术效果，"使味之者
无极，闻之者动心"②。

---

① 　梁启超. 炉边独语：梁启超散文精选 [M]. 济南：泰山出版社，2023：51.
② 　钟嵘. 诗品 [M]. 北京：中华书局，2019：9.

第四节 入诗入词 化之提之

"提之力自内而脱之使出，……必常若自化其身焉，入于书中，而为其书之主人翁。"① "熏、浸、刺"强调诗词自外而内对读者的影响，"提"则体现出读者自内而外对诗词的主观、主动的理解与再创造，这与接受美学主张读者是文学作品的能动创造者观点不谋而合，"诗无达诂、词无穷尽"的艺术特点与读者的主观能动性相遇，为读者提供了联想和想象、再造和创造的机会和空间。

（一）出新意于法度之中

《毛诗序》曰："动天地，感鬼神，莫近于诗。"②《诗经》作为中国古代诗歌的开端和源头，为后世作者和读者开创了"饥者歌其食，劳者歌其事"的现实主义文学传统，体现出对人们的生活、思想、情感、意愿等方面的关心关注，乐而不淫、歌而不媚、哀而不伤、怨而不怒、文而不浮、思而不邪，启发了后世作者，打动着后世读者。教师在讲解"昔我往矣，杨柳依依。今我来思，雨雪霏霏"时，让学生想象自己就是那位昔日杨柳依依时出征，经历战场生死考验，在雨雪霏霏的季节返回的征夫，此时此刻，学生脸上没有了初学诗歌时的随意、笑意、漫不经心。当学生化身诗词之中的角色，走进诗歌，他们看到的不仅仅是依依的杨柳，还有依依不舍的离情别意，甚至是一去不复返的生离死别；他们想到的不仅仅是霏霏的雨雪，还有纷纷的泪水，以及弥漫如烟的往事与回忆。当教师让学生想象征夫离别和归来时的情景时，他

---

① 梁启超. 炉边独语：梁启超散文精选［M］. 济南：泰山出版社，2023：51.
② 钟嵘. 诗品［M］. 北京：中华书局，2019：1.

们想到了征夫和新婚妻子的不舍之别，和白发母亲的不忍之别，和父老乡亲的不辞之别，和故乡田园的不语之别；他们体会到了征夫重返故园时能全身而退的庆幸之情，少离老回的悲凉之情，物是人非的悲痛之情，家园破败的哀伤之情，田地荒芜的悲凉之情。短短 4 句诗 16 个字，作者不言事，而事在其中；不言情，而情融其中。可谓字里行间皆故事、处处景语皆情语。读者未见其人，却知其事、感其情、会其心、悟其意，可谓庄生梦蝶，蝶亦庄生，庄生亦蝶。走进诗词，诗词为我，我为诗词。

（二）寄妙理于豪放之外

"以理入诗，诗则深邃，故常有诗词之言，重于金石珠玉；携理读诗，诗则广奥，故亦有品诗词之语，乐于钟鼓琴瑟。"① 诗词不仅可以陶冶情操、怡悦身心，同样也可以晰心明理、励志弘毅。教师要引导学生赏析诗词之中的理趣，培养他们品味诗词中"味外之旨"的兴趣和能力，实现诗词学习的深入和再创造。教师在教授唐代韩愈《早春呈水部张十八员外》后，给学生充足的时间让他们结合自身实际去体会这首诗的内涵，去寻找这首诗与自己的联系，并形成文字。有的学生由这首诗想到了自己很久没有回去的家乡："细雨迷蒙织思念，故乡天边梦中现。最是难忘年团圆，绝胜都市人绚烂。"学生由原诗意象，想到了家乡的景象，并将其巧妙融入自己的所思所感，取他山之玉以饰己，让自己的作品锦上缀珠，熠熠生辉；以原诗情感联系自身情感，借他人之佳酿抒心中之情思，和原诗相比有异曲同工之妙，有相映成趣之美。学习诗歌就要把自己提高到诗人的水准，这既是对原诗的深化与升华，也是对原诗的突破与创造。有的学生由诗中的春天想到了自己的"春天""童年笑语绕耳畔，静心欲听却寂然。最是群伴戏傍晚，绝胜长

---

① 王先谦. 荀子解集［M］. 北京：中华书局，1988.

辈推杯盏。"诗人韩愈凭借自己敏锐深细的观察力和出神入化的笔力，将早春那种如酥如烟、若隐若现的美恰到好处地写了出来。学生受其启发，由一年四季之"早春"想到人生之"早春"——童年的特点，诗人在诗中将眼前之"春"与皇都之"春"进行比较，突出了所见之"春"之美，可谓匠心独具，借出人意料之笔，写凡而不俗之美。学生也巧妙地将充满欢声笑语、天真无邪的童年与推杯换盏把酒言欢的成人世界进行比较，写出了童年自由自在、无拘无束的特点。这是对诗人诗作的学习与模仿，也是突破与创新。

梁启超"熏、浸、刺、提"说为教师诗词教学提供了启发，教师可以从广度、深度、强度、高度四个维度，为学生"创设情景"，引领他们"进入情境"，带领他们"感受情景"，从而全面深刻地理解诗词直至实现诗词的再创造，对学生进行"熏之、浸之、刺之、提之"的诗词教育，同时也为学生学习诗词提供了有效实用的方式方法：诗词熏陶、沉浸诗词、诗词刺激、提升诗词。从环境氛围到情感内涵到感悟品味再到突破创新，"及人、感人、入人、化人"①，循序渐进，由浅入深、从外到内、由客及主，调动培养学生诗词学习的兴趣、情趣、乐趣、意趣，实现"及人也广、感人也易、入人也深、化人也神"② 的诗词学习成效。教无穷尽，学无止境，诗词教学有待更深入的探索与实践。

---

① 覃兢业，蒋连芬. 及人、入人、感人、化人：对梁启超"熏""浸""刺""提"的美学解读［J］. 惠州学院学报（社会科学版），2008（5）：50-53.

② 覃兢业，蒋连芬. 及人、入人、感人、化人：对梁启超"熏""浸""刺""提"的美学解读［J］. 惠州学院学报（社会科学版），2008（5）：50-53.

第十二章

数智化时代诗歌阅读与鉴赏教学的困境与突破

阅读与鉴赏教学是语文教学的重要组成部分。阅读与鉴赏教学可以帮助学生树立文化自信，增强语言运用能力，提升思维能力，进行审美创造，从而促进学生全面发展，提升学生核心素养。数智化给阅读与鉴赏带来契机的同时也让其面临多重困境，阅读信息碎片化、阅读行为短泛化、阅读理解肤浅化等问题突出。新课标要求进行阅读与鉴赏教学，要让学生了解文本，注重阅读与鉴赏信息整合；体味文情，培养良好阅读习惯；把握文意，具有一定的阅读鉴赏能力。因此，教师要充分利用数智赋能进行阅读统整，让阅读与鉴赏信息系统化；创造阅读条件，培养学生阅读素养；引导学生进行深度阅读，提高学生阅读鉴赏能力。

第一节　数智化时代诗歌阅读与鉴赏教学的困境

一、阅读信息碎片化

数智化时代，阅读信息的碎片化已成为一个突出问题。与传统的线性阅读相比，数智化阅读不依赖于信息的连贯性，读者可以在不同时间、不同场合阅读不同来源和主题的内容，这些内容之间可能没有直接的逻辑关系。这主要由于互联网技术以及数字信息的快速发展，给读者提供了海量的阅读信息和资源，学生容易陷入信息碎片和资源过载的困境，难以在众多信息资源中做出有效选择。碎片化阅读的信息来源广泛且复杂，信息质量难以保证，可能导致错误信息的传播。如六年级上册孟浩然的《宿建德江》一诗，学生可以借助数智技术收集到有关该诗和诗人的大量信息，虽然这样可以拓展教科书内容，但学生常常因缺乏判断而无所适从。若长期进行碎片化阅读可能导致读者阅读能力的下降，影响知识的整合和思辨能力的培养。学生可能因信息过多而分散注意力，无法专注于阅读和鉴赏，影响阅读效果和学习质量。我们需要采取合适的应对策略，以实现高效率、高质量的信息获取和阅读体验。

二、阅读行为短泛化

数智化时代，学生阅读倾向于视频、图片、短文等载体阅读和快速阅读，阅读趋向快、泛、短、浅，对长文本和深度阅读的耐心和能力可能下降。信息以图像化、视频化的形式呈现，虽然直观生动，但长期接受这种信息容易导致审美疲劳，降低对文字阅读和深度鉴赏的兴趣。这种阅读习惯的改变可能影响学生对文学作品的整体把握和深入理解，不利于其培养深度思考和鉴赏能力。经典教育实施的主要途径是阅读、体验、对话、阐释、评价、表现①，而碎片化阅读改变了人们的阅读行为，人们不再像过去那样专注于纸质书籍的深度阅读，而是更加注重信息的快速获取和浅层次理解，这导致人们缺乏深度思考和批判性思维的能力，容易形成表面化的理解和认知。若教师在进行诗词等教科书选文

---

① 温儒敏．"部编本"语文教材的编写理念、特色与使用建议［J］．课程·教材·教法，2016，36（11）：3-11．

教学过程中停留于借助数智媒体、课件等手段和方法，通过画面、声音、视频等去迎合学生的阅读快感，学生的阅读就会流于形式、浮于表面、止于瞬息。

三、阅读理解肤浅化

数智化时代，阅读的即时性、便捷性虽然提高了信息获取的效率，但也容易让人陷入浅尝辄止的阅读状态。数智化媒体的多样性和互动性容易使学生分心，难以保持长时间的专注力。在阅读和鉴赏过程中，学生的注意力容易被其他因素吸引，导致阅读效率低下，鉴赏深度不足，阅读理解肤浅化。而教科书中需要学生重点阅读的选文，尤其是以诗词为代表的中华优秀传统文化选文内涵丰富、情感浓郁、表达含蓄，学生既需要多读、常读，又要细读、深读，还要品读、悟读。在朗读、诵读诗词过程中，反复体味、涵泳、咀嚼、品味。要读通内容、读出情感、读明内涵、读懂题旨。要弘扬古人"口不绝吟""手不停披"的读书精神①，而不能只关注信息的表面内容，缺乏对信息背后逻辑、原因的探究，缺乏主动思考和批判分析能力。

第二节 数智化时代诗歌阅读与鉴赏教学的要求

数智化时代诗歌阅读与鉴赏教学要了解诗作，注重阅读与鉴赏信息整合；要体味诗情，培养良好阅读习惯；要把握诗意，具有一定的阅读鉴赏能力。

---

① 曾祥芹．文章学与语文教育［M］．上海：上海教育出版社，1995：38．

一、要了解诗作，注重阅读与鉴赏信息整合

新课标要求，阅读时能把握文本主要内容，了解课文中词句意思，积累成语、格言、警句、优美词语和精彩句段，学习相关阅读方法，在阅读和生活中获得语言材料，养成读书看报习惯，收藏图书资料，扩大知识面，增加阅读积累。了解文本、注重阅读与鉴赏信息的整合，是提升阅读能力和深化课文理解的关键步骤。要对文本进行全面而细致的阅读，阅读前要整合阅读资源，阅读过程中不遗漏重要信息，阅读后要进行阅读信息的整理。如阅读孟浩然的《宿建德江》要了解诗人孟浩然的生活经历、所处的文化环境以及诗歌的创作背景、内容、主题、艺术手法、作品风格等。需要在阅读过程中保持主动思考、积极提炼关键信息、多维度分析文本内容，并借助技术手段和社交互动来深化理解、提升阅读能力。

二、要体味诗情，培养良好阅读习惯

新课标要求学生能有感情地朗读课文，感受语言的优美，体会关键词句表达情意的作用，领悟文章表达方法，注意通过语调、韵律、节奏等体味作品的内容和情感，感受作品中生动的形象、优美的语言。在阅读中体会作者的思想感情，关心作品中的人物命运和喜怒哀乐，获得阅读的情感体验，体会阅读的乐趣。教材中的文学作品大多是名家名作或作者的成名之作，往往包含作者丰富的情感和智慧。这些作品或写景、或抒情、或叙事、或怀人，有的严谨、有的恣意、有的深邃、有的通俗，读之朗朗上口，诵之和谐悦耳，析之妙在其中，品之韵味无穷。只有在阅读中才能找到阅读的乐趣，也需要在阅读中培养良好的阅读习惯，形成积极的阅读情趣。

三、要把握诗意，具有一定的阅读鉴赏能力

新课标要求，阅读时能辨别词语感情色彩，体会其表达效果；能描述相关的场景、人物、细节，说出自己的喜爱、憎恶、憧憬、向往、同情等感受；找出有价值的信息，提出自己的看法，做出自己的判断，与他人交流阅读感受。这要求读者不仅能够理解文章的字面意义，还能深入挖掘其背后的情感、思想、象征意义以及作者的创作意图；要保持批判性思维，对文章进行审视和评估，客观地理解文章，并形成自己的独立见解。同样，以诗歌为例，"阅读诗歌，大体把握诗意，想象诗歌描述的情境，体会作品情感。受到优秀作品的感染和激励，向往和追求美好的理想"①，要充分发挥诗歌"可以兴、可以观、可以群、可以怨"②的阅读鉴赏功效。

第三节　数智化时代诗歌阅读与鉴赏教学的突破

在数智化时代，诗歌阅读与鉴赏教学迎来了新的突破。数字化教学资源的丰富与应用、阅读模式的创新与优化、阅读互动的加强与深化等使诗歌阅读与鉴赏实现了诸多突破。这些突破不仅丰富了教学资源、创新了教学模式、完善了评价体系、加强了师生互动，还提高了学生的学习兴趣和鉴赏能力。

一、利用数智赋能进行阅读统整，让阅读与鉴赏信息系统化

利用数智化平台和技术手段，整合优质的教学资源，如电子书、在

---

① 中华人民共和国教育部 . 义务教育语文课程标准：2022 年版 [M]. 北京：北京师范大学出版社，2022：12.
② 罗根泽 . 中国文学批评史 [M]. 北京：商务印书馆，2017：46.

线课程、微课等，为学生提供多样的学习材料，丰富教学内容和形式，提高学生的学习兴趣和参与度，促进教学效果的提升。将当前阅读的文本与其他相关文本进行比较，从多个角度对文本进行分析，如文化背景、社会现实、作者意图等，找出它们之间的共性和差异，拓宽阅读视野，深化对文本理解。以诗词阅读与鉴赏为例，教科书为学生提供了丰富的诗歌意象、艺术手法、背景故事等阅读与鉴赏元素。杜甫诗中的黄鹂、白鹭、燕子、细雨、千秋雪、万里船，亲切可爱又诗意盎然；李白凭借大胆的比喻、夸张的想象、跳跃的思维、奔放的情感，绣口一吐便成就半个盛唐；苏轼上瑶台、访庐山、游西湖、泛春江，让后世学子记住了一年好景，感知了人间冷暖，挺直了傲霜之躯，学会了思维辩证。还有韩愈的早春、白居易的江南、王维的送别、王昌龄的出塞、李绅的悯农、孟郊的思亲、朱熹的理趣、杨万里的童趣等，可谓诗有百家，各有疆界。① 风格不同的诗词作品，使学生获得了多角度、全方位的阅读训练与启迪。这样的效果来自对阅读资源的甄选、梳理，让阅读信息"如矿出金，如铅出银"②，选择出高质量、成体系的阅读材料让学生阅读和鉴赏，帮助学生建立正确的阅读导向，提高阅读效率和鉴赏能力。学习孟浩然《宿建德江》一诗，需要让学生了解孟浩然作为唐代山水田园诗人的代表，一生中交织着复杂的出仕与归隐的矛盾，曾热心功名，然而科举失利，备受打击，不得不在隐居和漫游中度过人生的时光。该诗是作者途经建德江时所作，当时诗人因科举失利，仕途受到打击而漫游吴越。临近黄昏，诗人乘坐的船停宿于建德江中一个烟雾朦胧的小州边，看到行人各自归家，漂泊他乡的诗人不免增添了新的愁绪，诗人触景生情，写下了这首诗。通过以上信息整合，不仅丰富了学生的

---

① 郭绍虞. 中国历代文论选 [M]. 上海：上海古籍出版社，2001：30.
② 司空图，袁枚. 二十四诗品：续诗品 [M]. 陈玉兰，译注. 北京：中华书局，2019：32-150.

阅读积累，也为学生接下来的诗歌阅读、学习与理解奠定了基础，让学生逐步学会读诗知人、读诗会意、读诗领情、读诗悟旨。

二、利用数智赋能创造阅读条件，提升学生阅读素养

数智化时代，可以借助大数据分析工具，收集和分析学生的学习数据，了解学生的阅读情况和阅读需求，为教师提供科学的教学参考和决策依据，使教学更加精准有效。通过设计阅读任务、组织阅读讨论和分享活动等方式，引导学生进行深入阅读和思考，增强学生的阅读耐心和阅读思维能力，让学生养成良好阅读习惯，主动阅读、积极阅读、专注阅读、深度阅读，实现阅读"自觉"。类似《宿建德江》的诗词是小学语文教科书选文中的重点内容，其中包含丰富教育因素，可以培养学生审美情趣、提升学生阅读素养。诗词作品是传递诗词作者思想情感的媒介，也是学生诗词学习的主体和核心，学生借助诗词作品可以识字学词、赏句品文。教科书所选诗词包含大量的佳句名篇，它们集形式美、内容美、艺术美于一身，有的诗词作品匠心独具、美不胜收，有的诗词作品凝聚着诗人的汗水与才情，感人动人，还有的诗词作品有着灵活的修辞、巧妙的构思，富有艺术性和情趣性，会让读者受到润物无声的心灵陶冶和雨润花红的情趣感染。但诗词也是教科书选文中的难点内容，它含蓄凝练，短小精悍又微言大义，言简意赅又言近旨远，这既增加了诗词学习的情趣，也增加了诗词学习的难度。心理学家澳瑞森·梅伦说："人类心灵深处，有许多沉睡的力量；唤醒这些人类从未梦想过的力量，巧妙运用，便能彻底改变一生。"[①] 教师要善于借助数智技术，引导学生阅读并鉴赏诗词，走近诗人，走进诗词，通过数智赋能让学生在反复阅读、用心品读过程中，达到宋代朱熹在《读书之要》中所写

---

① 　王会斌. 回眸与展望［M］. 济南：山东画报出版社，2006：127.

的，"使其言皆若出于吾之口，使其意皆若出于吾之心"。在阅读中领悟并鉴赏《宿建德江》中"舟泊烟渚""日暮愁新"之"景语"与"情语"的艺术交融，"野旷天低""江清月近"中"意境"与"心境"的巧妙吻合。"诵诗的技艺到精微处方有云行天空卷舒自然之妙"①，对诗词的诵读、吟咏、品味影响着学生对所学诗词理解的深度、广度、高度。清代袁枚在《续诗品》中说："惟思之精，屈曲超迈。"只有熟虑精思，才能领悟诗词超凡脱俗的艺术趣味。要在阅读鉴赏中让所学诗词"及人、感人、入人"，调动学生诗词阅读的兴趣、乐趣、情趣，收到"及人也广、感人也易、入人也深"②的诗词学习效果。

三、利用数智赋能进行深度阅读，提高学生阅读鉴赏能力

在阅读过程中，要时刻保持主动思考的心态，对文本中的信息进行批判性分析，思考作者的观点是否合理，论据是否充分，逻辑是否严密。语言是人们透视存在、思维、历史与文化的一面多棱镜，折射出奇异而多样的光芒。③ 阅读时，可以使用数智工具标注文本中的关键信息，如重要概念、核心观点、关键数据等，将文本中的关键信息进行归纳总结，形成简洁明了的要点或大纲，让其焕发提纲挈领般光芒。同时要注重情感体验和审美鉴赏，通过感受文本中的情感色彩，挖掘文本的美学价值，提升对文本的鉴赏能力和审美能力，加深对文本内容的理解和记忆。教科书中的诗词作品常常将通俗的语言与别致的旨趣相结合，往往具有象外之境、景外之韵、言外之意、味外之旨，有"不着一字

---

① 朱光潜. 诗论［M］. 北京：北京出版社，2009：122.
② 覃嫒业，蒋连芬. 及人、入人、感人、化人：对梁启超"熏""浸""刺""提"的美学解读［J］. 惠州学院学报（社会科学版），2008（5）：50-53.
③ 潘庆玉. 语文教育哲学导论：语言哲学视阈中的语文教育［M］. 北京：教育科学出版社，2009：45-197.

尽得风流"① 的艺术魅力，为学生创造了别具一格的鉴赏旨趣。在学习《宿建德江》一诗过程中，学生在有限的文字中探寻无限的意义与内蕴，体会字里行间的情趣和韵味，领悟作者的言外之意、作品的弦外之音。同时学生变换视角，走进诗歌，成为诗词之中的角色，切身感受诗篇字里行间皆故事、处处景语皆情语的艺术特点，体会诗人不言事而事在其中、不言情而情融其中的艺之道。学生知其事、感其情、会其心、悟其意。这样"今日变一二焉，明日变一二焉，刹那刹那，相断相续，久之而此"②，便有了诗词之感、之趣、之心。诗词之言，重于金石珠玉；携理读诗，诗则广奥，故亦有品诗词之语，乐于钟鼓琴瑟。③ 教师要引导学生赏析诗词之中的理趣，培养他们品味诗词中"味外之旨"的兴趣和能力，实现诗词学习的深入和创新。"鸟啼花落，皆与神通"④，教师还要根据学生特点引导他们阅读鉴赏诗词，低年级学生以形象思维为主，可引导学生在"鱼戏、鹅歌、鸟啼、花开、天苍、野茫、柳垂、竹斜、泥融、沙暖"中体会诗词意象的有趣可爱，带领学生"如入云烟中而为其所烘，如近墨朱处而为其所染"⑤，对其进行潜移默化的诗学启蒙与艺术熏陶，诗词中美好意境不能停留在诗词作品中，也应向学生的内心和生活迁移。中高年级学生开始由具象思维向抽象思维发展，学生注意力由具体事物向事物本质和外延拓展，要引导学生由审美"情趣"向审美"理趣"过渡，让他们在阅读鉴赏中陶冶情操、怡悦身心、晰心明理、励志弘毅，引导学生明诗意、感诗情，出新

---

① 司空图，袁枚. 二十四诗品：续诗品 [M]. 陈玉兰，译注. 北京：中华书局，2019：32-150.
② 梁启超. 炉边独语：梁启超散文精选 [M]. 济南：泰山出版社，2023：50.
③ 王先谦. 荀子解集 [M]. 北京：中华书局，1998.
④ 司空图，袁枚. 二十四诗品：续诗品 [M]. 陈玉兰，译注. 北京：中华书局，2019：32-150.
⑤ 梁启超. 炉边独语：梁启超散文精选 [M]. 济南：泰山出版社，2023：50.

意于法度之中，寄妙理于豪放之外，既要走进诗词，又要走出诗词，既要再现诗词，又要再造诗词，实现阅读与鉴赏学习的深入和再创造。

　　数智化时代给语文阅读与鉴赏带来了挑战，但同时也为之提供了契机与资源，通过数智赋能技术进行阅读统整，让阅读与鉴赏信息系统化，优化阅读资源选择，创造良好阅读条件，引导学生进行深度阅读，提高学生阅读鉴赏能力，培养学生阅读习惯，提升学生阅读素养，实现语文阅读与鉴赏的优化突破。

第十三章

论诗歌研究、诗歌创作与诗歌教学的关系

第一节　诗歌研究与诗歌教学的关系

诗歌研究与诗歌教学之间存在着紧密而深刻的联系，两者相互促进，共同推动诗歌艺术的传承与发展。

一、诗歌研究对诗歌教学的指导作用

诗歌研究为诗歌教学提供了深厚的理论基础。对诗歌的起源、发展、流派、风格等进行研究，教师可以更准确地把握诗歌的本质特征，从而在教学中更好地引导学生深入理解诗歌的内涵和价值。诗歌研究成果的不断涌现，为诗歌教学提供了丰富的教学素材。教师可以根据最新的研究成果，更新教学内容，使课堂更加生动有趣，激发学生的学习兴趣。诗歌研究还关注教学方法的探索与创新。通过研究不同教学方法在诗歌教学中的应用效果，教师可以找到更适合的教学方法，提高教学效率。

二、诗歌教学对诗歌研究的助推作用

诗歌教学是培养诗歌研究人才的重要途径。系统的诗歌教学，可以培养学生的文学素养、审美能力和研究兴趣，为其未来的诗歌研究奠定坚实的基础。

诗歌教学为诗歌研究提供了实践平台。在教学中，教师可以引导学生参与诗歌创作、赏析和评论等活动，这些实践活动有助于学生将理论知识应用于实际，加深对诗歌的理解和研究。诗歌教学还可以对诗歌研究成果进行检验和反馈。通过教学实践，教师可以发现研究成果中的不足之处，为进一步完善和深化研究提供有益的参考。

三、诗歌研究与诗歌教学的相互促进

诗歌研究与诗歌教学之间存在着相互促进的关系。教师在研究过程中不断积累知识、提升素养，这些都将直接反映在他们的教学中，提高教学质量；同时，教学中的实践经验和学生反馈也有助于教师进一步完善研究。诗歌研究与诗歌教学的相互促进，共同推动着诗歌艺术的发展。通过研究，教师可以深入挖掘诗歌的艺术价值和文化内涵；通过教学，教师可以将这些研究成果传授给更多的学生，培养他们的文学素养和审美能力，为诗歌艺术的传承与发展贡献力量。

诗歌研究与诗歌教学之间联系密切。两者相互依存、相互促进，共同构成了诗歌艺术发展的重要基石。我们应该进一步加强诗歌研究与诗歌教学的互动，共同推动诗歌艺术的繁荣发展。

第二节 诗歌创作与诗歌教学的关系

诗歌创作与诗歌教学之间存在着相辅相成、相互促进的密切关系。这种关系不仅体现在两者相互依存、共同发展的层面，更在于它们对于诗歌艺术的传承与创新所起到的关键作用。

一、诗歌创作对诗歌教学的促进作用

诗歌创作能够激发学生的创作欲望和想象力，使他们在参与创作的过程中感受诗歌的魅力，从而提高对诗歌学习的兴趣。当学生亲手写下自己的诗句时，他们会更加深入地理解诗歌的内涵和主旨，这种亲身体验远比单纯的听讲或阅读更为深刻。诗歌创作要求学生具备较高的审美能力和艺术修养。在创作过程中，学生需要不断地探索美、发现美、创造美，这种审美能力的培养将直接提升他们的诗歌鉴赏能力，使他们能够更加敏锐地感知诗歌中的艺术元素和美学价值。诗歌是一种高度凝练的语言艺术，它要求作者用最简洁、最生动的语言来表达复杂的思想和情感。通过诗歌创作，学生可以锻炼自己的语言表达能力，学会用精练的语言来传达内心的想法，这种能力在日常生活和学习中同样具有重要价值。

二、诗歌教学对诗歌创作的指导作用

诗歌教学不仅传授诗歌的基本知识，还为学生提供了丰富的诗歌理论。这些理论包括诗歌的韵律、节奏、意象、意境等方面的知识，它们是学生进行诗歌创作的重要基础。通过学习这些理论，学生可以更加系统地掌握诗歌创作的规律和方法。诗歌教学还注重培养学生的创作技巧。在教学中，教师可以通过分析经典诗歌作品、讲解创作方法等方式来帮助学生掌握诗歌创作的技巧和方法。这些技巧包括如何构思诗歌、如何选取意象、如何运用修辞手法等，它们将直接指导学生的创作实践。诗歌教学还可以激发学生的创作灵感。在教学中，教师可以引导学生通过阅读优秀的诗歌作品、参加诗歌朗诵会等方式来拓宽其视野和思路，激发他们的创作灵感。同时，教师还可以通过组织创作比赛、展示学生作品等方式来鼓励学生积极参与创作活动，激发他们的创作热情和动力。

三、诗歌创作与诗歌教学的相互融合

诗歌创作与诗歌教学之间存在着相互促进的关系。教师在指导学生进行诗歌创作的过程中，可以不断反思自己的教学方法及其效果，从而提升自己的教学水平；而学生在创作过程中遇到的问题和困惑也可以成为教师改进教学方法的契机。这种相互学习和相互促进的关系将使诗歌教学更加高效和深入。诗歌创作与诗歌教学的相互融合将共同推动诗歌艺术的发展。通过教学，学生可以学习优秀的诗歌作品和创作经验，再通过创作实践来检验和丰富这些知识和经验。这种循环往复的过程将使诗歌艺术不断得到传承和创新，不断为诗歌艺术的发展注入新的活力和动力。

诗歌创作与诗歌教学之间存在着密切而深刻的关系。它们相互依存、相互促进，共同推动着诗歌艺术的传承与发展。在未来的教学实践中，教师应该继续加强诗歌创作与诗歌教学的融合与互动，为学生的全

面发展和诗歌艺术的繁荣做出更大的贡献。

第三节 新时代诗歌教学的创新与突破

实现诗歌教学的创新与突破是教学的需要、时代的要求，教师要结合教学实际在教学实践中探索尝试。

一、通过诗歌研究和诗歌创作促进诗歌教学

通过诗歌研究和诗歌创作促进诗歌教学，是一种富有成效且意义深远的教育策略。深入挖掘诗歌的历史背景、文化内涵和艺术特色，能够为诗歌教学提供丰富而深刻的教学内容。教师可以根据研究成果，设计更具针对性和启发性的教学方案，引导学生全面、深入地理解诗歌。诗歌研究要求教师具备较高的专业素养和学术能力。通过不断学习和研究，教师可以提升自己的诗歌鉴赏能力、教学水平和研究能力，从而更好地完成诗歌教学。诗歌研究还关注教学方法的创新与改进。教师可以借鉴最新的研究成果和教学方法，如多媒体教学、情境教学等，使诗歌教学更加生动有趣，激发学生的学习兴趣和积极性。

诗歌创作能够激发学生的创作欲望和想象力，使他们在参与创作的过程中感受到诗歌的魅力。这种亲身体验将极大地提升学生对诗歌学习的兴趣和热情，促使他们更加主动地投入诗歌学习中。诗歌创作要求学生具备较高的语言表达能力、思维能力和审美能力。通过创作实践，学生可以锻炼这些能力，提升自己的综合素质。同时，创作过程中的挫折与成功也将帮助学生培养毅力、建立自信。诗歌创作是将所学知识应用

于实践的重要途径。通过创作，学生可以将课堂上学到的诗歌方面的知识、技巧和方法运用到实际创作中，实现知识的内化和迁移。这种学以致用的过程将加深和强化学生对诗歌的理解和掌握。

诗歌研究和诗歌创作在诗歌教学中相互补充、相互促进。研究为创作提供理论支撑和灵感来源，创作则是对研究成果的实践检验和丰富发展。两者相互融合将形成良性循环，推动诗歌教学的不断进步。无论是诗歌研究还是诗歌创作，其最终目标都是促进诗歌艺术的传承与发展以及学生综合素质的提升。在诗歌教学中，教师应将两者紧密结合起来，通过研究引导创作、通过创作深化研究，共同实现教学目标。在具体实施过程中，教师可以采取以下策略：一是将诗歌研究成果融入教学内容，丰富教学资源；二是组织学生进行诗歌创作实践，如仿写、命题创作等；三是引导学生参与诗歌朗诵会、创作比赛等活动，展示其创作成果并接收反馈；四是建立诗歌创作兴趣小组或社团，为学生提供更多的创作机会和交流平台。通过诗歌研究和诗歌创作促进诗歌教学是一种行之有效的教学策略。它不仅能够深化教学内容、提升教师素养、创新教学方法，还能够激发学生的学习兴趣、培养学生的综合能力、促进学生学以致用，最终实现诗歌艺术的传承与发展以及学生综合素质的提升。

二、新时代诗歌教学的多方突围

实现新时代诗歌教学的创新与突破，要引入多元化诗歌类型，要注意教学方法的创新和教学手段的突破。在新时代的诗歌教学中，应广泛引入不同风格、不同题材的诗歌作品，包括古典诗词、现代诗歌、外国诗歌等，以拓宽学生的视野，丰富他们的诗歌知识储备。结合新时代的社会背景和文化特点，选取反映时代精神、具有现实意义的诗歌作品进行教学，使学生能够更好地理解和感受诗歌与时代的关系。通过模拟诗歌中的情境，学生身临其境地感受诗歌的意境和情感。例如，利用多媒体技术创设诗歌所描绘的场景，或者组织学生进行角色扮演，学生加深对诗歌内容的理解和感悟。鼓励学生积极参与课堂讨论，分享自己对诗歌的理解和感受。教师可以设置一些有启发性的问题，引导学生对诗歌的主题、意象、修辞等进行深入探讨，以培养学生的批判性思维和表达能力。组织学生进行诗歌创作实践，如仿写、命题创作等。通过创作实践，学生可以更好地掌握诗歌的写作方法和技巧，同时也能够激发他们的创作热情和想象力。

充分利用现代信息技术手段，如多媒体、网络等，为诗歌教学提供丰富的教学资源和表达形式。例如，可以利用网络资源搜索相关诗歌作品和背景资料，利用多媒体技术制作精美的课件和动画，提高学生的学习兴趣和参与度。将诗歌教学与其他学科进行整合，如历史、地理、美术等，以拓宽学生的知识面和视野。例如，在讲解与地理相关的诗歌时，可以结合地理知识来讲解诗歌中的地理景观和人文特色；在讲解与美术相关的诗歌时，可以引导学生欣赏诗歌中的画面美和色彩美。建立多元化的诗歌教学评价体系，不仅关注学生的诗歌知识和创作能力，还注重评价学生的审美能力、批判性思维能力和创新能力等多方面。通过多元化的评价体系，可以更全面地了解学生的学习情况和发展潜力。在诗歌教学中，应注重过程性评价与终结性评价的结合。过程性评价主要关注学生在学习过程中的表现和进步情况，终结性评价则主要关注学生的学习成果和水平。通过两种评价方式的结合，可以更准确地反映学生的学习情况和教学效果。

　　新时代诗歌教学的创新与突破需要从教学内容、教学方法、教学手段和教学评价等多方面入手，激发学生的学习兴趣和创造力，提高他们的诗歌素养和综合能力。

参考文献

一、著作

［1］北京大学古文献研究所．全宋诗［M］．北京：北京大学出版社，1992．

［2］车吉心．中华名人轶事［M］．济南：泰山出版社，2002．

［3］陈元锋．北宋馆阁翰苑与诗坛研究［M］．北京：中华书局，2005．

［4］程杰．北宋诗文革新研究［M］．呼和浩特：内蒙古人民出版社，2000．

［5］程杰．宋诗学导论［M］．天津：天津人民出版社，1999．

［6］程千帆，吴新雷．两宋文学史［M］．上海：上海古籍出版社，1991．

［7］丁传靖．宋人轶事汇编［M］．北京：中华书局，1981．

［8］郭绍虞．中国历代文论选［M］．上海：上海古籍出版社，2001．

［9］韩经太．宋代诗歌史论［M］．长春：吉林教育出版社，1995．

［10］何文焕．历代诗话［M］．北京：中华书局，1981．

［11］胡应麟．诗薮［M］．上海：上海古籍出版社，1979．

［12］胡云翼．宋诗研究［M］．上海：商务印书馆，1933．

［13］黄保真，蔡钟翔．成复旺．中国文学理论史［M］．北京：北京出版社，1987．

［14］纪昀，陆锡熊，孙士毅，等．钦定四库全书总目［M］．四库全书研究所，整理．北京：中华书局，1997．

［15］季羡林，张燕瑾，吕薇芬．宋代文学研究：上册［M］．北京：北京出版社，2001．

［16］蒋伯潜．中学国文教学法［M］．北京：中华书局，1941．

［17］李春青．宋学与宋代文学观念［M］．北京：北京师范大学出版社，2001．

［18］李焘．续资治通鉴长编［M］．北京：中华书局，1986．

［19］李光贞．多元视野下的日本学研究［M］．北京：光明日报出版社，2010．

［20］李欣复．中国古典美学范畴史［M］．香港：香港天马图书有限公司，2003．

［21］厉鹗．宋诗纪事［M］．上海：上海古籍出版社，1983．

［22］刘诚．中国诗学史：清代卷［M］．厦门：鹭江出版社，2002．

［23］刘加夫．六朝唐宋文学论集［M］．北京：群言出版社，2005．

［24］刘勰．文心雕龙注［M］．范文澜，注．北京：人民文学出版社，1958．

［25］罗根泽．中国文学批评史［M］．北京：商务印书馆，2017．

［26］缪钺，等．宋诗鉴赏辞典［M］．上海：上海辞书出版社，1987．

［27］潘庆玉．语文教育哲学导论：语言哲学视阈中的语文教育［M］．北京：教育科学出版社，2009．

［28］齐治平．唐宋诗之争概述［M］．长沙：岳麓书社，1984．

［29］钱穆．中国近三百年学术史［M］．北京：商务印书馆，1997．

［30］钱钟书．宋诗选注［M］．北京：生活·读书·新知三联书店，2002．

［31］钱钟书．谈艺录：补订本［M］．北京：中华书局，1984．

［32］人民教育出版社．毛泽东论教育［M］．北京：人民教育出版社，2008．

［33］司空图，袁枚．二十四诗品：续诗品［M］．陈玉兰，译注．北京：中华书局，2019．

［34］司马迁．史记［M］．北京：中华书局，1982．

［35］四库全书总目提要［M］．北京：中华书局，1993．

［36］唐圭璋．全宋词［M］．北京：中华书局，1965．

［37］童庆炳．文学理论教程［M］．北京：高等教育出版社，1998．

［38］脱脱，等．宋史［M］．北京：中华书局，1976．

［39］王水照．宋代文学通论［M］．开封：河南大学出版社，1997．

［40］王水照．新宋学［M］．上海：上海辞书出版社，2001．

［41］王文锦．礼记译解［M］．北京：中华书局，2001．

［42］夏之放．文学意象论［M］．汕头：汕头大学出版社，1993．

［43］萧华荣．中国古典诗学理论史［M］．上海：华东师范大学出版社，2005．

［44］许总．宋诗史［M］．重庆：重庆出版社，1992．

［45］袁行霈．中国诗歌艺术研究［M］．北京：北京大学出版社，1996．

［46］袁行霈．中国文学史［M］．北京：高等教育出版社，1999．

［47］曾祥芹．文章学与语文教育［M］．上海：上海教育出版社，

1995.

[48] 曾枣庄，刘琳．全宋文［M］．成都：巴蜀书社，1994.

[49] 张涤云．中国诗歌通论［M］．杭州：浙江大学出版社，2006.

[50] 张高评．宋诗特色研究［M］．长春：长春出版社，2002.

[51] 张宏生．宋诗：融通与开拓［M］．上海：上海古籍出版社，2001.

[52] 张世英．哲学导论［M］．北京：北京大学出版社，2008.

[53] 张文利．理禅融会与宋诗研究［M］．北京：中国社会科学出版社，2004.

[54] 张毅．宋代文学思想史［M］．北京：中华书局，1995.

[55] 赵仁珪．宋诗纵横［M］．北京：中华书局，1994.

[56] 周来祥．论中国古典美学［M］．济南：齐鲁书社，1987.

[57] 周裕锴．宋代诗学通论［M］．成都：巴蜀书社，1997.

[58] 朱光潜．诗论［M］．北京：生活·读书·新知三联书店，1998.

[59] 朱光潜．谈美［M］．北京：金城出版社，2006.

[60] 朱光潜．文艺心理学［M］．合肥：安徽教育出版社，1996.

[61] 诸葛忆兵．宋代文史考论［M］．北京：中华书局，2002.

[62] 祝尚书．宋人别集叙录［M］．北京：中华书局，1999.

[63] 祝尚书．宋人总集叙录［M］．北京：中华书局，2004.

二、期刊

[1] 成镜远．古代文人的心理苦闷与诗意境界［J］．求索，2002（6）.

[2] 郭华．深度学习及其意义［J］．课程·教材·教法，2016，36

（11）.

　　［3］王建平．北宋诗歌蕴含的政治情结［J］.河南师范大学学报（哲学社会科学版），1999（5）.

　　［4］王泉根．略论中国近现代语文教材与儿童文学［J］.课程·教材·教法，2019，39（8）.

　　［5］温儒敏．"部编本"语文教材的编写理念、特色与使用建议［J］.课程·教材·教法，2016，36（11）.

三、学位论文

　　［1］胡银元．北宋文人郑獬研究［D］.南京：南京师范大学，2008.

附录　发表诗歌作品节选

醉人的诗词

是你分散了我的注意

因为你太美丽

每次忘情地赏析

都忘了很多该办未办的事例

是你集中了我的注意

因为你太美丽

想的是你

梦的也是你

诗韵

夜深人静

一屋一灯

捧卷品茗

心领神应

古著探幽

佳作览胜

尽达吾意

尽合己情

夜半钟鸣

页已翻空

其言虽尽

其意无穷

最是钟情

唐月宋风

枕诗入梦

抱词归醒

学府

参天古木

凝聚百年风雨

用生命之躯写成一部书

方块汉字

铺成一条路

承载匆匆步履通向寒窗苦读

古朴建筑

送出栋梁无数

只留下墨香如故

这树

这路

这屋

是我一生的财富

钗头凤·读博

风华茂

聚高校

热情理想满怀抱

柳舒腰

花含苞

春意正闹

青春刚好

妙

妙

妙

博学道

忘辛劳

披星戴月一路笑

秋气高

君兰俏

一代天骄

满腔自豪

超

超

超

教授

岁岁年年

讲坛

书卷

对

人一班

灯一盏

说出的

写下的

都是经典

早春

江河解冻

山川雪融

万物生机正朦胧

恰四海同学又重逢

卸掉厚冬

青春正浓

壮志宏图绽放心中

春

一城春季

遍地美丽

迷了注意

醉了自己

最是

红杏一枝生机

诗意了多少世纪

秋

落叶

带着往事的回忆

在夕阳的余晖里

编织成一种美丽

镶嵌在成熟的大地

共同诠释着秋的含义

静夜

渗透着淡淡的凉意

擦拭得月光如洗

让一种旷达在空中演绎

228

凝思间

已和深秋融为一体

老树

盘曲的根

将信念深深扎向大地

穿过岩石罅隙

贫壤瘠土中酝酿着骨气

遒劲的干

正用自己最大的力气

夜夜日日

支撑着那片天地

粗糙的皮

将内心与外界隔离

任凭风沙侵袭

默默奉献

已将其他代替

倔强的枝

把希望高高举起

多少次风雨洗礼

终于赢得枝头绽放着惊喜

落日偏西

拉长了你的回忆

却道不完你的经历

晨

披着雾霭编织的朦胧

带着静夜美的馈赠

伴着几声清脆的虫鸣

映着东方带羞的霞红

仿佛听到露滴吻地声

如一串音符在流动

似觉枝头绿意动

伴随着心中的愉悦萌生

正想留住此景此情

忽觉晨已在自己心中

雨季

雨丝

湿润了布谷的叫声

一声声

滴落在心里

醉了
醉成一个沉睡的梦
有声
亦有情

音乐

乐音流动
诗意了心灵

一声
一声
和情感共鸣

贪听
贪听
陶醉了性情

校园

不到春天
到处已是一片生机盎然
没有小鸟
欢声笑语也在空中盘旋

琅琅书声
惊得东方旭日冉冉

深思熟虑

惹得夜空繁星点点

和煦的风

细腻的雨

都愿在这里驻足

为了那片孕育希望的沃土

十二岁的天真

十六岁的单纯

带着幻想来

携着理想飞

狭小的天地

是知识的摇篮

又深蕴家的内涵

叫我老师的朋友

我们在教室相识

讲台上的热情洋溢

激活了满屋的青春活力

于是

在金秋

破土了一片深情厚谊

我们在校园相知

多少个四十五分钟的交流

我们不分学生老师

总觉

时间在不知不觉中流逝

于是

常把课堂延伸到办公室

为求知

我们废寝忘食

却乐此不疲

岁月

将我们的心紧紧连在一起

在七月

忽记起

我们的情谊已走过三春季

如今

我们之间没有了距离

却要分离

生活

办公桌也是餐桌

书本和作业

家常便饭早已定格

没有佳肴

也曾千万遍咀嚼

为了学生

仍然如饥似渴

餐桌

也是办公桌

嚼着凉馍

就着诗歌

忘了寒舍

只求

课堂上丰盛一桌

虽然囊中羞涩

却习惯于讲坛上

对酒当歌

千金一诺

苏东坡

初出庐

震京都

青史出三苏

仕途起伏

谈笑庙堂江湖

恩及千家万户

兄弟情暖今古

夫妻深情不枯

美名与诗词俱

历千年风雨

东坡依旧

枝繁叶绿

故乡的思恋

恋故乡

朝阳璀璨，

日照中天，

晚霞绚烂，

夜星点点。

清晨结伴进校园，

欢声笑语巷里传，

课堂上孜孜不倦，

书本中求知向贤。

散学也趁东风放纸鸢，

跟随着夕阳追逐傍晚。

旷野中肆无忌惮，

厨房里吃得贪婪，

春风中尽情地放绽，

夏日时畅游的习惯，

秋天里成熟的自然，

冬阳下温暖的偷闲。

上树摘榆钱，

弯腰捡桑蚕，

有时逞彪悍，

有时活能干。

也学小飞燕，

能攀岩，

敢冒险；

亦看南归雁，

情缠绵，

意婵娟。

门半掩，

守平安，

喜相见，

尽开颜。

水潺潺，

路弯弯，

小菜园，

大杂院，

穿梭着纯真的童年，

洋溢着长者的慈善。

有母亲的菜篮，

和盛满柴米油盐的盘碗；

有父亲的臂弯，

和充满酸甜苦辣的威严。

立春的鸡蛋，

端午的米饭，

中秋的团圆，

新年的企盼。

弟弟溪头剥莲，

哥哥劳作豆田，

清水芙蓉般娇囡，

杨柳婀娜的俏嫚。

淋着雨滴浪漫，

听着蛙声休闲，

数着星星入眠。

叫我如何不依恋？

思故乡

站天边，

望眼欲穿，

凝思间，

小桥流水人家的画面，

土道田地原野的铺展，

乡俗乡音乡情的眷恋，

家园家事家人的挂牵，

在眼前浮现，

在心中蔓延。

莫道不要思念，

想从前，

小轩窗，

帘半卷，

昨日孩童攻读筑梦在里面；

休说故乡不远，

忆当年，

手引线，

心期盼，

今日家成业立父母鬓已斑。

睡梦中，

归心似箭，

故乡往事美景又浮现：

嬉戏河边，

藏匿水湾，

笑闹沙滩；

跃沟坎，

跑岭巅，

卧草毡。

清泉的甘甜，

美味的野餐，

还有爷爷吸嗞嗞的旱烟；

泛黄的衣衫，

老旧的蒲扇，

还有奶奶讲故事的呢喃。

看，

家乡溪流村前，

花草一片，

米麦满原，

翠柳春风剪，

村舍带炊烟，

白云共蓝天；

赞，

乡亲任劳任怨，

质朴自然，

躬耕奉献，

禾香飘满田，

和睦邻里间，

和谐家风传。

叫我如何不思念？

我愿越千山，

展翅回故园；

我愿随归燕，

飞舞小庭院。

山坡羊·故乡

一地春风

麦浪纵横

布谷传情醉乡梦

半坡红

正初冬

米香肉肥村欢腾

五谷丰登迎龙凤

情，今日定

家，今日成

沁园春·中国

泱泱华夏，

古创神话，

今趋强大。

忆往昔年华，

水涉山跋，

棘除荆伐，

天开地挞。

珠峰如厦，

河川似栅，

万里江山一脉辖。

播文明，

看神州上下，

幸福人家。

叹望发展中华，

守正创新世人赞夸。

为民生谋划，

东部开放，

西部开发，

中原富甲。

筑梦东亚，

风云吐纳，

迈复兴九州步伐。

道无涯，

丝路连我他，

德领天下。

后　记

　　诗歌及诗歌教学是深邃而广阔的研究领域，探索至此，笔者心中充满了复杂的情感，既有完成一项重要任务的释然，也加深了对诗歌之美无尽探索的渴望。这段旅程，不仅是对诗歌艺术的一次深度挖掘，更是对教育教学理念的一次深刻反思与重构。

　　诗歌之美，触动心灵。在研究过程中，笔者深刻体会到诗歌作为文学皇冠上的明珠，其独特的魅力在于能够跨越时空的界限，以精练的语言、丰富的意象和深邃的情感，触动每一个读者的心灵。从古典诗词的婉约与豪放，到现代诗歌的自由与奔放，每一首诗都是作者灵魂的独白，是对生命、爱情、自然、社会等主题的深刻思考。这种美，让笔者更加坚定了将诗歌引入课堂，让学生感受其魅力的决心。

　　教学相长，共赴诗海。在诗歌教学的实践中，笔者遇到了诸多挑战，但正是这些挑战促使笔者不断反思与改进。笔者尝试运用多种教学方法，如诵读法、讨论法、创作法等，激发学生的兴趣和创造力，引导他们深入文本，体验诗歌的情感与意境。同时，笔者也从学生那里学到了很多，他们的独特视角和丰富想象常常给笔者以启发，让笔者意识到教学是一个双向互动、共同成长的过程。

　　反思与展望。回顾整个研究过程，笔者意识到自己在诗歌理论素养、教学技巧以及资源整合等方面仍有很大的提升空间。未来，笔者计划进一步深化对诗歌理论的学习，掌握更多先进的教学理念和方法，同时加强与其他教师的交流与合作，共同探索更加高效、有趣的诗歌教学模式。此外，笔者还将关注诗歌教育在培养学生人文素养、创新思维等方面的作用，努力让诗歌成为滋养学生心灵的甘露。

诗歌是心灵的灯塔，是文化的传承。在诗歌及诗歌教学的研究道路上，笔者将继续前行，用笔者的热情与智慧，点亮更多学生的心灵之光，让他们在诗歌的海洋中自由翱翔，感受生命的美好与力量。同时，笔者也期待与更多的同仁携手并进，共同推动诗歌教育事业的繁荣发展。